COVEN

Harper L. Woods

COVEN

Tradução de Luciana Dias

COPYRIGHT © FARO EDITORIAL, 2024
COPYRIGHT © *THE COVEN*, 2023 BY HARPER L. WOODS

Todos os direitos reservados.
Nenhuma parte deste livro pode ser reproduzida sob quaisquer meios existentes sem autorização por escrito do editor.

Diretor editorial **PEDRO ALMEIDA**
Coordenação editorial **CARLA SACRATO**
Assistente editorial **LETÍCIA CANEVER**
Preparação **NATHÁLIA RONDAN**
Revisão **ANA UCHOA** e **THAIS ENTRIEL**
Diagramação e adaptação de capa **VANESSA S. MARINE**
Imagens de capa e miolo **ADOBE STOCK e FREEPIK | @chaiyapruek, @Evgenii, @pedro, @juan, @longquattro**

Dados Internacionais de Catalogação na Publicação (CIP)
Jéssica de Oliveira Molinari CRB-8/9852

Woods, Harper L.
 Coven / Harper L. Woods ; tradução de Luciana Dias. — São Paulo : Faro Editorial, 2024.
 256 p.

 ISBN 978-65-5957-459-9
 Título original: The Coven

 1. Ficção norte-americana 2. Literatura fantástica I. Título II. Dias, Luciana

 23-6031 CDD 813

Índices para catálogo sistemático:
1. Ficção inglesa

1ª edição brasileira: 2024
Direitos de edição em língua portuguesa, para o Brasil, adquiridos por FARO EDITORIAL
Avenida Andrômeda, 885 – Sala 310
Alphaville — Barueri — SP — Brasil
CEP: 06473-000
www.faroeditorial.com.br

Para os que amam vilões.

PRÓLOGO

ALARIC GRAYSON THORNE

Desde a minha criação, 329 anos atrás, eu tinha aprendido a apreciar as melhores coisas da vida. A beleza dos vitrais coloridos cortados com todo o cuidado nas janelas em arco e os prismas de luz que eles lançavam na parede de blocos de pedra escura dos corredores da Universidade Bosque do Vale era apenas uma delas. Nada ficava a dever ao aroma irresistível de sangue de bruxa emanado pela mensageira que me acompanhava até a sala do tribunal.

A Aliança não esperaria muito tempo por ninguém, nem mesmo pelo homem designado para ser o reitor da sua preciosa universidade. Teias de aranha e poeira cobriam o caminho à nossa frente e torci o nariz para o mau estado de conservação em que a universidade se encontrava desde que eu colocara os pés nela pela última vez, havia cinquenta anos.

A bruxa ao meu lado parou diante dos portões do tribunal no fim do corredor. Ela gesticulou com a mão de unhas bem cuidadas sobre a fechadura, observando enquanto o mecanismo de ferro e ouro girava até se separar. As engrenagens rodaram devagar, o efeito cascata deslizando até o restante das trancas seguirem a ação. As barras travadas ao longo do espaço em que as duas portas se uniam enfim recuaram. O suave clique sinalizou o momento de a bruxa segurar a maçaneta.

— Há quantas gerações entre você e a irmã de George Collins? — perguntei, levando a bruxa a contrair os lábios quando ela virou a cabeça para trás e olhou para mim.

— São nove gerações entre mim e *A Aliança* — respondeu ela com um olhar de desprezo.

Os bruxos eram sempre petulantes quando falavam do que havia acontecido com os seus líderes, os dois bruxos que os tinham comandado ao longo dos séculos.

Susannah Madizza e George Collins não existiam mais — substituídos pelas duas metades da Aliança quando Charlotte Hecate os ergueu dos seus túmulos.

— Uma pena — falei com um sorriso de canto de boca. — Sarah Collins era linda antes de morrer. Triste ela não ter conseguido passar isso aos seus descendentes.

A expressão da bruxa era de choque no instante em que eu passava pelo portão que ela abriu. Eu me virei para a direita e caminhei em direção à sala do tribunal, onde A Aliança esperava por mim. Minha acompanhante permaneceu nos portões, como a cachorrinha obediente que sua ta-ta-*seja-lá-qual-for--tataravó* havia assegurado que ela se tornasse.

— Olha quem fala, seu morto-vivo imbecil! — exclamou ela atrás de mim.

Ajeitei o paletó do meu terno, endireitando a lapela enquanto segurava as duas portas internas do tribunal e as abria com destreza.

A Aliança estava sentada nas cadeiras douradas feitas há séculos, dedos esqueléticos agarrados nos braços enquanto aquela que um dia fora Susannah Madizza se inclinava para a frente. Seu capuz se deslocou um pouco para o lado, permitindo que alguma luz do sol que entrava pelas janelas de caleidoscópio na parte lateral da sala de audiências circular iluminasse o que restava do seu rosto.

A carne do seu corpo apodrecera havia muito tempo, deixando somente a forma muito fina de um esqueleto para retribuir meu olhar. Seu pescoço estava virado em um ângulo antinatural no local onde havia sido quebrado quando a enforcaram, a ligeira inclinação para o lado exibindo a forma como morrera tantos anos antes.

Suas cavidades oculares continuavam vazias, porém, de alguma maneira, ela me *via*.

— Perturbando nossas crianças de novo, reitor Thorne? — perguntou ela, aquela voz sinistra e acrônica se estendendo entre nós. Ela tamborilava a ponta do osso do dedo no braço da cadeira em um staccato constante que senti como um ataque à minha impaciência.

A outra metade da sua magia se sentava ao lado dela, o masculino equivalente ao seu feminino.

George Collins não tinha descendentes com o seu nome para defender — não com a profecia que determinava as regras do coven, forçando os bruxos a fazer a Escolha: ter uma prole ou manter sua magia. Ele era tão esquelético quanto Susannah, mas seu pescoço se curvava para o outro lado. O que eu podia ver dos seus ossos revelava profundas marcas de cortes ali cravados, um indício da tortura que havia sofrido nas horas precedentes à sua morte.

— Suponho que não tenha me convocado até aqui para discutir minha conduta com sua sobrinha-neta, Aliança — retruquei, cerrando os dentes.

Minha espécie não fora feita para ser subserviente a ninguém, mas a magia que nos mantinha ligados à carne dos nossos hospedeiros nos tornava dependentes dos bruxos se um dia quiséssemos nos libertar dos corpos que nos aprisionavam.

Considerávamos uma bênção nunca precisar possuir uma nova forma, ter um corpo que pudesse ser nosso por uma eternidade.

Estávamos enganados.

— Decidimos reabrir a universidade — revelou George, falando antes que sua contraparte feminina pudesse intervir. — Todos nós precisamos de sangue novo. A atenção que recaiu em nós por causa daquele dia há muito tempo caiu no esquecimento.

— Por mais que eu, também, fosse apreciar sangue novo para me alimentar, preciso aconselhar cautela em abrir nossos portões mais uma vez. Os rumores irão se espalhar assim que anunciarmos nossa reabertura — declarei, fitando os dois esqueletos que me encaravam.

— Duas gerações de bruxos foram levadas a aprender magia na privacidade das suas casas — disse Susannah, se levantando do seu trono. A capa preta que a envolvia escondia os seus ossos da vista enquanto ela descia os degraus do palanque. — Chegou a hora de eles receberem educação adequada. Nós só vamos abrir nossas portas a doze novos alunos de fora do Vale do Cristal a cada ano, e já selecionamos pessoalmente quem vai se unir a nós baseado no poder que detectarmos. Não haverá anúncios formais. — Ela estendeu uma lista com garranchos escritos à mão dos nomes de quem ela havia selecionado.

— Que garantia temos de que não vai acontecer o mesmo que da última vez? — perguntei, pensando apenas na segurança da minha espécie. Ainda que fosse difícil nos matar, alguns de nós haviam sido feridos no massacre ocorrido fazia cinquenta anos.

— Se não reabrirmos nossas portas, não restará ninguém com quem as bruxas possam se reproduzir. Se nós morrermos, a sua espécie também morre. Não se esqueça de que precisa do sangue do nosso povo para sustentar você, Alaric — disse Susannah, virando-se de costas para mim e se encaminhando para o trono que esperava por ela.

Cerrei a mandíbula, forçando meu corpo a se curvar em uma rasa reverência.

— Como se fosse me permitir esquecer isso um dia — expressei, amassando a lista de nomes — Embora talvez deva se concentrar mais no fato de a população de bruxos estar se reduzindo mais rápido do que havíamos previsto. Me pergunto a razão disso estar acontecendo, Aliança.

Virei as costas para eles, sem esperar por uma resposta às farpas que trocamos, os músculos na minha bochecha pulsando quando eles não podiam mais ver.

Malditos bruxos.

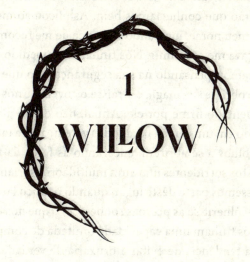

1
WILLOW

Dois meses depois.

Palavras sussurradas chamavam minha atenção, quase ao meu alcance. Eu não conseguia compreender mais do que os sons abafados dos mortos, sem assimilar as palavras que tentavam me dizer.

Nem mesmo pela mulher que jazia no caixão à minha frente, eu era capaz de controlar a magia que ainda não me pertencia de fato. Se ficasse com os olhos fechados tempo suficiente, talvez me convencesse de que a semana passada tivesse sido um sonho. A ilusão de um pesadelo, um péssimo produto da minha imaginação, o dia para o qual eu fora realmente criada.

E do qual eu queria, mais do que tudo, fugir.

Os sussurros às minhas costas ressoavam dentro de uma bolha, à parte dos murmúrios vagos da voz da minha mãe, como se eu pudesse me separar dos vivos na minha tentativa de ouvi-la. Mesmo quando todas as pessoas que haviam cochichado pelas costas da minha mãe esperavam sua vez de se despedir da mulher que nunca entenderiam, eu não conseguia me forçar a abrir os olhos.

Eu estava parada com os pés equidistantes e alinhados à largura dos meus ombros, um hábito que meu pai havia entranhado em mim a vida toda. Pronta para qualquer situação a qualquer momento — fosse o ataque de um caçador ou alguma coisa ainda pior. O piso sob meus sapatos não era natural, causando uma cisão que me impedia de tocar a única coisa que fazia minha alma se sentir inteira.

A terra sob os meus pés.

— Low — uma voz soou baixinha.

Uma mão deslizou para a minha, seus dedinhos se entrelaçando com os meus em um padrão que conhecíamos bem. Ash ficou ao meu lado mesmo depois de dizer o meu nome, me dando a chance de me recompor. De conter a força que ameaçava me consumir. Nós tínhamos impedido que meu irmão soubesse o que éramos, pensando na sua segurança e no que o aguardava se algum dia ele descobrisse sua magia e atraísse o coven até nós.

Devia ter aguentado firme por ele. Afinal, não era só a *minha* mãe que estava apodrecendo em um caixão para todos verem; a dele também.

Forcei meus olhos a se abrirem, encarando as fotos da nossa mãe e da nossa família. Rostos sorridentes fitavam a multidão, ilusoriamente humanos. Como se nós fizéssemos parte deste lugar, quando o único lar que tivemos de verdade não nos acolheria se as pessoas soubessem o que nós éramos.

Seres humanos tinham uma capacidade limitada de compreensão no coração. Possuíam a tendência de evitar a bruxaria de verdade — prova disso foram os julgamentos que haviam quase exterminado meus ancestrais.

Um único e lento olhar para o rosto da minha mãe me fez fechar a cara, me lembrando do motivo pelo qual eu tinha fechado os olhos para conter minha irritação.

Seu batom estava errado. A cor vermelha era ousada demais para a minha mãe, que preferia não chamar muita atenção. Estava bem claro que a pessoa responsável por prepará-la para o funeral não a conhecia nem um pouco, cobrindo as linhas de expressão do sorriso que ela valorizava como resultado da sua vida feliz e plena, livre do coven que a teria arrastado de volta para o Vale do Cristal esperneando e gritando.

Já era ruim o suficiente que ela precisasse ser enterrada de acordo com os costumes humanos — seus restos mortais presos em uma caixa dentro da terra que a mantinha separada do elemento —, a não ser que meu pai cumprisse sua parte no acordo. Ele deveria entrar escondido no cemitério no meio da noite enquanto o túmulo ainda estivesse fresco, colocá-la para seu descanso final em cima do caixão e enterrá-la novamente de forma que ela pudesse encontrar a paz.

Com um movimento rápido, agarrei o amuleto que ela usava em volta da garganta e o puxei até a corrente se partir. Os idiotas que cochichavam atrás de mim ficaram boquiabertos de choque, mas Ash não pareceu nem um pouco chateado quando eu afinal voltei meu olhar para onde ele estava ao meu lado.

Seus olhos castanhos eram um reflexo perfeito do que eu teria visto se minha mãe abrisse os dela, tão diferentes dos meus já que não tínhamos os mesmos pais. Ele tinha o mesmo cabelo acaju, tão escuro que era quase preto, tons de vermelho brilhando de leve nas luzes fortes demais da funerária.

— Vamos sair daqui — falei, apontando com a cabeça para a entrada do salão. Ash concordou de leve, lançando um rápido último olhar para nossa mãe.

Nós dois sabíamos o que viria a seguir. Ela havia me dado instruções muito precisas do que fazer com Ash quando ela acabasse sucumbindo à doença que havia assolado seu corpo, tirando-a de nós aos pouquinhos.

Ash soltou minha mão, passando entre os bancos e abrindo caminho em direção à saída. Ele mantinha a cabeça erguida de uma maneira que quase me fez abrir um sorriso presunçoso, sua fúria tão parecida com a da nossa mãe. Eu me contive enquanto as pessoas à minha volta sussurravam a respeito da morte que nos seguia, do fato de que todos que pareciam ser muito próximos de mim e do meu irmão acabavam morrendo cedo.

A magia tinha uma maneira de consumir tudo ao redor de uma bruxa se não fosse satisfeita ao ser usada, e mais cedo ou mais tarde atingiria a própria bruxa se ela a ignorasse por tempo demais.

Como aconteceu com a minha mãe.

A lama cobria o chão de piso branco enquanto nos aproximávamos da saída, grudando na sola dos sapatos de quem entrava para se despedir da minha mãe, Flora Madizza.

Fazia todo o sentido, pensei. Logo, Flora retornaria para a terra de onde ela tinha vindo. Ela seria colocada na terra quando meu pai realizasse seu último desejo. Enfim ela estaria em casa, em um lugar que lhe traria paz, seu poder absorvido de volta para a natureza que nos convocava.

Uma mão envolveu meu antebraço enquanto eu andava rumo à saída, seguindo o meu irmão, que se apressava para escapar da tensão sufocante daquele recinto repleto de gente que não gostava de nós. Ele podia não entender o medo que despertávamos em tantas pessoas, mas via mesmo assim.

Minha cabeça virou bruscamente para o lado, e encarei o homem que me segurava. Seus dedos apertaram o meu braço por um momento antes de ele engolir em seco.

— É de praxe que vocês fiquem para que a cidade possa dar os pêsames e oferecer condolências — disse ele, observando enquanto meus olhos rastreavam seu peitoral até a sua mão que tinha tocado em mim sem permissão.

Ele a retirou devagar, fingindo tranquilidade, como se só tivesse me soltado porque ele quis. Pisquei olhando de volta para o rosto dele, abrindo um sorriso enviesado quando ele recuou do contato visual com o que ele provavelmente considerava ser um demônio. Eu via aquele olhar assustador toda vez que fitava o espelho. O âmbar até seria considerado uma cor bem natural para meu olho, se não fizesse par com o violeta claro do meu olho esquerdo. A maioria considerava um tom diferente de azul, incomum, mas não desconhecido. Só com a proximidade as pessoas percebiam a verdade.

Um presente da linhagem do meu pai — uma característica que havia desaparecido fazia séculos.

— Alguma vez eu me importei com o que é *de praxe*, Sr. Whitlock? — perguntei, puxando meu cardigã largo cinza para se ajustar em volta de mim enquanto me sentia inundada pela onda de desconfiança do homem. Virei-me para o local onde meu irmão esperava, na saída, contraindo os lábios ao dar o primeiro passo em sua direção.

Eles fariam o que quisessem com o corpo da minha mãe dali em diante, e eu continuaria a exigir que seus desejos fossem cumpridos, conforme ela pedira. Ash se pressionou contra mim quando cheguei perto dele, e então empurrei a porta para abri-la e o deixar passar. Virei-me para lançar um único olhar para o caixão da minha mãe, sabendo que logo não teria como voltar atrás.

Sem a proteção da minha mãe, o destino que meus pais haviam escolhido chegaria para mim, quisesse eu ou não.

*

— PEGUE SUAS COISAS — FALEI, engolindo em seco com o turbilhão de emoções que pareceu apertar minha garganta. Os humanos da cidade em geral chamavam de ter um nó na garganta por causa da rouquidão. Nunca entendi a analogia, na verdade, me parecia que havia terra de cemitério vindo do meu interior para me pegar.

— Não quero ir — implorou Ash, me olhando enquanto eu fechava a porta da frente. Apesar de a umidade do verão fazer a madeira dilatar, dificultando seu encaixe na moldura, ela fechou com facilidade. Eu me virei, dando as costas para Ash enquanto trancava a fechadura e puxava a corrente pelo vão que deixava entrar uma grande corrente de ar gelado fora de época.

Setembro não costumava ser tão frio, mesmo na nossa cidadezinha nas montanhas de Vermont.

Tirei com um chute as sapatilhas pretas que usei para o velório da minha mãe, empurrando-as para o lado enquanto eu dava meia-volta para olhar para o meu irmão. Mesmo sem minha mãe lá, mesmo sabendo que logo essa casa estaria vazia e esquecida, eu não conseguia desobedecer às regras dela.

Regras com as quais ela não se importava mais.

Lágrimas fizeram meus olhos arderem quando me inclinei para a frente, dando um beijinho na testa de Ash. Senti seu suspiro sob meu toque, seu olhar direto no meu quando me afastei.

— Sabe que não podemos ficar aqui — expliquei, colocando um braço em volta do ombro dele. Eu o puxei para fora do corredor estreito, nos encaminhando em direção à escada na entrada da sala de estar.

Ele se desvencilhou, se dirigindo a mim agressivamente, com as sobrancelhas franzidas.

— Por que não? Por que você não me diz para onde está indo?

Fechei os olhos, sabendo que minha mãe tinha me feito jurar segredo para a própria proteção do meu irmão. Eu só queria poder fazê-lo entender, gostaria que ele pudesse ver como eu simplesmente pouco me importava com a missão que tinham me dado.

Se eu pudesse fazer do meu jeito, o destino que se lixasse.

— Vou contar quando você for mais velho. Prometo — argumentei, me encaminhando para a escada.

Coloquei a mão no velho corrimão de nogueira e olhei para meu quarto lá em cima quando subi o primeiro degrau. A vontade de me enfiar embaixo dos lençóis era gigantesca; queria me esconder do mundo, das responsabilidades e das expectativas que me pressionavam.

— Você diz isso há anos! Quando?

Passei as mãos no rosto, descendo do degrau e me agachando na frente de Ash.

— Quando você tiver dezesseis anos, eu conto tudo. Prometo.

— Por que não agora? — perguntou ele, o lábio inferior tremendo.

Nossa mãe não queria ter outro filho, não depois da realidade do que eu era e o que significaria para quem fosse próximo de mim. O mínimo que podíamos fazer era protegê-lo da melhor forma possível — mesmo se isso significasse abandoná-lo com pessoas que ele mal conhecia no processo.

Morar com a família do pai dele era muito melhor do que morrer do meu lado nessa missão idiota e estúpida da qual eu parecia não conseguir escapar.

— Eu não deixaria você se tivesse escolha. Por favor, acredite nisso — falei, pegando as mãos dele. Eu as apertei com força e soube pelas lágrimas que se acumulavam em seus olhos que ele acreditava. Durante toda a sua vida, ele tinha sido tudo para mim. Minha mãe costumava usar meu irmão para me motivar a praticar a magia que me parecia tão distante no início.

A possibilidade de protegê-lo já bastava para me fazer crer que valia a pena.

— Então venha comigo — disse ele, mordendo o lábio inferior. — Meu pai vai tomar conta de você até encontrar um trabalho novo. Você sabe disso.

Era verdade. O pai de Ash não era como o meu. Ele era humano, bom, paciente e amoroso. Era tudo que um pai deveria ser, e foi só pela necessidade de sigilo da minha mãe que ele não pôde passar mais tempo com o filho. Por outro lado, meu pai bruxo tivera a permissão de passar bastante tempo comigo, me moldando para me tornar o instrumento perfeito de vingança, por qualquer meio necessário. Não havia qualquer afeição entre nós, nem carinho ou amor.

Eu não passava de um meio para um fim para aquele homem que me criara com um único propósito.

Porém, o pai de Ash não podia me proteger do que estava vindo e, pior ainda, ele não podia proteger meu irmão do perigo de estar ao meu lado quando tudo acontecesse.

— Não é tão fácil assim, Bichinho — aleguei, o apelido carinhoso que eu não usava havia meses escapando da minha boca. Era como a minha mãe o chamava, mas sua doença havia tirado sua capacidade de falar no final.

Usá-lo sem ela parecia errado.

O casaco da minha mãe pareceu balançar no cabideiro como se um vento fantasma tivesse passado pela casa, fazendo um arrepio subir pela minha espinha. Uma lembrança de como seria impossível para mim ir com eles quando viessem. Como a última bruxa Madizza, minha vaga na Bosque do Vale estava garantida, se quisessem dar continuidade à linhagem de Susannah.

— Mas podia ser. Só me prometa. Me prometa que não importa para onde formos, nós vamos juntos — pediu ele, se enterrando ainda mais no meu peito. Eu o abracei mais apertado, engolindo a queimação na garganta e resistindo à vontade de fungar.

Fiz a única coisa que jurei nunca fazer.

— Prometo, Bichinho — assegurei, envolvendo-o ainda mais em meus braços.

Eu menti.

2
GRAY

Virei meu pescoço para o lado ao entrar no tribunal, olhando ao redor do círculo. De ambos os lados do palanque onde a Aliança esperava, seis bruxos estavam sentados com suas túnicas cerimoniais coloridas.

— Duas convocações em alguns meses. O que me fez ter tanta sorte de ser considerado merecedor da sua presença dessa vez, Aliança? — perguntei, balançando o braço em um floreio debochado enquanto me curvava.

— Cuidado, Alaric. Embora achemos você divertido na maioria das vezes, até a nossa paciência tem limite — advertiu Susannah.

Dei de ombros, olhando para os bruxos, que me observavam com ar de reprovação.

— Eu não sabia que vocês podiam sentir alguma coisa.

Susannah levantou uma mão ossuda para tocar no rosto, passando por cima do crânio, tirando o capuz e revelando o pior da sua irritação. É tão difícil determinar o humor de um ser quando ele não tem nem pele.

Não havia revirar de olhos, nem contrações na bochecha ou lábios franzidos. Decifrar os humores da Aliança se tornou um jogo para mim nos séculos em que passei aprisionado nesta carne semimortal junto com eles.

— Temos uma última aluna para trazer antes que as aulas comecem em dois dias — informou George, solícito ao mudar de assunto e estragar meu prazer em atormentar aqueles que livrariam o mundo de mim se pudessem. Para a minha sorte, eles não tinham o poder necessário e ficariam presos nessa desgraça eterna junto comigo.

Preferia o fogo do Inferno ao confinamento do corpo criado para me aprisionar aqui.

— Achei que já havíamos trazido dois alunos novos para cada uma das Casas. Estou errado em fazer essa suposição? — perguntei, franzindo a testa. Meus homens tinham trazido de fora da barreira mágica que cercava o Vale do Cristal, dois Brancos — que canalizavam magia dos cristais —, dois Roxos — os bruxos cósmicos —, dois Cinzentos — que realizavam magia com o ar —, dois Azuis — que a canalizavam com água —, dois Vermelhos — os bruxos do sexo — e dois Amarelos — que utilizavam o fogo. Também trouxemos uma única bruxa Verde, o que marcava a ausência de uma das famílias herdeiras. A linhagem Madizza não comparecia desde a morte de sua última descendente, duas décadas antes, deixando apenas a Casa Bray para fornecer a magia dos Verdes. Eles foram agrupados pelas Casas Petra e Beltran, dos Brancos, Realta e Amar, dos Roxos, Aurai e Devoe, dos Cinzentos, Tethys e Hawthorne, dos Azuis, Erotes e Peabody, dos Vermelhos, e Collins e Madlock, dos Amarelos, sendo os que restaram das famílias herdeiras. A Casa Hecate, a única dos bruxos Pretos, havia sido extinta no massacre, cinquenta anos antes.

— Uma nova bruxa se revelou a nós — explicou Susannah, se sentando mais ereta em cima do seu palanque. Ela olhou para as linhas de simetria ao seu lado, para os doze bruxos que lideravam cada uma das casas na cidade. Eram representantes das dezesseis famílias originais que fundaram o Vale do Cristal, os únicos que restavam daquelas linhagens nobres nos séculos que se passaram.

— Então ela pode simplesmente cursar no ano que vem, não? Se ela tem dezesseis anos, é nova demais para estudar na Bosque do Vale nos próximos quatro anos — argumentei, me virando devagar em um círculo enquanto esperava por qualquer um dos presentes ecoar a minha opinião. A Bosque do Vale exigia que todos os alunos tivessem pelo menos vinte anos, dadas as atividades que aconteciam dentro dos muros da escola uma vez por semana no dia da Extração.

Uma das bruxas Brancas se levantou, os cristais minúsculos costurados no tecido da sua túnica reluzindo quando ela estendeu uma pasta para mim. Eu a peguei, abrindo a capa de papel manilha para olhar a foto em cima de um calhamaço de informações.

Fiquei pasmo ao me deparar com um par de olhos de cores diferentes — o esquerdo um roxo pálido, e o direito brilhando como ouro líquido. Eles eram profundos e puxados para cima nos cantos externos, circundados por uma pele bem morena. Seu cabelo caía em ondas cheias em volta dos ombros, um castanho-avermelhado escuro que era quase preto, brilhando contra a jaqueta de couro preta que ela usava para cobrir o primeiro indício de curvas fascinantes.

Puxei a foto para baixo, o nome no topo do arquivo fazendo minha sobrancelha se erguer em dúvida.

— Willow *Madizza*? — perguntei, olhando para o que restava de Susannah. Ela era a última da linhagem Madizza, e eu não tinha certeza se ela contava. Não quando ela não estava realmente viva e, ao mesmo tempo que coexistia, estava separada do resto dos bruxos.

— Ela é a última de uma família fundadora, Alaric. Claro, até você pode entender que é de suma importância que ela seja trazida à Bosque do Vale imediatamente — ressaltou Susannah.

— Como ela ficou escondida esse tempo todo? Por que não sabiam antes da existência dela? — Olhei em torno da sala.

Para os bruxos, era um sacrilégio questionar a Aliança. Eu não fingia me importar com essas formalidades, não quando minha alma era bem mais velha do que os bruxos podiam sonhar ser. Eu existia desde a alvorada dos tempos, desde a criação da Terra em si.

Alguns séculos não eram nada, apenas um piscar de olhos.

— Presumo que a mãe dela a manteve protegida, depois de forjar a própria morte quase duas décadas atrás. Ela faleceu de verdade na semana passada — disse Susannah.

Não havia pesar pela descendente que devia ser sua ta-ta-ta-ra-alguma--coisa-neta. Apenas o desejo de ver sua linhagem restaurada dentro da cidade que ela liderava.

— Vou mandar Juliet. A garota pode se sentir mais confortável se for uma mulher que fizer contato. Ela sabe o que ela é? — perguntei, folheando o arquivo. Ela tinha frequentado uma escola para humanos, trabalhava em um jornal para humanos. Não havia sinal de treinamento de magia nos documentos.

— Não. Quero que você vá buscar pessoalmente. Não temos nenhuma razão para acreditar que ela faça ideia do que ela é. Mas se tiver, ela possui a magia de uma linhagem inteira dentro de si, Alaric. Ela é imprevisível, para dizer o mínimo. Muito provavelmente é perigosa se se sentir acuada. Leve Juliet com você, assim como Kairos. Garanta que ela não se machuque, mas deixe claro que sua presença na Bosque do Vale não é opcional neste caso — instruiu Susannah, se levantando.

Os outros bruxos a seguiram, inclinando a cabeça em respeito enquanto Susannah se aproximava de mim no centro do círculo. Ela colocou a mão esquelética no meu ombro, a magia sombria que a trazia à vida reverberando enquanto me atravessava. Aquilo me atraía, assim como os semelhantes se atraem, um reconhecimento de que não éramos tão diferentes afinal de contas.

Almas imortais aprisionadas em alguma coisa não tão viva nem tão morta.

— Você quer que eu a force a vir para cá? — indaguei, o sussurro ecoando entre nós.

Eu não tinha escrúpulos. Não me importava nem um pouco com uma garota que eu nunca tinha visto ou com o livre-arbítrio a que a maioria diria que ela tinha direito. Mas o coven se importava com essas coisas. Eles exigiam que nada acontecesse na Bosque do Vale sem que um bruxo consentisse.

Da reprodução à alimentação, eles autorizavam cada passo no caminho. Mesmo se tivessem que distorcer as circunstâncias para obter o consentimento, eles faziam o necessário para amenizar a culpa em sua consciência com mentiras.

— Custe o que custar. Está me entendendo? — questionou a Aliança, e mesmo sem globos oculares para me encararem de volta, senti a coerção de seus desígnios. Ela não permitiria que sua linhagem morresse, não quando ela, finalmente, tinha uma chance de vê-la reposta. — Pelo bem do coven, a garota deve voltar com você.

— E se isso só fizer com que ela deteste a minha espécie? E aí? — perguntei enquanto sua mão esquerda saiu do meu ombro e ela passou se arrastando por mim, se encaminhando para as salas privadas nos fundos do tribunal onde ela e George se mantinham isolados, exceto quando iriam falar com seu rebanho.

— Então vai haver mais uma bruxa detestando você quando se alimentar dela. Achei que já estaria acostumado com isso a essa altura — disse Susannah, fazendo um ruído que parecia quase uma risada enquanto abria as portas e sumia de vista.

Dei meia-volta, a fim de encontrar Juliet e Kairos para nossa viagem para outro estado. Pelo menos ela só estava a algumas horas de viagem de carro, e chegaríamos lá em pouco tempo.

Uma das bruxas Vermelhas encarou meu olhar quando passei, abrindo um sorriso sedutor para mim, como se eu fosse sua próxima refeição e não o contrário.

Elas nos odiavam, mas isso não as impedia de querer o sexo selvagem que acompanhava com tanta frequência as alimentações. Séculos de desdém não podiam impedir o fato de que uma bruxa e um Hospedeiro combinavam *muito* bem de algumas maneiras.

Meus caninos latejaram com a necessidade de alimento, mas eu os empurrei de volta. Isso podia esperar até eu voltar.

Havia um trabalho a ser feito primeiro.

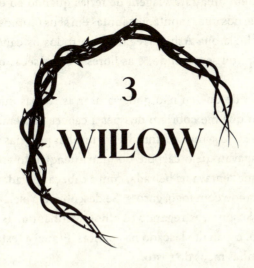

3
WILLOW

Eu me levantei da mesa, deixando Ash terminar seu jantar enquanto meu celular vibrava na minha mão. Saindo da cozinha e indo rumo à escada, atendi com um murmúrio.

— Você sabe que é perigoso demais ligar agora.

— Por que ainda não se livrou do seu telefone nem do seu irmão? — a voz masculina do outro lado da linha perguntou.

— Eu não vou *me livrar* do meu irmão — respondi de forma ríspida, olhando para trás para onde ele estava na cozinha e mantendo minha voz em um sussurro. Subi as escadas devagar, minha calça jeans preta apertando minhas pernas, na tentativa de não chamar atenção para a urgência que eu sentia. — Ash deixou claro que não quer ir sem mim. O pai dele vai nos encontrar no ponto de ônibus hoje à noite, então ele vai estar lá para ajudar se ele se recusar a ir sozinho. Não posso arriscar eu mesma dirigir até o Maine para levá-lo. Não agora.

— Devia ter mandado ele para longe há dias. Onde estava com a cabeça? — meu pai perguntou, sua voz ficando mais grave com o tom de repreenda que eu conhecia tão bem.

Eu ficaria mais preocupada se ele *não* falasse comigo naquele tom.

— Achei que ele merecia ir ao funeral da sua própria mãe, porra — sussurrei, fechando a porta do meu quarto devagar e me apoiando nela. Eu tinha feito uma pequena mala, principalmente para convencer Ash de que eu tinha toda a intenção de me juntar a ele na casa do seu pai. Mas eu a tinha enchido com os pequenos pedaços da minha vida que tinham importância para mim: uma pedra e concha que minha mãe e eu recolhemos da praia em

New Hampshire, em uma rara viagem de férias quando eu era criança; um álbum de fotos que nós duas montamos juntas em seus últimos meses de vida; o bichinho de pelúcia que Ash carregava para todos os cantos quando era pequeno, que inspirou seu apelido; e as flores e ervas secas que minha mãe havia deixado.

Fui informada de que eu não poderia usar as roupas que eu queria, os tons cinza e preto que me cobriam dos pés à cabeça não eram adequados a uma Verde. Só esse fato já tornava inútil levar minhas próprias roupas comigo. Minhas botas raspavam pelo carpete do quarto enquanto eu me movia em direção à cama e me sentava na beirada, com a cabeça apoiada nas mãos.

— Está brincando com fogo, garota. Se descobrirem ele...

— Eu sei. — Suspirei, esfregando os olhos. Minhas unhas estavam pintadas de preto fosco, o esmalte lascado nas pontas. Franzi a testa olhando para elas ao afastar minhas mãos do rosto.

— Se ele quisesse tanto ir ao funeral, então você devia ter ido embora para outro lugar qualquer. O pai podia ter levado ele — rosnou meu pai, Samuel, sua voz severa baixando um tom. O mesmo que ele usava quando eu o desapontava, o que acontecia com muita frequência. Eu conseguia visualizar suas sobrancelhas franzidas, uma linha se formando entre elas sobre aqueles olhos violeta singulares. Seu cabelo era de um preto vívido, sem o brilho avermelhado, que parecia mais evidente nas pontas. Talvez pelo fato de ser tão curto, a ponto de não permitir que a cor se evidenciasse, ou talvez por que a magia não o havia escolhido. Talvez os raios cor de sangue fossem um sinal do guardião dos ossos, uma tarefa que havia ignorado meu pai e ficado latente até meu nascimento.

— Você está exigindo que eu desista de todo o meu futuro pela sua vingança. O mínimo que pode fazer é entender que eu queria ir ao funeral da minha própria mãe — disse, me largando em cima do colchão com um suspiro.

— A vingança não é só minha. Ela era sua tia, Willow — argumentou ele, e sua voz ficou baixinha como só ficava quando falava *dela*. A irmã mais velha que havia feito de tudo para não descobrirem a existência dele. Aquela que havia roubado seu irmão bebê do berço e o mandado para algum lugar em que pudesse crescer bem longe do coven.

E assim, ninguém poderia fazê-lo escolher entre sua magia e sua habilidade de gerar filhos.

Por anos, a insistência do meu pai para que eu permanecesse intocada levaria um Hospedeiro à extrema obsessão; anos sofrendo com suas táticas brutais de treinamento. Que relação amorosa ele tinha construído com aquele presente, transformando sua única filha em uma arma projetada para fazer a única coisa que ele não conseguia...

Encontrar os ossos dos meus ancestrais — os ossos de sua irmã e de todos os bruxos Pretos que vieram antes dela —, e usá-los para Desfazer os Hospedeiros e destruir a Aliança. Somente esses ossos me permitiriam alcançar a magia da linhagem Hecate por completo.

— Eu sei que era — disse.

Mesmo não a tendo conhecido, eu não tinha outro desejo senão vingar a jovem mulher que a Aliança tinha assassinado fazia cinquenta anos. Eu só não queria tanto a ponto de nunca mais ver o meu irmão. Por mais que quisesse cair nas graças do meu pai e fazer a *única* coisa pela qual ele e minha mãe haviam me criado, teria me afastado de tudo aquilo se houvesse ao menos uma chance de Ash e eu encontrarmos um lugar seguro para nos escondermos.

— Ela merece encontrar a paz, Willow — disse meu pai, sua voz abrandando antes de continuar. — E você merece ter o que é seu por direito.

— Não dou a mínima para isso — retruquei. Minha liberdade e Ash eram minhas únicas preocupações no momento.

A confissão deixou um clima tenso entre nós. Recuperar os ossos era um meio para alcançar um fim, uma necessidade da minha tia e de todos aqueles que vieram antes dela de encontrar o caminho para casa.

A maioria dos bruxos do coven tirava seu poder da natureza. Os Verdes, como minha mãe, da terra; os Brancos, dos cristais; os Amarelos, do fogo.

Contudo, os Pretos eram diferentes.

Nós tirávamos nosso poder dos ossos dos nossos ancestrais, da magia que existia apenas na nossa linhagem. Sem aqueles ossos, nós não éramos nada, e eles estavam muito bem guardados em algum lugar no Vale do Cristal.

Eu os sentia — sabia que eles existiam. Qualquer pessoa sensata teria queimado aqueles ossos com sal na hora em que o último de nós foi aniquilado, por uma questão de cautela, mas alguém, em vez disso, os guardou.

Um item de um colecionador perverso, disso não tinha dúvida.

O último dos necromantes.

Bufei enquanto meu pai falava, suas palavras uma regurgitação de tudo o que ele tinha dito ao longo da minha vida. Eu era nova demais para me lembrar quando ele me ensinou o princípio da invocação, de como usar o meu sangue e os ossos dos meus ancestrais para ressuscitar os mortos.

— Faz ideia do que eu daria para ser o bruxo que nossos ancestrais escolheram para usar os ossos?

— Tenho uma leve desconfiança — disse, deixando a amargura transparecer na voz. Eu sabia exatamente o que ele daria para ser escolhido.

Ele me daria a eles. Ele me sacrificaria em um piscar de olhos se achasse que os ossos iriam para o único membro remanescente da linhagem de Hecate. Foi por isso que ele só teve uma filha, para que só houvesse uma pessoa no seu caminho.

O cordeiro a ser sacrificado.

Ele não sentiu o chamado deles. Não escutou os sussurros deles de noite quando deveria haver silêncio.

Pelo bem de Ash, aquilo não podia acontecer. Cresci sabendo que, um dia, eu teria que matar o meu pai ou deixar que ele me matasse.

A campainha na porta nos salvou de ter de reconhecer aquela realidade, e eu me sentei bruscamente enquanto olhava na direção da porta.

— Merda — xinguei, esperando pela primeira vez que fosse apenas um vizinho irritante e enxerido com uma torta de frango para se intrometer na nossa vida e nos meus planos de como eu sustentaria nós dois.

Meu pai desligou sem mais nenhuma palavra. Não houve uma despedida emocionante — mesmo sabendo que, se aquele fosse quem eu temia ser, ele podia nunca mais me ver. Havia uma boa chance de eu não sobreviver à Universidade Bosque do Vale. No instante em que minha mãe morreu, a proteção que impedia que eu fosse descoberta desvaneceu, durando somente mais uma semana. Era apenas questão de tempo até o coven me encontrar e mandar alguém para me buscar e me arrastar até a ilustre universidade, à qual só se ingressava com um convite.

Corri para abrir a porta, disparando até a escada. Meu alívio era tangível quando vi que Ash continuava seguro dentro de casa e fora de vista. Ele fora proibido de atender a porta anos atrás para sua própria proteção, e suspirei com força enquanto ajeitava meu suéter cinza e descia a escada correndo.

— Vá para a cozinha e fique fora de vista — murmurei, enxotando-o para o mais longe da porta da frente possível.

Ele fez o que eu mandei, se enfiando dentro da cozinha, embora tenha ficado perto da porta para conseguir ouvir o que poderia ser dito.

A curiosidade dele seria o meu fim.

Inspirei fundo, tentando me convencer de que era só a Sra. Johnson esperando do outro lado da porta. Que ela tinha ido ver se já havíamos nos alimentado, trazendo *mais uma* lasanha. Com a mão na maçaneta banhada a ouro, olhei para o amuleto que eu já havia colocado em volta do pescoço. A corrente era irrelevante, mas a turmalina preta aninhada em segurança dentro do arame de ouro rosé enrolado protegeria contra coerção. Todos os bruxos do coven as usavam quando chegavam na idade certa, e de jeito nenhum eu me arriscaria a encarar alguém na minha porta sem o amuleto.

Com a mão livre, estendi o braço para cima, destranquei o cadeado e tirei a corrente. Girando a maçaneta depois de confirmar com uma última olhada para trás que Ash continuava escondido, abri uma fresta na porta e espreitei lá fora.

Engoli em seco quando meus olhos pousaram na figura masculina parada no portão. Ele estava sozinho, seus lábios franzidos em um leve sorriso, cujo objetivo, sem dúvida, era passar tranquilidade, reduzindo a tensão que parecia haver por baixo do gesto incomum.

Com toda a certeza não era a Sra. Johnson.

O poder emanando do homem confirmava que além dele não ser minha vizinha intrometida, também não era nem humano, nem sequer estava vivo de verdade. Seus olhos brilharam quando encontraram os meus, seu tom azul metálico escurecendo por um momento antes de descerem para o amuleto no meu peito. Fiquei sem ar com a sensação daqueles olhos ardentes correndo pelo meu corpo, pela maneira que eu podia senti-los como garras se arrastando de leve pela superfície da minha pele.

Ele era lindo e irritante — um desastre iminente.

Sua pele era impecável, sem marcas ou cicatrizes à vista. Seus lábios eram cheios, mas másculos, os dentes brancos e perfeitos se destacando, enquanto tentava passar uma imagem despretensiosa. Ele usava um terno sofisticado demais para o entorno da minha varanda, nos bosques de Vermont, mas, de certa forma, combinava com ele. Eu não podia imaginar algo tão mundano quanto jeans cobrindo aqueles músculos esguios; sua beleza etérea, sobrenatural se sobressaía como a de um anjo caído. Durante toda a minha vida, eu havia sido estranha demais, não era humana o bastante, mas de repente me senti terrivelmente humana diante daquela criatura eterna.

— Srta. Madizza, suponho? — perguntou ele, a voz grave e rouca enquanto lentamente inclinava a cabeça para o lado. Seu olhar continuou varrendo o meu corpo, deslizando para a minha barriga e minhas coxas grossas até que seu sorriso se alargou quando avistou os coturnos nos meus pés.

— O senhor está falando comigo? Ou com os meus pés? — perguntei, puxando meu suéter para ajustar mais no peito. O olhar dele subiu de volta fazendo um caminho lento e lânguido. Ele não se apressou para me fitar nos olhos mais uma vez, mesmo eu o tendo enfrentado, a arrogância de séculos de vida lhe permitindo ter um comportamento avesso às boas maneiras.

— Estou definitivamente falando com a senhorita — disse ele, cruzando os braços. Ele apoiou o ombro em uma coluna de ferro que mantia o telhado da varanda aberta, parecendo confortável demais no espaço que devia ser meu.

— O que o senhor quer com a *Srta. Madizza*? — indaguei, resistindo à vontade de envolver o amuleto com meus dedos. Minha melhor chance de tirar o Ash de lá com segurança, mesmo eles já tendo me encontrado, estava em fingir que eu não sabia nada de quem eles eram. Se eu me fizesse de boba, talvez conseguisse tirá-lo de lá disfarçadamente.

— Represento uma universidade renomada. Temos uma oportunidade única para ela estudar junto com os melhores e mais brilhantes alunos do seu ano. Será que posso entrar para conversarmos a respeito? — o homem perguntou, se afastando do gradil com um empurrão do ombro. Ele deu um passo na minha direção ao mesmo tempo em que atravessei a porta, puxando-a por trás de mim para quase fechá-la e impedir sua passagem.

— Não — respondi, sem dar margem à discussão.

Rápido demais.

Ele ergueu uma sobrancelha, a boca abrindo ligeiramente enquanto ele passava a língua nos dentes inferiores. Sorri para abrandar a urgência na minha voz, engolindo meu pavor de ter um predador tão perto. Ele deu outro passo na minha direção, parando quando estava tão próximo que precisei inclinar a cabeça para conseguir olhar para ele.

— Todo cuidado é pouco hoje em dia para uma garota. Tenho certeza de que o senhor entende — eu disse, me concentrando no ritmo do meu coração.

Uma inspiração profunda, depois uma expiração.

Meu amuleto ficou quente no peito quando ele olhou para mim, me encarando fixamente enquanto tentava forçar sua coerção em mim. Eu fingi que não conseguia sentir, fingi que o cristal não estava confirmando tudo o que eu já suspeitava sobre essa beleza antinatural.

Hospedeiro.

Ele me analisou com cuidado, seus olhos azuis metálicos brilhando. De tão perto, eu me vi hipnotizada pelo anel dourado que circulava a pupila do olho dele, uma faísca de calor no seu olhar, que, fora isso, era frio.

— Claro — murmurou ele, abrindo os lábios em um sorriso cuidadosamente controlado. Ele teve séculos para praticar, evitar mostrar os caninos que deixariam até o mais bobo dos humanos em pânico.

— A Universidade Bosque do Vale gostaria de convidá-la para comparecer às aulas dentro de dois dias. — Ele olhou para a casa. Minha mãe nunca deixaria que ficasse em mau estado, cuidando da nossa casa mesmo não sendo um palácio, mas o desdém com que ele examinou o revestimento envelhecido fez minha pele formigar de raiva. — É o tipo de oportunidade que uma garota como a senhorita seria tola de rejeitar tão displicentemente.

Mudei de posição, abaixando o olhar e sorrindo sem acreditar.

— Uma garota como eu? O que isso quer dizer, exatamente?

— Uma órfã — disse ele, sem titubear quando a palavra rolou para fora da sua boca. Não havia empatia ou piedade pela minha perda recente, apenas uma afirmação pragmática que fez lágrimas raivosas ameaçarem surgir nos meus olhos.

— Não é preciso ser criança para ser considerado órfão? — questionei, afundando meus dentes na parte interna da minha bochecha. Eu me inclinei para a frente, invadindo o espaço dele. Suas narinas se inflaram quando me aproximei, o odor do meu sangue sem dúvida enchendo seus pulmões. — Se eu sou criança, então o que isso torna o senhor com o seu olhar perscrutador?

— A senhorita não é criança — disse ele, a mandíbula tensionando com o meu olhar desafiador fixo no dele. — Não devia ter usado esse termo. Eu só quis dizer que de repente ficou sozinha no mundo. Ter um lugar para recomeçar pode ser do seu interesse...

— Vou deixar isso muito claro para não tomarmos mais nem um pouco do tempo um do outro — falei, interrompendo-o. — Não estou interessada em cursar nenhuma universidade que manda um homem sórdido e duvidoso para a porta da minha casa. Qualquer universidade respeitável permitiria que eu me inscrevesse. Se quiser deixar um formulário de inscrição para mim e me economizar um selo, minha caixa de correios fica bem ali. — Apontei para trás dele, ao fim da entrada de carros à distância, em direção à pequena caixa vermelha que ficava lá.

— Não existem formulários de inscrição para a Universidade do Bosque do Vale. Apenas convites — replicou o homem, dando um passo para trás. Ele estendeu a mão para eu apertar, me encarando atentamente, desejando que eu aceitasse. Levantei o queixo, ignorando acintosamente sua mão. — Eu devia ter me apresentado — continuou ele. — Sou Alaric Thorne, reitor da universidade. Trago o seu convite formal...

— Então deixe meu *convite* na minha caixa de correios — corrigi.

— Eu *sou* o convite — disse ele, cerrando os dentes de trás enquanto me encarava com olhar penetrante.

Ele puxou a mão de volta, deslizando-a para dentro do bolso da calça. O terno de três peças que ele usava dispersava demais minha atenção para o meu gosto, uma distração completa e absoluta. Eu tinha a sensação de que era intencional, como se todo o seu ser fosse o pecado envolvido pelo terno mais elegante.

Estendi o braço para trás, agarrando a maçaneta de forma que eu conseguisse abrir a porta apenas o suficiente para enfiar o meu corpo. Ele não podia entrar sem ser convidado, e eu preferia ser *amaldiçoada* pelos nove círculos do Inferno a fazer isso.

Sorri ao me esgueirar para dentro de casa, espiando-o enquanto ele me observava como um lobo.

— Então eu não estou interessada mesmo.

4
GRAY

Fiz um movimento rápido, me aproximando dela e enfiando o sapato na fresta da porta antes que a bruxa pudesse fechá-la. A porta bateu na lateral do meu pé, voltando e abrindo um pouco enquanto os dedos da bruxa lutavam para continuar segurando a maçaneta. Seus olhos se arregalaram um pouco com a velocidade, piscando quando de repente apareci na sua frente.

Ao estender o braço apoiei meu antebraço na parede do lado da porta e me inclinei para o rosto dela erguendo meu lábio superior, revelando um pequeno vestígio de uma presa. As batidas do coração dela se intensificaram, pulsando mais rápidas apesar de quaisquer treinamentos que ela tenha tido para tentar disfarçar seu nervosismo.

— Por que não vem aqui fora e mente para mim de novo, amor? — perguntei, sorrindo para ela enquanto aqueles olhos díspares e estranhos piscavam para mim. Eles eram emoldurados por longos cílios pretos e naturais. Os círculos embaixo deles refletiam como ela devia estar cansada, e por um momento fiquei pensando se era seu habitual ou se era por causa da sua perda recente. Apesar da sua evidente exaustão, ela era exatamente o tipo deslumbrante de tentação do qual eu *não* precisava.

Ela mordeu o lábio inferior, atraindo minha atenção para o arco do cupido de seu lábio superior. Ela balançou a cabeça levemente, as mechas escuras de seu cabelo caindo em ondas por sobre o ombro. Havia um tom de vermelho nas pontas, como se ela as tivesse mergulhado no sangue de seus inimigos. Esse pensamento provocou algo dentro de mim, meu pau pulsando nas calças, em reação à estranha mulher. Deixei meu olhar vagar por suas formas, assimilando suas curvas uma a uma. Seus seios eram grandes, a linha do decote espreitando pelo topo da blusa tentadora. Os contornos se pronunciavam na cintura e nos quadris, as coxas grossas e fortes acentuadas pela postura de suas pernas afastadas. Ela não tinha a beleza franzina, frágil da maioria das Hospedeiras femininas. Tinha curvas suaves e perfeitas para mim.

— Estou surpresa que você caiba nessa varanda mesmo com o tamanho do seu ego — disse ela, com aquele sorrisinho falso e meloso que fazia com que ela parecesse mais velha do que realmente era. Tratava-se do olhar de uma mulher cínica que havia vivido tempo suficiente para experimentar a feiura que o mundo tinha a oferecer.

Fazia com que ela parecesse atemporal.

Um movimento atrás dela desviou minha atenção da maneira como seus lábios se curvaram em volta da palavra seguinte, se preparando para proferir alguma coisa sem dúvida inteligente e engraçada, que tanto me irritaria quanto me divertiria. Fazia muito tempo desde que alguém me proporcionava um desafio tão de bom grado. Sua recusa me fazia lembrar da adrenalina que eu sentia antes na perseguição entre predador e presa.

Um menino de cerca de seis anos estava parado no corredor atrás dela, me encarando sério com um atiçador de fogo na mão. Ele o levantou de uma forma atrapalhada, mostrando que não tinha ideia do que fazer com aquilo.

Era uma diferença drástica em relação à postura de Willow, à firmeza e serenidade no corpo da mulher. Cada momento servia para um propósito, cada contração do seu dedo era intencional.

Ela era treinada, tive certeza. Ao passo que o menino não era.

Willow virou a cabeça para olhar para o menino atrás dela ao mesmo tempo em que deu um impulso com o braço livre e tapou a minha boca. Qualquer dúvida que eu tinha antes sumiu, a mão dela interrompendo o comando para me permitir entrar na casa deles.

Ele não tinha um amuleto para protegê-lo de coerção.

Sorri contra a palma da mão dela, deixando meus caninos tocarem na sua pele e me divertindo com o arrepio que passou pelo seu corpo.

— Volte para a cozinha. Agora — ordenou Willow. — O menino olhou bravo para ela, mas obedeceu, balançando o atiçador de fogo ao sair de vista.

Era quase meigo que ele quisesse protegê-la. Imaginei que ela não estivesse de acordo com a revelação da farsa que ela tinha tentado criar. Ela soltou minha boca quando teve certeza que eu não ia falar, que eu não ia usar minha coerção com o garoto que presumi ser seu irmão.

— É um segredo e tanto que está escondendo, *bruxinha* — declarei, fitando a lateral do rosto dela enquanto ela assistia ao menino sumir de vista.

A máscara construída com cuidado que ela tinha vestido para mim caía aos poucos, uma leve insinuação de um sorriso prazeroso, mas inexpressivo, desaparecendo. Seu rosto se endureceu, suas bochechas pareceram mais angulosas enquanto seu olhar brilhava, e ela virou o rosto devagar para me olhar por baixo dos cílios compridos.

— Não sei do que está falando — disse ela, pressionando os lábios em uma linha fina. Seu suéter abriu, revelando um brilho fraco pulsando em volta do seu amuleto de turmalina, reluzindo contra sua pele oliva.

— Se vier comigo de bom grado, não conto ao coven do bruxo na sua casa — garanti, fazendo uma oferta que ela não receberia de nenhum outro. Eu era o único que me importava tão pouco com as leis dos bruxos que as ignorava sem preocupação nenhuma.

— Quer que eu confie em um parasita sanguessuga? — perguntou ela, os olhos brilhando desafiadores.

Agora que não havia mais barreiras entre nós, a profundidade do ódio dela pela minha espécie ficou evidente no olhar prolongado de desdém que ela me lançou.

— Não pode se esconder nesta casa para sempre. Estou oferecendo uma maneira de salvar o seu irmão de fazer a Escolha. Chame alguém para ficar com ele e venha comigo, e ninguém precisa saber — falei, levantando minhas mãos de uma forma apaziguadora. Eu não me afastei, não lhe dei a oportunidade de fechar a porta já que meu pé continuava bloqueando o caminho.

Ela desviou os olhos de mim, virando-se para onde o irmão tinha entrado antes de escolher o que nós dois sabíamos ser sua melhor opção.

Porém, quando ela voltou a atenção para mim, sua cara amarrada se transformou em um sorriso satisfeito.

— Veremos — rosnou ela, o nariz se enrugando com o grunhido quase animalesco que consumiu seu rosto. Ela soltou completamente a porta, pisando com a bota no meu pé ao mesmo tempo em que golpeou minha garganta com a lateral da mão.

Aquela pancada interrompeu meu fluxo de ar. Uma dor aguda explodiu na minha traqueia quando ela a esmagou. Seu segundo golpe foi no meu saco enquanto eu ainda estava abalado pelo fato de aquela coisa maligna ter me atacado. Cobri a virilha com as duas mãos para me proteger do pé que ela levantou, deixando meu peito descoberto, onde ela me atingiu com o chute, me empurrando um passo para atrás.

Não me afastei muito, mas foi o suficiente.

Ela recuou com uma velocidade que eu raramente via mesmo nas bruxas mais bem-treinadas, agarrando a porta e puxando para fechá-la, me deixando perplexo. Minha garganta voltou ao normal, se recuperando do esmagamento, quando girei a cabeça de um lado para o outro.

Malditas bruxas.

As cortinas das janelas da frente foram fechadas embora ela não estivesse em nenhum lugar à vista por lá, me fazendo virar o rosto para a maldita e infernal caixa de correios no fim da entrada de carros. Puxei meu celular do bolso e liguei para Juliet.

Desci os três degraus que levavam à base em frente à varanda, pressionando o telefone contra o meu rosto enquanto fitava a casa silenciosa demais.

— Pegou ela? — perguntou Juliet, e o som do SUV dando partida soou na ligação.

— Não. Ela sabe o que somos. Quero olhos em cada lugar que poderia ser usado como saída da casa — disse ríspido, rangendo os dentes enquanto dava a volta no quintal e ficava à espreita para ouvir qualquer som de fuga. Nem passando por cima de mim ela fugiria enquanto eu estivesse aqui sozinho.

— Entendi — tornou Juliet, claramente mudando a marcha do carro. Sem mais nenhuma necessidade de discrição, ela viria pela estrada até chegar bem perto em um piscar de olhos.

— E Juliet? Quando ela enfim aparecer, ela é *minha*. Entendeu? — enfatizei, estremecendo quando dei um passo e meu saco latejou de dor.

Juliet ficou em silêncio por um momento, pensando antes de soltar uma gargalhada.

— A bruxa passou a perna em você, não foi?

— Eu a subestimei — admiti, olhando fixamente as cortinas fechadas nos fundos da pequena casa verde. — Não vou cometer esse erro duas vezes.

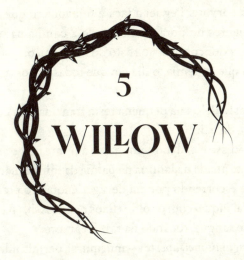

5
WILLOW

— Pegue sua mala — ordenei, olhando de cara feia para Ash e disparando em direção à pequena despensa perto da cozinha. Puxei para abrir a porta, me ajoelhando em frente à placa do piso. Meus dedos tatearam ao longo da borda, procurando pelo minúsculo sulco com um espaço *apenas* suficiente para enfiá-los e levantei a madeira, o que revelou a escada rústica e mal-acabada que minha mãe e eu construímos juntas quando fiz dezesseis anos.

— Low, o que é isso? — perguntou Ash, pendurando a mochila nas costas. Eu me levantei, colocando a mão nas suas costas e o empurrando para a escuridão. Acendi a luz do porão escondido, iluminando o chão sujo ao fim dos degraus.

— Desça — mandei, tentando não deixar transparecer minha aflição na voz. Eu não queria assustá-lo, não quando havia tantas coisas que ele não sabia. Mas com o Hospedeiro esperando do lado de fora e tramando uma maneira de nos forçar a sair da casa, precisávamos nos mexer.

Ele desceu rápido a escada, e eu o segui, me enfiando na passagem estreita e puxando a placa de madeira para encobrir nossos rastros. Cada segundo contava quando se tratava de tirar o Ash de lá. Com seus poderes limitados, ele ficaria protegido contra o coven pelo menos até eu morrer — as cordas da sua amarra forjadas com plantas invocadas pela minha magia.

Fui até uma das paredes revestidas do porão, deslizando a madeira para o lado e revelando as gigantescas raízes de árvores que haviam crescido e se espalhado embaixo da passagem que nos levaria à liberdade. Foi por isso que minha mãe tinha escolhido essa casa, esse lugar, como nosso santuário. As árvores aqui estavam profundamente enraizadas, facilitando a criação de túneis embaixo da superfície.

— O que está fazendo? — interpelou Ash quando passei a mão em cima da primeira raiz de árvore. Peguei a faca e o invólucro que ficavam nas prateleiras de suprimentos do porão, amarrando a bainha na minha coxa e me forçando a ignorar a dor confusa no rosto do meu irmão.

Esse era o dia que eu temia, o dia em que todas as nossas mentiras viriam à tona.

Examinei o rosto dele, sua pequena testa franzida pela confusão enquanto eu puxava a faca da bainha.

— Willow — disse ele, dando um passo à frente como se fosse me impedir de traçar a ponta afiada da lâmina na palma da minha mão. Uma linha fina se abriu, o sangue escorrendo por ela devagar enquanto pressionava a ponta dos dedos na ferida. Fiquei com os olhos fixos nos de Ash, apavorado, e estendi a palma coberta de sangue, tocando na raiz da árvore.

— *Sanguis sanguinis mei, aperte* — murmurei, permitindo que meus olhos se fechassem enquanto a árvore sorvia o líquido. Enquanto ela tomava o sangue que eu oferecia em troca de uma passagem segura pela floresta. A magia dos Verdes fluía pelas minhas veias ainda que não conseguisse encontrar os ossos dos Pretos.

A raiz sob a minha mão se mexeu, levando minha atenção para ela, e a observei se estremecer e se arrastar para dentro do solo. Terra saía de onde a raiz havia se deslocado, caindo no chão e encontrando um novo lugar para ficar. Quando ela se movimentou para o lado e se elevou, um túnel apareceu no espaço onde ela antes bloqueava.

Guardei a faca na bainha, pegando Ash pela mão e o puxando em direção ao túnel.

— Não vou a lugar nenhum até você me dizer o que está acontecendo — esbravejou ele e jogou a mão para trás. Meu olhar se dividiu entre o meu irmão e o túnel que nos oferecia nossa única chance.

— Não temos tempo — protestei.

Fui até a prateleira de suprimentos que tínhamos mantido escondida lá embaixo todos aqueles anos, longe dos seus olhos curiosos e enxeridos. O diário da minha tia estava na prateleira de cima, juntando poeira desde que eu terminara de ler suas experiências na Universidade Bosque do Vale havia alguns anos.

Fui para trás de Ash, abri o zíper da sua mochila e coloquei o diário dentro dela.

— Isso vai explicar quase tudo, e quando você for mais velho, vou encontrar uma maneira de contar mais.

A minha tia não era parente de Ash, e ele não teria a mesma magia que ela. Minha tia tinha a magia dos necromantes, não a magia da terra, como Ash e minha mãe. Mas ele entenderia o básico do que significava ser um bruxo.

E também dos perigos rondando o Vale do Cristal dos quais eu precisava protegê-lo.

— A mamãe sabia? — perguntou ele enquanto eu dava a volta para a sua frente e o guiava para dentro da entrada do túnel.

Peguei uma lanterna rápido e a acendi, e logo puxei a placa de madeira para fechar a abertura a fim de seguirmos nosso caminho no subterrâneo.

Era sempre tão escuro embaixo da terra, a ausência de estrelas brilhando no céu tornava este túnel uma das maiores escuridões que eu já conhecera. O pânico ameaçava me consumir, a lembrança de uma outra escuridão real à espreita. Eu a enxotei pelo bem do meu irmão, nos impulsionando para a frente com uma inspiração profunda e tranquilizadora.

— *Claudere* — murmurei, instruindo a árvore a retomar a sua posição natural. Ela se mexeu, nos isolando do porão mais uma vez enquanto eu pegava Ash pela mão. Senti minha pele molhada de sangue ao segurar a lanterna com a mão cuja palma fora cortada e fiz um gesto afirmativo com a cabeça até perceber que ele provavelmente não conseguia me ver direito.

— Ela também era uma bruxa Verde — respondi, olhando por cima dele ao mesmo tempo em que nos guiava através dos túneis de forma lenta, mas contínua. O chão sob nossos pés era irregular, a terra escavada vagarosamente ao longo dos anos, a magia desgastando-a pouco a pouco para evitar uso excessivo. — Assim como você.

Os lábios de Ash se abriram em choque, e ele olhou para a própria mão, erguendo-a para fitá-la com uma nova perspectiva.

Eu não lhe contei que eu havia limitado sua magia para mantê-lo escondido, escolhendo deixar essa conversa para quando ele fosse mais velho. Até esse dia, até ele poder escolher o que ele queria por si mesmo, eu não deixaria que o coven tirasse sua magia.

— Mas eu nunca...

— E você não vai poder até ficar mais velho — afirmei, parando de andar para me virar e olhar para ele com a expressão séria e os lábios comprimidos que ele conhecia tão bem. — Você não pode contar a ninguém. Está entendendo? Seu pai não é como nós. A família dele não é como nós, e revelar o que você é só vai possibilitar que criaturas como aquele homem lá fora encontrem e peguem você.

— O que ele era? — perguntou Ash enquanto eu o puxava para avançar mais rápido. Quando chegássemos na caverna, teríamos que correr pela floresta. Teríamos que torcer para o Hospedeiro não conseguir captar nosso rastro.

— Uma coisa chamada Hospedeiro — expliquei, cogitando quanto mais eu deveria lhe contar. Ele era tão novo, tão impressionável. Eu ainda me lembrava do meu primeiro pesadelo com as criaturas que sobreviviam com sangue de bruxa quando eu era nova demais para conhecer os horrores que elas representavam. — Eles trabalham com o coven de bruxos e moram juntos. Queremos evitar a todo custo ir para lá — expressei em vez de lhe contar a verdade.

De que eram corpos criados pela linhagem Hecate, projetados para viverem para sempre e abrigar as *coisas* dentro deles. Sem aqueles Hospedeiros, eles queimariam os corpos humanos no prazo de um ano.

O que antes tinha sido um grupo de aliados servindo ao mesmo poder superior se tornou um grupo de inimigos provisórios presos juntos — uma animosidade que cresceu ao longo das gerações.

Uma luz brilhava fraca à distância, o sol se pondo com muita lentidão para o meu gosto. A escuridão nos encobriria e nos ajudaria a passarmos despercebidos mesmo que só um pouco contra os sentidos aguçados do Hospedeiro.

Parei quando saímos do túnel, escalando em direção à entrada da caverna na floresta. Eu sabia que, se continuássemos nos afastando da casa, alguma hora chegaríamos à rodoviária. Por sorte estávamos perto, dada a distância que as coisas costumavam ter na nossa cidade, principalmente depois do nosso deslocamento embaixo do terreno e no início da floresta.

À distância, eu podia ver o ligeiro movimento de pessoas em volta da nossa casa. Daquelas que tentariam nos obrigar a sair do lugar onde tínhamos morado nossa vida toda. Eu nos mantive abrigados dentro da entrada da caverna, agachada na frente de Ash e de mãos dadas com ele enquanto jogava a luz da lanterna de volta para o interior do túnel.

— Não importa o que aconteça, não importa o que você veja, continue em frente — falei, ignorando a maneira como seus olhos se arregalaram. — Corra o mais rápido que conseguir, e se você continuar seguindo reto, vai acabar no ponto de ônibus. Seu pai vai nos encontrar lá. Você só precisa chegar lá, certo? Me prometa que você vai chegar lá, Bichinho.

Ash concordou, piscando rápido.

— E você, Low?

Peguei seu rosto com a mão, me forçando a sorrir enquanto pressionava minha testa na dele. Tantas mentiras em tão poucas horas.

— Vou estar logo atrás de você — respondi ao me levantar e dar um tapinha nas costas dele. Eu o coloquei atrás de mim, me posicionando entre seu corpo e os dos Hospedeiros. Apontei a direção para onde ele precisava ir.

— Vá! — sussurrei com firmeza, dando o empurrãozinho que ele precisava para entrar tropeçando na floresta. Ele era baixo o suficiente para passar despercebido na mata da floresta selvagem, a roupa verde que ele e minha mãe tanto estimavam ajudando-o a se camuflar. Ele tinha usado a cor preferida dela no funeral. Reprimi um estremecimento nos lábios ao me ajoelhar e tocar na superfície da terra.

Pressionando os dedos na terra, não recuei quando os grãos entraram embaixo das minhas unhas. A terra era compacta na superfície, me levando a cavar até encontrar o solo fresco e macio logo abaixo.

Esperei, mandando uma onda de magia pela terra da floresta. Senti cada árvore, cada raiz, onde a magia se conectava com cada grão de terra que cercava meus dedos. Plantando-me como se eu fizesse parte daquilo, fechei os olhos e inspirei profundamente, ganhando forças. Quando os abri de novo, eu sabia que meus olhos vibravam com uma linha verde enlaçando-os no centro.

Fiquei ali esperando, dando tempo para Ash estar a uma boa distância antes de eu criar uma distração. Parecia que o tempo havia desacelerado, o chamado dos Hospedeiros me atingindo no peito enquanto eles tentavam chamar Ash. Convencê-lo a simplesmente abrir a porta para eles, de que eles podiam lhe oferecer uma nova vida longe deste lugar. Eu esperava que ele estivesse longe o suficiente para não sentir a pressão daquilo, para não ser compelido a voltar.

Foi só quando um dos Hospedeiros voltou sua atenção para mim que eu mandei meu poder como uma onda pela floresta. As palavras saíam da minha boca à medida que eu convocava as árvores que me rodeavam e as que estavam mais perto da casa. O Hospedeiro mais próximo me avistou quando meus lábios formaram as palavras, a cabeça dele virando rápido para o lado tentando avisar aos outros.

— *Adiuva me* — proferi, pedindo ajuda à floresta.

Um galho grosso da árvore mais próxima ao Hospedeiro quebrou, estalando quando o atingiu no peito e o arremessou para trás. Ele gritou ao voar pelos ares, colidindo com a parte lateral da casa e quicando para então se estatelar no chão.

O outro homem, o da varanda, virou para olhar o amigo caído. Ele então voltou sua atenção para mim quando me pus de pé, levantando o queixo ao nos entreolharmos. Ele deu um passo à frente na minha direção, inclinando a cabeça para o lado. Como eu não me mexi, sorri, sabendo que, com seus sentidos aguçados, ele me ouviria.

— Você queria que eu saísse. E agora, reitor? Precisa de um *convite*?

Ele deu outro passo para a frente, seu segundo pé preparado para se mexer. Eu sabia que ele viria mais rápido, que ele me alcançaria com uma velocidade que eu não tinha esperança de ultrapassar.

Eu me ajoelhei de repente, batendo a palma das mãos no chão. A terra se levantou em uma onda, uma agitação estremecendo floresta adentro ao se mover em direção à casa e ao quintal. O Hospedeiro, o *reitor Thorne*, deve ter xingado quando se impulsionou para a frente. A floresta barrou seu avanço, as árvores cruzando os galhos para bloquear seu caminho enquanto o chão se erguia e o derrubava.

Eu assisti às primeiras raízes das árvores se erguerem do chão, agarrando-o pelos tornozelos e envolvendo os seus braços. Elas o prenderam à terra e eu me virei de novo para a floresta.

E corri.

6
GRAY

Urrei, me debatendo o máximo que eu conseguia à medida que as raízes aumentavam a força da constrição. Uma delas se enroscou ao redor da minha garganta, pressionando o mesmo ponto que Willow tinha esmagado na varanda havia apenas uma hora. Mesmo com a traqueia já curada do ataque anterior, a familiaridade do momento me atingiu no que teria sido o meu coração se eu tivesse um.

Puxei uma das raízes, libertando meu braço enquanto elas tentavam me enterrar vivo. Minhas costelas estalaram e meu corpo cedeu com a pressão, quando aquela que tinha se enrolado no meu tórax puxou com força. Assim que soltei a mão, consegui enfiá-la na raiz em volta do meu pescoço, arrancando aquela coisa emaranhada e ameaçadora, ignorando o grito que parecia vir da casca da árvore enquanto eu a despedaçava.

Uma sombra apareceu acima de mim, bloqueando o que restava do sol à medida que a escuridão descia sobre nós. Minha pele formigava de irritação, a cura de que meu corpo precisava queimando através do sangue da bruxa no meu organismo rápido demais. Sem aquilo, o sol se tornaria mais do que apenas um mero aborrecimento.

Ele me queimaria vivo.

Juliet brandiu a espada e golpeou a árvore, retalhando a grossa raiz enrolada no meu estômago. Resisti à vontade de me encolher, confiando que ela não me cortaria. O pedaço da árvore de Willow estremeceu, suas pontas tremendo enquanto ela lutava contra a dor.

Ela balançou a espada para o lado quando um galho da árvore se agitou na sua direção, rebatendo-o com um golpe que o jogou para trás em uma onda. Outro galho a atacou no mesmo instante, forçando-a a se defender em vez de tentar me libertar. Arranhei a raiz enrolada no meu tórax enquanto as árvores eram distraídas pelo perigo maior, que cortava a madeira aos poucos.

Juliet olhou para mim, erguendo uma sobrancelha em escárnio enquanto me assistia lutar.

— Você subestimou a bruxa de novo — disse ela, zombando.

Rosnei para adverti-la, mesmo ela estando certa. Eu não esperava que a bruxa conseguisse controlar sua magia tão bem. Mesmo sendo ela a última da sua linhagem, já que seu irmão ainda não tinha adquirido seu poder, esperava encontrar uma bruxa jovem com pouco treinamento, que ainda precisasse ser ensinada do que ela era capaz. Devia ter imaginado.

Flora Madizza tinha sido uma bruxa insolente e teimosa antes de fingir sua própria morte para fugir da Aliança. Ela passava muito mais tempo ao ar livre do que com seu coven.

Kairos se juntou à batalha, a nuca marcada de sangue no lugar onde ele tinha batido a cabeça na lateral da casa. Se ele pegasse Willow antes de mim, seria muito difícil eu conseguir intervir para controlar sua raiva. Com ele não havia meio-termo. Não importava para ele se Willow estava lutando pela vida do irmão, ele tentaria retaliar, mesmo assim.

Juliet cortou o resto do que me prendia com agilidade, me permitindo me levantar e estalar o pescoço enquanto todos os meus ossos se assentavam de volta no lugar, meu corpo se regenerando enquanto o sol me pressionava com mais firmeza a cada momento que passava.

Parte de mim queria que ela sangrasse pelo que havia feito, pela humilhação de ter sido derrubado por uma única bruxinha. Mas outra parte sabia que havia um destino reservado para ela que produziria uma vingança muito mais divertida.

Dei um passo em direção à floresta.

— Não está pensando mesmo em ir atrás da bruxa lá, está? — perguntou Juliet quando eu me virei e peguei minha espada no banco de trás do carro que ela tinha estacionado do lado do quintal.

Olhei para ela por cima do ombro, notando a maneira como ela examinava o leve avermelhamento da minha pele. O sol iria se pôr logo, mas quem sabia se estaríamos de volta em segurança dentro dos limites do Vale do Cristal antes do amanhecer?

Além disso, eu não queria uma das bruxas que esperavam por mim lá.

Eu queria *aquela*.

— Estou com fome — declarei, ouvindo os sons de Willow correndo pela floresta, que parecia se mover junto com ela, farfalhando em seu encalço, como se trabalhasse para encobrir seu rastro.

— É falta de educação brincar com a comida — disse Juliet, cruzando os braços.

— Apenas encontre o garoto — ordenei, e fui caçar meu jantar na floresta.

7
WILLOW

Um arbusto roçou no meu braço enquanto eu corria, o toque delicado das folhas me fazendo parar por um instante e olhar para trás em direção à casa. Eu estava longe o bastante para não a ver mais, mas eu sentia o que as árvores queriam que eu soubesse.

Ele estava vindo.

Olhei para a direita, sabendo que eu precisava ganhar mais tempo para Ash. Suas pernas pequenas não conseguiam percorrer aquela distância com a mesma velocidade que eu, e ele não podia comandar a floresta para que ela se curvasse e se deslocasse, facilitando seu caminho.

Dez minutos. Se eu conseguisse só mais esse tempo para ele contra o Hospedeiro, seria um milagre.

Segurei a parte mais grossa do galho onde a árvore havia se esticado para tocar em mim.

— *Me paenitet* — murmurei, me desculpando pela dor que a árvore podia sentir, pelo que eu precisava pegar. Puxei minha faca da bainha, usando-a para serrar o galho. A árvore não estremeceu, não mostrou nenhum sinal da dor que eu sabia que ela estava sentindo.

Da dor que me atingiu no peito a cada corte.

A árvore pareceu me envolver em um abraço, me consolando mesmo enquanto eu a machucava. Ela não podia falar, não podia me passar a segurança suave que minha mãe passava antes quando eu fazia o que fosse necessário para proteger Ash.

Porém, ela podia me abraçar, envolvendo meu corpo com seus galhos.

Resisti à vontade de chorar quando finalmente consegui cortar o galho. Pressionando uma das extremidades entre as coxas, rapidamente raspei a outra formando uma ponta afiada, quebrando as ramificações nas laterais de modo que eu pudesse segurar. Eu não tinha muito tempo. A terra mandou uma onda na minha direção quando ele chegou perto demais.

Cada passo que ele dava por entre as árvores reverberava, já que a floresta lhe dava um mínimo de barreira a fim de mantê-lo no meu rastro. Eu não podia arriscar que ele decidisse ir atrás de Ash em vez de mim.

Ash seria uma presa fácil.

Guardei a faca de volta na bainha, avaliando minha estaca artesanal feita do espinheiro e testando seu peso.

O Hospedeiro saiu da clareira, seu corpo se movendo a uma velocidade que eu não tinha esperança de realmente ver. Ele emergiu em uma massa preta agitada delineada pelo pôr do sol. Morcegos batiam as asas enquanto o deixavam, voando em volta do seu corpo em um vórtice que deve tê-lo protegido da pior parte do dano que a floresta podia causar.

Um único corte retalhou a maçã do seu rosto, cortando através da sua beleza etérea enquanto ele mostrava os dentes para mim. Um filete de sangue manchou sua bochecha. Seus olhos se desviaram para a estaca na minha mão, sua expressão animalesca tornando seu olhar mais sombrio quando ele finalmente o ergueu para me encarar.

— Cuidado, Bruxinha. Em algum momento, isso vai deixar de ser divertido — disse ele, dando um passo na minha direção.

As árvores reagiram antes de mim, uma raiz deslizando até os seus pés. Ele pulou sobre elas sem tirar os olhos dos meus, avançando, cercado pelos morcegos que batiam as asas para protegê-lo.

Um galho atacou, mirando sua garganta, mas a pequena criatura voadora o bloqueou, levando o golpe que seria para ele com um guincho.

Estendi minha mão livre, sinalizando para as árvores pararem de atacar. Embora o Hospedeiro estivesse querendo sacrificar os morcegos na luta, isso era algo que eu não podia tolerar.

O Hospedeiro virou a cabeça para olhar o lugar onde os galhos se recolhiam, me examinando com curiosidade.

— É só a minha espécie que você quer matar então? — perguntou ele, rindo como se aquilo fosse ridículo.

Aquilo me fez querer provar que eu podia fazer isso, mas, a não ser que eu conseguisse o golpe perfeito, era quase impossível. Um Hospedeiro só podia ser destruído por um Necromante, cuja magia mandaria aquela *coisa* de volta às profundezas do Inferno. Uma estaca podia provocar esse efeito, tecnicamente, se uma bruxa conseguisse infiltrar sua magia na fenda onde o coração deveria estar.

A minha estaca era entalhada de madeira. Um bruxo Azul precisava encontrar uma maneira de enfiar água para dentro da fenda do coração do Hospedeiro, um bruxo Amarelo, fogo.

Porém, não era apenas o elemento em si que precisava encher o buraco da existência do Hospedeiro, mas a essência da magia que seria necessária para *desfazê-lo*. Somente um bruxo Preto podia fazer isso sem um grande sacrifício pessoal. Não era um sacrifício que muitos bruxos estavam dispostos a fazer.

Não quando o sacrifício os drenava de tudo e os deixava sem poder. Um destino pior do que a morte para um bruxo do coven.

Humanidade.

— Não sou burra a ponto de achar que posso matar você — retruquei em resposta, girando a estaca na mão com exagero, distraindo-o, ganhando tempo. — Mas isso não significa que eu não possa ferir você.

O Hospedeiro se moveu bem devagar, agindo como se pudesse se aproximar de mim de mansinho antes que eu percebesse o que ele estava fazendo. Esperei até ele ficar ao alcance dos meus braços, deixando-o chegar perigosamente perto. Seu cheiro me inundou e encheu a floresta. Era o cheiro de solo molhado depois de uma chuva fraca de verão, terroso e fresco ao mesmo tempo.

Quando seu pé alcançou as folhas que as árvores tinham juntado ao meu redor, dei um salto adiante. A raiz de uma árvore se levantou embaixo de mim, me empurrando para a frente e me dando um impulso, me arremessando para ele. Empurrei a estaca na direção do seu peito sem coração, gritando enquanto canalizava minha magia para a madeira na minha mão.

A floresta em torno de nós ficou em silêncio, minha magia fazendo com que ela voltasse o foco para aquela estaca. O Reitor Thorne segurou meu pulso no momento em que a ponta tocou no tecido do seu terno. Ele caiu de costas e o meu corpo seguiu, colidindo com ele até que desabasse no chão da floresta.

Eu caí em cima dele, lutando para colocar minhas pernas em volta dos seus quadris, mesmo com sua mão apertando mais o meu pulso. Ele me segurou com facilidade, espremendo minha articulação até eu sentir meus ossos sendo esmagados.

— Solte — ordenou ele. Pressionei minha outra mão no seu peito, erguendo meu corpo até estar sentada em cima dos seus quadris e coloquei todo o meu peso na mão que ele parecia determinado a despedaçar.

— Vá se foder — rosnei, pressionando com mais força. Seus olhos se arregalaram quando a estaca fez um corte no tecido, deslizando apenas ligeiramente para mais perto do seu peito.

Ele riu, uma risada cruel que deslizou pela minha pele, enquanto enroscava a mão livre em volta da minha garganta. Ele a apertou, interrompendo minha respiração, a membrana entre seu polegar e seu dedo indicador pressionando a minha traqueia.

— Com prazer, Bruxinha. Embora eu deva admitir, achei que eu ia precisar levá-la para jantar antes.

Ele usou aquilo para me virar de costas de repente, e eu provavelmente teria perdido o ar dos pulmões se ele já não o tivesse roubado. Seu corpo cobriu o meu imediatamente, deslizando entre minhas coxas e me deixando imóvel. Com seu corpo prendendo meus quadris, sua mão na minha garganta e a outra firme no meu pulso, fiz a única coisa que eu podia fazer.

Usei minha outra mão para agarrá-lo pelo cabelo, empurrando sua cabeça para o lado, sentindo seu olhar fixo em mim. Seus caninos brilhavam na escuridão. Seus olhos se fecharam quando eu puxei, tentando forçá-lo para trás de forma a que ele soltasse minha garganta. Em vez disso, ele só deu outra risada, passando a língua nos dentes antes do olhar azul assombrado encontrar o meu.

— Você é uma demoniazinha mesmo, hein?

— Não me insulte me comparando com a sua espécie, sanguessuga — sibilei.

— Eu não ousaria insultar você, amor. É um elogio — disse ele, o polegar pressionando com mais força a lateral do meu pescoço. Ele inclinou minha cabeça para o lado, exibindo meu pescoço e meus olhos se arregalaram quando compreendi.

Soltei a estaca, tentando empurrar minha mão para dentro da terra embaixo do meu corpo para me conectar com a floresta mais uma vez. Ele baixou a cabeça na minha direção muito rápido, sua boca se aproximando do meu pescoço exposto.

— Não! — gritei, esperneando ao lutar contra a maneira como ele me mantinha presa.

Lábios tocaram na minha pele, um tipo doentio de prazer surgindo e me deixando toda arrepiada. Ele sorriu próximo a mim, me mantendo imóvel, ignorando minha luta no momento em que as pontas dos seus caninos me tocaram.

Romperam a minha pele sem dó, uma explosão suave retumbando pelo meu corpo. Senti cada atrito deles contra a minha carne, senti quando se plantaram o mais profundo possível, e um gemido abafado escapou de mim.

Então veio a dor, a queimação profunda que se originou da minha garganta quando ele sugou o meu sangue para a sua boca. Ele grunhiu dentro de mim, o som tensionando algo no meu estômago ao mesmo tempo em que a queimação se espalhava pelas minhas veias. Sua toxina seguiu seu curso através da minha corrente sanguínea, e o imbecil não fez *nada* para diminuir a dor, mesmo podendo ter feito.

Ele podia ter transformado a dor em prazer, em vez de me deixar queimar.

— Me. Solte. Agora — disparei, relaxando meus dedos no seu cabelo e enfiando a mão na terra. A cabeça dele subiu de repente soltando minha garganta, seus dentes deslizando para fora das feridas perfuradas que ele havia criado.

— Merda — resmungou ele quando um galho deslizou entre nós e o atirou para trás.

O peso dele saiu de cima de mim. Uma das raízes das árvores embaixo do meu corpo me ergueu, deslizando contra a minha espinha e me guiando para me colocar de pé. Toquei meu pescoço, examinando minha mão e notando a mancha de sangue.

— Isso foi uma grosseria — falei, me abaixando e coletando um pouco de terra do chão da floresta. Esfreguei-a nos machucados, minha pele se aquecendo enquanto minha magia trabalhava para curá-los aos poucos.

Thorne se levantou do chão, ajeitando seu terno e passando a língua pelo sangue deixado no canto da sua boca.

— Valeu a pena — disse ele, olhando para as árvores em volta de mim enquanto eu refletia sobre como prosseguir. Parecia que estávamos em um impasse, decidindo a melhor maneira de proceder. Nós dois sabíamos o que o outro queria, mas *conseguir* parecia ser outro desafio.

O grito que rasgou a noite me salvou de outro pensamento, fazendo minha cabeça virar na direção do ponto de ônibus.

Não.

Corri, disparando no meio das árvores. A floresta abria um caminho para mim à medida que eu corria, levantando meus pés e me dando mais velocidade. Uma inclinação no chão teria me desacelerado se a raiz de uma árvore não tivesse se levantado, criando uma maneira de eu conseguir deslizar e atravessar com facilidade.

Não. Não. Não.

— Devagar demais, Bruxinha! — gritou Thorne, sua voz me cercando. Eu não conseguia vê-lo já que ele se infiltrava na escuridão que havia circundado as árvores durante a nossa luta, e concentrei toda a minha força em chegar lá.

Ash gritou de novo, o som de uma gargalhada masculina se seguindo enquanto eu emergia da floresta e corria pelo asfalto até o ponto de ônibus. Cada passo me afastava do lugar que me amparava, que me oferecia minha única chance de lutar.

Três figuras cercavam o pequeno corpo do meu irmão, que estava parado no meio do estacionamento, perfeitamente posicionado para me enfraquecer.

Thorne apoiou a mão no ombro do meu irmão, sua velocidade anormal tendo possibilitado que ele alcançasse Ash e os outros mais rápido do que eu. Ele olhou para o meu irmão quando eu derrapei e parei na frente deles, meu olhar disparando para Ash, me certificando de que ele não estava ferido.

A voz de Thorne captou minha atenção, sua mão livre se estendendo para tocar a boca suja de sangue, em uma ameaça sem palavras.

— Olá de novo, Bruxinha.

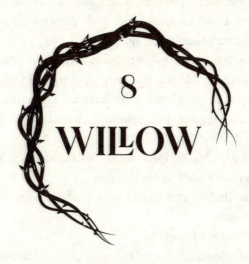

8
WILLOW

AO LONGE, O ÔNIBUS estava cheio de gente, e eu só podia imaginar que a pessoa que saltou era o pai — muito humano — de Ash. Ele estava tão perto da liberdade.

— Deixe ele ir — sussurrei, empurrando as palavras através da queimação na minha garganta.

Os Hospedeiros eram imprevisíveis, e o que estava com as mãos no meu irmão podia tanto rasgar a garganta dele quanto mandá-lo de volta para o coven.

O que fariam com ele, o que o fariam escolher...?

— Me diga, por que eu faria isso? — perguntou o reitor Thorne, inclinando a cabeça para o lado enquanto me examinava. Seus olhos desviaram para a terra espalhada no meu pescoço, como se o enojasse ver a marca que ele fez cicatrizada ali embaixo. — Já dei a você a chance de vir tranquilamente para salvar seu irmão. Você rejeitou a minha oferta de um jeito muito grosseiro.

— Por favor — murmurei, mantendo o olhar fixo nos olhos castanhos de Ash, que estavam arregalados de medo, um tremor sutil perpassando o seu corpo enquanto ele implorava silenciosamente pela minha ajuda. — Existe alguém que você ame? Alguém por quem faria qualquer coisa para proteger?

Ele apertou mais o ombro de Ash quando virei meu olhar para o dele, encontrando sua frieza azul. O dourado pareceu brilhar com a minha pergunta, avaliando as lágrimas que se empoçavam nos meus olhos.

— Não — respondeu ele, balançando a cabeça de leve. — Hospedeiros não têm coração, Bruxinha. Vai ser melhor para você se conseguir se lembrar disso nos próximos anos.

— Então eu sinto muito por você. — Essas palavras não tinham maldade. Não tinham a intenção de machucar, apenas de demonstrar solidariedade. — Por você nunca poder conhecer esse sentimento.

— Mesmo que leve a isso? — perguntou ele, se virando para olhar para Ash por um momento. — Mesmo que torne você mais fraca?

— Sim — respondi. Os olhos dele brilharam com a minha resposta, estudando a trilha de uma lágrima pela minha bochecha. — Eu sentiria essa dor mil vezes antes de desistir dele.

Thorne soltou o ombro do meu irmão, deslizando a mão para dentro do bolso, e Ash girou para encará-lo em choque.

— Vá — disse Thorne, apontando com a cabeça o ônibus esperando no fim do estacionamento.

— Gray — advertiu a Hospedeira.

O ar saiu rápido dos meus pulmões, meu corpo balançando para a frente no momento em que meu alívio e minha perplexidade me fizeram fitar Thorne com os olhos arregalados.

Gray, foi como ela o chamou.

Apertei os lábios e olhei para Ash. Em choque, ele não conseguia deixar de nos encarar, olhando alternadamente de mim para o reitor.

— Eu te amo, Bichinho — falei, lhe dando o único adeus que ele teria. Não ousei ir até ele, eu não queria arriscar fazer nada que fizesse Thorne mudar de ideia.

— Low — disse ele, balançando a cabeça com o rostinho se contorcendo em lágrimas.

— Vá — falei o encorajando.

— Mas e você? — perguntou ele, a voz falhando com o que a realidade mostrava. Que eu não iria com ele.

Que eu nunca achei que fosse.

Ele balançou a cabeça, plantando os pés como se planejasse ficar comigo.

Thorne tirou aquela escolha dele.

— Olhe para mim, garoto — ordenou ele, pude sentir a magia da sua coerção na minha pele. Meu amuleto reagiu, esquentando contra o meu peito, mas Ash obedeceu a ordem. Seus olhos se arregalaram na hora em que se conectaram com os de Thorne, o dourado do centro da sua íris brilhando ao manter meu irmão preso com seu olhar fixo. — Corra. Entre no ônibus e nunca mais procure a Willow.

Ash não hesitou. Ele não podia, não com a coerção do Hospedeiro o controlando. Ele deu meia-volta e saiu em disparada pelo estacionamento.

Correu para o abraço do seu pai, o outro homem nos observando por breves instantes antes de se virar e deixar Ash entrar no veículo.

Desabei de joelhos no concreto, um soluço terrível rasgando minha garganta. Inclinei a cabeça para a frente ao escutar o som do ônibus, dos pneus girando no asfalto enquanto ele saía do estacionamento.

Enquanto a última imagem do rosto do meu irmão me assombrava.

A lateral de um dedo dobrado me enganchou por baixo do queixo, erguendo o meu rosto até eu encontrar o olhar de Thorne.

— Por quê? — perguntei, embora eu estivesse agradecida pelo que ele havia feito. Eu não conseguia entender, nem pensar em um motivo para ele fazer aquilo.

— Um dia, vai ficar me devendo um favor. Vai me dar qualquer coisa que eu pedir — replicou ele suavemente.

Um arrepio se espalhou do ponto onde o dedo dele me tocava, e ergui a cabeça para trás, agarrando minha garganta. Tentáculos escuros se espalhavam pela minha pele, se movendo para baixo na minha garganta e no meu peito. Eles se curvaram, dançando na minha carne enquanto queimavam e marcavam a fogo um símbolo preto na minha pele logo abaixo da clavícula. Era um padrão de linhas cruzadas, impossível de distinguir quando visto de cabeça para baixo. Os tentáculos sombrios desapareceram assim que terminaram de me marcar com a manifestação física do meu pior medo.

Um pacto com o demônio.

— E o coven? Vão ficar furiosos quando souberem que deixou um bruxo ir embora — murmurou o outro Hospedeiro, interrompendo o pavor que eu sentia, ainda ajoelhada no asfalto.

— O que o coven não sabe não incomoda a eles. Nenhum de vocês vai falar uma palavra a ninguém. No que diz respeito ao coven, Willow é a última da linhagem Madizza — respondeu Thorne, e não houve hesitação nos outros quando concordaram. Ele estendeu uma mão para mim, e eu engoli em seco enquanto a examinava. Como se fosse uma cobra que pudesse se esticar e me morder.

Mas ele já tinha mordido.

— Venha, Bruxinha — chamou ele enquanto a Hospedeira desaparecia em uma explosão de velocidade. — Precisamos discutir algumas coisas. — Ignorei a mão que ele oferecia, me impulsionando para ficar de pé, e ele soltou um suspiro irritado. — Vai dificultar isso de *todas* as maneiras possíveis?

— Muito provavelmente — retruquei, tentando não pensar em como minha voz soou fraca. Não consegui reunir a energia para lhe dar o sarcasmo que ele merecia, não quando tudo dentro de mim parecia ferido.

O coven tinha tirado tudo de mim. Eu faria eles se arrependerem.

— A Universidade Bosque do Vale prospera com estrutura e ordem. É muito importante que encontremos uma maneira de manter essas coisas o tempo todo, mesmo com sua inclusão muito relutante à nossa faculdade — explicou ele.

Um carro entrou acelerado no estacionamento, rápido demais, derrapou e parou bem na nossa frente. Nenhum Hospedeiro sequer piscou, e Thorne se encaminhou na direção da porta traseira do lado do motorista, segurando a maçaneta e abrindo a porta.

— Você vai ser um problema para mim, Srta. Madizza?

Andei em direção ao carro, me aproximando de Thorne enquanto reunia tudo o que restava da minha energia e lancei um olhar sério para ele.

— Se é ordem que você valoriza, então não vou trazer nada além de caos.

Sorri, depois revirei os olhos para o sorriso que ele me abriu em retribuição. Entrei no carro.

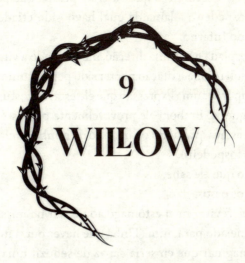

9
WILLOW

A MULHER AO VOLANTE virou na estrada principal que levava à cidade de Salem, Massachussets, segundo as placas. Eu nunca estive lá, é claro, sempre precisei ficar o mais longe possível do Vale do Cristal. Minha mãe havia me contado histórias do que havia se transformado a cidade que um dia fora o lar dos seus ancestrais, como as histórias das bruxas enforcadas lá tinham se tornado o motivo pelo qual a cidade se tornara conhecida, e a maneira como os turistas se reuniam lá durante o mês de outubro inteiro.

De alguma forma, me parecia o carma perfeito que a cidade fosse conhecida pelas pessoas de quem ela tentou se livrar, os perseguidores desaparecendo na história. Parecia o tipo de coisa que teria me trazido paz no além-túmulo.

O reitor da Bosque do Vale estava sentado ao meu lado, digitando freneticamente no seu celular. Seus polegares voavam nas teclas com uma velocidade impossível, um borrão enquanto eu abafava o surto de inquietação nas minhas entranhas.

O rosto dele assumiu uma expressão séria, como se quem quer que estivesse do outro lado da conversa o tivesse irritado e muito. Seu cabelo escuro retinto estava um pouco afastado do rosto, revelando sua mandíbula quadrada e a barba bem-feita. Com um nariz reto que definia seu perfil por completo, soube o quanto o plano do meu pai seria difícil com ele no comando dos Hospedeiros.

Se ele soubesse o que eu era ou o que eu iria fazer, ele se aproximaria de mim e rasgaria a minha garganta antes de eu sequer ter tempo de implorar pela minha vida. O fato de que eu não era mais leal ao coven do que era aos Hospedeiros não me salvaria.

Não quando ele descobrisse que eu era a pessoa que podia. Desfazê-lo, reduzindo seu Hospedeiro à lama da qual havia sido criado e enviando sua alma aos confins do Inferno.

Ele deu uma espiada na minha direção, me forçando a virar meu olhar para fora da janela. Engoli minha irritação por ter sido pega examinando-o, fitando o que eu só podia supor ser uma expressão que ele estava acostumado a fazer para conseguir o que queria. Embora ele provavelmente pensasse que eu estivesse interessada, eu só estava avaliando o tamanho da minha tarefa adiante.

1. Seduzir o Hospedeiro.

2. Descobrir o que ele sabe.

3. Encontrar os ossos.

Senti a náusea revirar meu estômago ao pensar na missão que meu próprio pai havia planejado para mim. Tinha que haver outra maneira de encontrá-los, porque imaginar que eu seria capaz de seduzir uma criatura imortal com aquela aparência parecia ridículo. Principalmente quando tudo o que ele realmente queria era me comer.

E não da maneira metafórica.

— A Aliança pediu que eu apresente você a eles assim que chegarmos — disse ele, enfiando o telefone no bolso do paletó.

Eu o fuzilei com um olhar que deve ter transmitido exatamente o que eu achava de ser levada até os restos da mulher que tinha tornado minha mãe tão infeliz a ponto de ela deixar a única casa que já conhecera. Ela havia fingido a própria morte para comprar sua liberdade, matando uma mulher que se parecia com ela e queimando seu corpo até ficar irreconhecível. Uma magia dessa magnitude exigia certos sacrifícios — sacrifícios humanos —, então minha mãe havia escolhido uma pessoa de quem ninguém sentiria falta.

Embora tivesse escolhido alguém cuja morte faria do mundo um lugar melhor — uma mulher que violentava o próprio filho —, o que minha mãe havia feito a assombrou até o fim de seus dias. Sendo bruxas, fazemos o que é preciso para sobreviver. Eu jamais julgaria a minha mãe por fazer o que estava ao seu alcance para escapar do coven que pretendia controlá-la.

Não me preocupei em fingir que não sabia o que era a Aliança. Fazer isso quando ficou óbvio que tinha percebido o que Thorne era assim em que o vi na minha porta seria inútil.

— Que interesse a Aliança teria em mim, reitor Thorne? — perguntei, desviando o olhar da estrada que logo mudou de asfalto para terra. Um músculo se contraiu em sua mandíbula, e não consegui decifrar se a formalidade de como me referi a ele o irritara de alguma forma.

— Você é a última descendente viva deles. Acho que a pergunta é: o que eles *não* vão querer de você, Srta. Madizza — disse ele, seu tom irônico quando falou meu nome.

— E o que acontece se eu não tiver interesse nenhum em ser a bruxa de estimação deles? — Ergui a sobrancelha, me retraindo quando ele finalmente encontrou o meu olhar irritado. O dourado em volta das suas pupilas pareceu queimar quando ele me avaliou, ardendo com a advertência que ele queria que eu obedecesse.

— Você não é a única que acha que o Vale do Cristal é uma prisão, mas o mundo ainda não está preparado para existirmos abertamente. Você colocou a todos nós em perigo vivendo do lado de fora da nossa proteção por tempo demais, com o tipo de magia que você tem. Existe uma linhagem inteira de magia presa dentro das suas veias até seu irmão chegar à idade apropriada e reivindicar o que é dele. Qualquer outra bruxa teria se livrado dele antes que ele pudesse fazer isso — explicou o reitor Thorne, tirando um fio do meu cabelo vermelho escuro do seu terno. O fio balançou ao vento com o ar que circulava na frente do veículo e o reitor deixou-o cair do meu lado, o único sinal de ele ter sido pelo menos um pouco atingido pela nossa luta na floresta.

— Talvez essa ganância egoísta seja o motivo pelo qual sou a última dos Verdes. Talvez os bruxos mereçam o destino que os espera sem conexão com a magia que formou as proteções — falei rispidamente, encarando-o.

O rosto dele ficou perto demais do meu quando ele mudou de posição no banco, seus lábios se curvando para cima em um pequeno sorriso.

— Não vou discutir quanto aos bruxos serem criaturas egoístas e gananciosas. Não se esqueça, seus ancestrais conseguiram seus poderes vendendo a alma ao próprio diabo. A magia que flui pelas suas veias pode ser verde, mas seu coração é sombrio como todos os outros no fim das contas.

Dei uma risada sarcástica estendendo a mão e cutuquei o lugar onde o coração dele deveria estar.

— Pelo menos eu tenho um — objetei.

O olhar do reitor se desviou para o dedo contra sua camisa, para o lugar onde apenas o tecido nos separava de um toque, e seguiu devagar subindo pelo meu dedo e minha mão, para o meu pulso e meu braço coberto pelo suéter até pular para encontrar o meu olhar.

— Acho que os humanos têm um ditado que pode servir bem para você — disse ele, segurando a minha mão. Ele a apertou tanto que parecia que os ossos dos meus dedos estavam grudados, e a abaixou para o meu colo. — Não cutuque uma onça com vara curta?

— Como se soubesse muito dos humanos... — ironizei, me recusando a olhar para onde ele ainda segurava a minha mão.

— Sei que o gosto deles não é tão bom quanto o das bruxinhas — ele respondeu, levando minha mão para seu o rosto. Ele a virou para trás, expondo meu pulso, e, levando-o até o seu nariz, inalou meu cheiro.

Tentei arrancar minha mão da dele, lutando para me soltar e grunhindo uma advertência irritada.

— Eles também têm muito menos chances de cortar sua garganta enquanto você está dormindo.

Ele enfim soltou minha mão com um pequeno sorriso enviesado — revelando um pouco de um único canino. Eu não podia dizer se era uma ameaça ou uma promessa, se ele queria instilar medo ou esperava por alguma coisa mais carnal.

— Isso significa que pretende ir para a minha cama, Bruxinha?

— Nem morta — sibilei, me virando para fitar a janela.

Havia árvores cercando os dois lados da estrada, se curvando por cima do cascalho para formar uma copa. O bosque à nossa volta era coberto de névoa, que se estendia até o céu e conferia uma presença sinistra à floresta que cercava o Vale do Cristal.

— Então vou ter que ir para a sua — disse Thorne, me fazendo desviar rapidamente o olhar da janela e fitá-lo, enfurecida. A arrogância naqueles olhos azuis frios era tudo o que eu temia, e decidi que não era uma questão de ameaça *ou* pecado.

Eram as duas coisas.

— Eu vou...

— Dá para vocês dois treparem logo? — a mulher no banco do motorista ralhou com um grunhido. Dirigindo ao longo da estrada sinuosa, que subia em um discreto aclive, ela esfregou o queixo no volante. — Vão se sentir melhor quando acabarem logo com isso.

— Acho que eu não conseguiria viver com a vergonha — falei, dando um sorriso meloso para ela.

Ela levantou a cabeça, me olhando pelo espelho retrovisor e sorrindo.

— Nunca diga nunca, garotinha — retrucou ela, levantando o queixo. — Eu tinha uma amiga...

— Não, obrigada — eu a interrompi, engolindo a onda de enjoo que revirava o meu estômago. Os Hospedeiros eram um sintoma da doença que eu tinha sido criada para odiar, corpos criados para existirem junto ao coven. Abrigando uma coisa nefasta e sinistra.

Mesmo sabendo que pudesse acabar sendo parte do que eu precisava fazer para cumprir a minha missão ali... Eu ainda não conseguia suportar aquela ideia.

Eu não estava pronta.

— Aposto que Kairos estaria mais do que disposto a lhe dar uma breve introdução quando você estiver pronta — disse ela, girando o volante para virar em uma curva bem fechada.

Engoli de volta minha náusea, me inclinando para a frente no banco. O cinto se esticou para me acomodar e levantei minhas mãos, tocando por trás dos ombros do homem. Ele não mexeu um milímetro enquanto eu as movi na direção da lateral do seu pescoço, arrastando meus dedos delicadamente sobre sua pele. Ele estremeceu ao toque, ao calor do meu corpo contra sua pele fria.

Se ele era o ar frio do outono, eu era o calor das profundezas da terra que impedia o gelo de se formar. Resquícios de lama da qual ele fora formado, chamando sua forma física de volta para seu lugar.

Um gemido baixo e sutil vibrou pelo carro, levando um sorriso ao meu rosto enquanto eu pressionava a lateral da minha bochecha contra as costas do encosto de cabeça dele. Meus olhos se dirigiram para Thorne, encontrando seu olhar frio observando cada movimento meu. Eu o encarei de volta, transmitindo nos olhos cada pedacinho de desafio que eu sentia quando falei.

— Você quer trepar comigo, Kairos? — perguntei, assistindo ao lábio superior de Thorne estremecer.

O outro homem não respondeu, permanecendo em silêncio enquanto seu corpo ficava perfeita e anormalmente imóvel. Pressionei dois dedos na frente da garganta dele, segurando-o de leve e colocando minha carne na exata direção do seu nariz. Não tirei meus olhos de Thorne enquanto Kairos pegava a minha mão e a levava ao seu nariz como se quisesse me cheirar.

O rugido de Thorne fez com que ele parasse abruptamente, me largando como se eu o tivesse queimado.

— Chega — ordenou o reitor, suspirando como lhe doesse admitir que ele já tinha me entendido.

— Sou a última das bruxas Madizzas que deu seu sangue para a formação do seu Hospedeiro. Não apenas a Aliança estará ansiosa para me fazer *procriar* com um bruxo da sua escolha como eu poderia escolher algum da sua espécie se eu quisesse — afirmei, torcendo o nariz e me recostando no banco, olhando séria para o homem na minha frente. — Você sabe, só por diversão. Então não se iluda achando que eu algum dia escolheria você.

— Isso parece um desafio, Bruxinha — disse Thorne, sorrindo como se tivesse ganhado algo. — Mal posso esperar para te lembrar o quanto eu te odeio quando enterrar meu pau entre as suas pernas.

Corei, boquiaberta enquanto tentava encontrar as palavras certas. Os olhos azuis metálicos de Thorne pareciam me queimar enquanto ele me examinava, seu sorriso se alargando quando eu não consegui dar uma resposta rápida o suficiente.

— Eu bem que falei — interveio a mulher, me salvando de ter que achar uma resposta. Desviei o olhar para ela, tentando conter meu coração disparado. Estava tudo de acordo com o plano que meu pai tinha decidido ser o mais fácil de obter resultados, então por que eu não conseguia reprimir o medo que inundava meu estômago?

— Estamos chegando? — perguntei, engolindo em seco ao olhar mais uma vez para fora.

As árvores pareciam mais altas e mais sinistras quanto mais nos afastávamos da estrada principal. A névoa parecia se espalhar, ficando mais espessa e tornando cada vez mais difícil enxergar através dela. A vegetação baixa e as folhas mortas no chão da floresta estavam escondidas sob ela, e percebi como a floresta ficava assustadora sem aquilo. Era uma coisa com a qual eu me acostumara tanto, algo de que eu precisava para me sentir enraizada.

Eu não gostava quando não conseguia ver a terra aos meus pés.

— Nada a dizer? — perguntou Thorne, e não me dei ao trabalho de olhar para ele. Eu sabia a exata expressão que encontraria se olhasse, podia ouvir o tom presunçoso de satisfação na sua voz.

— Aprendi há muito tempo que às vezes o silêncio é mais alto do que as palavras. Vejo que essa é uma lição que de alguma maneira você conseguiu evitar nos seus séculos assombrando o nosso mundo — retorqui, mantendo meus olhos fixos na quietude anormal da floresta.

Não havia pássaros à vista nas árvores nem esquilos subindo nos troncos enquanto a mulher fazia as curvas devagar. Estávamos subindo uma ladeira lenta e constante, mas, mesmo olhando para trás, eu não conseguia ver nenhum movimento nas copas das árvores.

Voltei a olhar pela janela, examinando a névoa enquanto ela se movia e se deslocava. Uma faixa preta passou correndo, surgindo por apenas uma fração de segundos antes de desaparecer.

— Você viu aquilo? — perguntei, voltando a olhar para Thorne, chocada.

— Criaturas muito piores do que bruxos rondam esta floresta. É melhor você se lembrar disso se estiver pensando em fugir — respondeu ele, e tentei não pensar na imensa coisa preta ou no vislumbre de olhos brilhando.

Que tipo de fera era tão grande assim?

A inclinação da montanha ficou mais íngreme, criando uma curva sinuosa e constante que parecia não acabar nunca. Lembrei-me da ladeira de acesso para a interestadual quando minha mãe e eu levamos Ash ao aquário em Nova York. Um círculo contínuo que fez meu estômago revirar com a curva. Eu não tinha dúvidas de que, se não fosse pelo cinto de segurança preso contra o meu peito, eu teria deslizado na direção de Thorne sem querer.

Conforme subíamos e chegávamos no que presumi ser uma colina, percebi que era, na verdade, um penhasco. A universidade se projetava para fora da encosta do despenhadeiro, arcos e torres se erguendo em direção ao céu. Era construída com pedra cinza claro, com janelas arqueadas e portas cobrindo a fachada do edifício. A janela sobre as portas principais era enorme, metade da altura da faculdade na sua totalidade, com vitrais detalhados que traçavam o labirinto de Hecate.

Minha pele latejou ao visualizar o símbolo da Deusa que criou todos nós. A primeira bruxa que levou a toda nossa criação, formando uma aliança com o diabo e levando as bruxas a servirem a ele.

Ela tinha sido a primeira necromante, a primeira a convocar as outras famílias do coven para cada uma ser agraciada com magia. O fato de ela ser a primeira bruxa significou que ela e seus descendentes seriam os únicos a ter poder sobre os mortos, reservando aquela habilidade para si mesma.

Reservando a mesma habilidade para mim.

O carro parou na frente da entrada principal, e não hesitei em abrir a porta com força e ficar parada na frente da universidade. Havia seis degraus que levavam às portas. Seis degraus, seis portas e seis janelas rodeando-as. Eu me virei para olhar para o outro lado do carro enquanto os Hospedeiros saíam, meus olhos pousando na lápide que dava para o mar. Eu me encaminhei para lá, desviando de Thorne, que me alcançou.

Era uma placa de granito simples, com os nomes dos mortos entalhados.

— São os bruxos que foram perdidos no massacre — respondeu a mulher, seu tom sério. — Dizem que os fantasmas deles ainda assombram a escola.

Eu me forcei para não deixar nenhuma emoção transparecer quando encontrei o nome da minha tia.

Loralei Hecate.

— É uma pena que não haja mais nomes aqui — repliquei, contraindo os lábios em uma careta. Era, de certa forma, um horror que os Hospedeiros raramente podiam ser mortos junto com os bruxos, e que os que corromperam o coven não foram os que morreram.

Meu ódio era profundo, mas não tão profundo assim.

A mulher piscou para mim quando virei de costas para a lápide, sem dar nenhuma indicação de que eu conhecesse qualquer um dos nomes ali. Ninguém podia suspeitar que eu tinha qualquer conhecimento do ocorrido além de uma vaga noção, ou que eu tinha alguma conexão pessoal com eles.

Minha mãe não tinha sido parente de Loralei, e meu pai, bem...

Ele não era meu pai até onde o coven sabia. Eles não sabiam que meu pai — ou alguém da linhagem dele — existia.

Até onde sabiam, a linhagem Hecate havia morrido com a minha tia, e, por ora, era assim que precisava ficar.

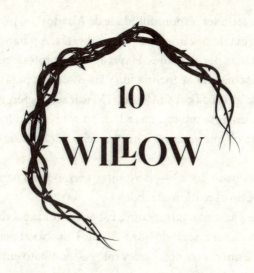

10
WILLOW

Thorne apareceu do meu lado, enlaçando seu braço no meu quando me encaminhei para as portas.

— Alguém vai pegar minhas coisas na casa da minha mãe? — perguntei, tentando puxar e soltar meu braço.

— Alguma coisa em especial que você queira? — perguntou ele, e senti seu olhar na lateral do meu rosto. Não me preocupei em olhar para ele ao acenar com minha mão livre em direção às portas fechadas.

Elas se afastaram devagar, rangendo, cada uma das seis portas se abrindo para nos dar chance de escolha. Podia ter sido um show desnecessário de magia, mas me serviu como um lembrete.

Pedra. Terra. Natureza.

Esses eram os meus elementos. Essas eram as coisas com as quais eu tinha afinidade. As almas presas dentro dos Hospedeiros não eram da minha conta até onde as outras pessoas sabiam.

Também não era minha preocupação o cemitério que eu podia sentir pulsando com os ossos dos mortos na orla das árvores. Se eu seguisse aquele fio, seguisse meu instinto, eu me sentiria como se estivesse mergulhando dentro d'água. Como se tocar nele exigisse a capacidade de respirar nas profundezas do oceano, e eu me acostumei a ter a terra sob os meus pés.

— Não. Apenas roupas — respondi, sabendo que meu pai ia entrar lá sem ninguém ver agora que tínhamos ido embora e se livrar de qualquer evidência de que eu pudesse ser qualquer coisa além da Verde que eu fingia ser.

Thorne olhou para a minha roupa, avaliando-a com um olhar lânguido.

— Você vai receber roupas adequadas a uma Verde e espera-se que use as cores da sua Casa nas aulas. Vou pedir que arrumem roupas para seu tempo livre também.

— Isso não deveria ser responsabilidade da Aliança? — perguntei, permitindo que ele me guiasse por uma das portas abertas. A Aliança cuidava bem dos bruxos, supria suas necessidades. Havia alunos e professores perambulando na entrada da escola, uns se inclinando para os outros para cochicharem.

— A senhorita gosta da cor verde, Srta. Madizza? — perguntou o reitor.

Sem dúvida a energia mudou quando meu sobrenome foi pronunciado, pela maneira como os que estavam à minha volta pararam de conversar para me encararem.

— Precisava mesmo disso? — perguntei, cerrando os dentes e levantando o queixo diante do escrutínio de todos.

— É melhor encarar os abutres com a cabeça erguida e a verdade às claras do que tentar esconder um segredo que a Aliança nunca vai permitir que você guarde. O que você quer se tornou irrelevante no momento em que atravessou as portas da Universidade Bosque do Vale — anunciou ele, me conduzindo para a esquerda.

Diante de mim, um arco sustentava o topo de duas escadas que se curvavam para a entrada. Daquele arco, mais duas colunas de escadas levavam aos andares superiores e um labirinto em espiral de andares e níveis acima. Tudo isso era construído com pedra cinza muito clara, refletindo a luz e de alguma forma atraindo as sombras ao mesmo tempo.

— A Aliança gostaria de vê-la imediatamente, Srta. Madizza — informou um homem jovem, aproximando-se de nós. Ele inclinou a cabeça de leve, como se demonstrasse um respeito que eu não tinha feito por merecer, estendendo a mão. Sorri com hesitação, tentando esconder meu desconforto com o tratamento formal, e levantei minha mão para aceitar a dele.

— Eu a levarei até lá — interpelou Thorne, puxando o meu braço que ele ainda prendia.

— Sou mais do que capaz de acompanhá-la — objetou o outro homem, mas ele puxou sua mão de volta quando Thorne me conduziu em direção ao corredor.

— Ela faria pedacinho de você, Iban — disse Thorne, sem se preocupar em olhar para trás, para o homem mais novo, enquanto me guiava pelo corredor.

Os passos de Iban, que vinha nos seguindo, não eram nem de perto tão silenciosos quanto os do Hospedeiro do meu lado. A pedra do caminho à nossa frente estava recém-polida, brilhando ao luar que se infiltrava pelas gigantescas janelas arqueadas de cada lado. Do lado de Thorne, elas tinham vista para a entrada de carros e a lápide na frente da escola. Do outro, vi um pátio no centro do prédio. Ele abrigava o que parecia ter sido um jardim em algum momento, mas as plantas não estavam florescendo da maneira como deveriam.

Mesmo com a ausência dos Madizza no Vale do Cristal, a Casa Bray deveria estar usando sua magia para manter a terra se ela precisasse ser cuidada. As treliças que deveriam estar cobertas de trepadeiras de rosas estavam quase secas, e até mesmo os espinhos estavam quebradiços e frágeis. Resisti à vontade de responder ao seu chamado, deixando Thorne me levar pelo corredor até pararmos diante das lendárias portas das salas do tribunal.

A superfície era coberta de ferro preto entrelaçado por mecanismos dourados. Eu mal conseguia enxergar a sala adiante pelos vãos de metal.

Iban chegou do meu lado na hora em que eu levantei a mão, parando quando eu a balancei diante da fechadura. As engrenagens giraram, com um efeito dominó junto com as outras, que as seguiram. As barras recuaram com um clique suave e, quando a última saiu do caminho, as portas se abriram em nossa direção.

— Estou vendo que sua mãe ensinou mais do que eu pensava — disse Thorne, me puxando para a frente e entrando nas salas do tribunal. Iban nos seguiu em silêncio.

— Felizmente para todos nós, você não sabe nada sobre a minha mãe — rebati, ignorando o peso do seu olhar na lateral do meu rosto. Se ele a tivesse conhecido, ela teria feito o máximo para aprisioná-lo na terra. Ela teria convocado as raízes das árvores para prendê-lo, livrando o mundo da presença daquele homem da única maneira que ela sabia fazer.

Minha mãe podia não ter o sangue da linhagem Hecate correndo nas veias, mas era a mulher mais corajosa e impetuosa que já conheci. Ela reunia a magia de todos os Madizzas dentro do corpo, controlando-a de uma maneira que eu agora entendia que necessitava de um domínio imenso. Enquanto caminhávamos pela entrada da sala do tribunal, eu sentia a minha magia pulsando sob minha pele, se contorcendo e se agitando dentro de mim como se tivesse vida própria, esperando apenas ser liberada para o mundo.

Precisei de todas as minhas forças para não deixá-la entrar em erupção como um vulcão, espalhando pedra e lava derretida sobre a superfície da terra. Usar minha magia parecia mais como uma pequena respiração depois de anos de sufocamento do que a tentativa de alcançar qualquer coisa. Ela sempre esteve lá.

Sempre à espera.

As portas para a sala interna do tribunal estavam escancaradas, e forcei meu queixo ligeiramente para cima ao inspirar. O ar encheu meus pulmões, o cheiro da pedra ao meu redor me inundando e chamando a magia Verde da linhagem Madizza. Respondi ao chamado, sentindo os pelos dos meus braços se arrepiarem quando minha magia despertou do pequeno torpor no qual eu a mantinha.

Thorne ficou tenso do meu lado, um movimento muito leve em seu passo seguinte me alertou para o fato de que ele também havia sentido. Apertei o seu braço ligeiramente quando olhei para ele de soslaio, seus olhos metálicos se escurecendo conforme ele se recuperou e seguiu adiante.

Se eu tivesse que enfrentar a Aliança, se eu tivesse que encarar os ossos ocos e vazios dos seres que haviam tornado a vida da minha mãe um inferno tão grande que ela tinha fugido do único lar que conhecia, eu faria isso com sua magia cobrindo a minha pele.

Com a morte da minha mãe, eu havia herdado toda a sua magia até meu irmão ser maior de idade e uma parte passar para ele. Susannah Madizza podia ter sido a maior bruxa da sua época, mas o poder que possibilitava isso não estava mais a seu comando.

Estava ao meu comando.

Atravessamos a barreira de magia que havia logo no interior da sala do tribunal, cujo objetivo era guardar segredo do que fosse falado ali de qualquer pessoa que chegasse furtivamente na porta. Ela impregnou meu peito quando a atravessei, formada por um representante de cada uma das casas originais. Apenas as linhagens Madizza e Hecate não estavam ali, mas aquela barreira pareceu reconhecer alguma coisa dentro de mim. Ela continuou lá, me prendendo no meio enquanto girava em volta de mim. Ao meu lado, senti que Thorne a atravessava, puxando de leve meu braço como se pudesse me levar com ele.

Com os olhos fixos nos dele, ergui minha mão livre e virei a palma para cima. O poder reluzente e translúcido da barreira varreu a minha pele nua, deslizando por baixo das minhas unhas com profundidade suficiente para tirar uma única gota de sangue. Soltei um suspiro assustado quando ela saltou daquele ponto.

O vermelho flutuou no meio da barreira, se entrelaçando com a névoa brilhante. Houve um clarão de luz quando ela finalmente soltou a minha mão, me jogando para o outro lado. Recuperei o equilíbrio em minha passada seguinte, cambaleando apenas por um breve momento enquanto Thorne apertava mais meu braço e me oferecia um tipo esquisito de apoio.

Não consegui resistir a um leve desejo de me inclinar para ele e fechei minha mão livre com força, esperando que, fosse o que fosse que a barreira tivesse sentido, a magia não tivesse se revelado a nenhum dos bruxos que me encaravam. Thorne me guiou para o meio do círculo, passando entre o vão de duas cadeiras. Cada uma delas estava marcada com símbolos das suas casas, os bruxos líderes no interior usavam túnicas da cor da sua magia.

Duas cadeiras estavam vazias. Com uma rápida olhadela para o trono Hecate, vi ferro preto retorcido entalhado em elaboradas espirais de escuridão. Em cima do trono, repousava um único crânio forjado de ferro, os ossos de uma espinha descendo no centro e braços de esqueleto dobrados em cima.

Não permiti que meu olhar se demorasse e o desviei para o outro trono vazio. Se, por um lado, o assento de Hecate no tribunal havia sido criado da escuridão em si, o trono Madizza era formado por trepadeiras que ainda se moviam. Elas viviam onde não era possível, brotando de rachaduras na base para formar o assento vazio dos meus ancestrais.

Em cima do trono, uma rosa solitária floresceu de volta à vida bem diante dos meus olhos. Enquanto antes não havia nada além de uma casca de semente murcha, agora as pétalas se abriram totalmente e a cor retornou. Vermelho com pontas pretas, como se as bordas tivessem sido maculadas pela própria morte. Aqueles que estavam empoleirados nos tronos ao meu redor se moveram, alertando meu instinto de sobrevivência. Qualquer uma dessas pessoas poderia ter sido responsável pelos tormentos da minha mãe ao longo dos anos — poderia ter sido responsável pelas circunstâncias que levaram à morte da minha tia.

Elas não eram amigas ou heroínas. Não iriam me salvar se a Aliança decidisse que eu traria mais problemas do que méritos, porque não havia heróis na Bosque do Vale.

Havia apenas bruxos fazendo o que fosse necessário para sobreviver.

O bruxo que ocupava o outro trono Verde, da Casa Bray, se inclinou para a frente no assento. Ele foi o único que ousou eliminar uma parte da pequena distância que nos separava, capturando minha atenção através da minha visão periférica. Embora eu não me atrevesse a olhar diretamente para ele, não demonstrando fraqueza ao permitir que ele soubesse que eu o estava observando atentamente, eu o registrei no fundo da minha mente como a principal ameaça.

Paramos no meio do círculo, e foi só então que voltei meu olhar em direção às duas figuras esperando no pequeno palanque. As capas que cobriam suas silhuetas eram pretas, uma afronta à memória da linhagem Hecate. As figuras eram quase idênticas, e eu sabia disso porque não havia nada além de ossos embaixo delas. A Aliança não tinha carne para cobrir seus esqueletos depois de séculos de vida após a morte, e qualquer vestígio de humanidade já tinha desaparecido havia muito tempo.

Eles puxaram os capuzes para trás ao mesmo tempo, revelando o rosto de esqueletos. Susannah Madizza e George Collins descansavam sobre seus tronos dourados, o pescoço de ambos pendendo de lado como única indicação de como eles tinham morrido.

— Apresento a Srta. Willow Madizza à Aliança — disse Thorne do meu lado. Virei-me para ele, tudo dentro de mim em suspenso ao sustentar seu olhar. Eu sabia tão bem quanto Thorne que ele poderia revelar todos os meus segredos com uma única frase, denunciando a existência de outro bruxo Madizza à Aliança. Ele sorriu, totalmente ciente do poder que tinha sobre mim naqueles instantes de silêncio. — A última de sua linhagem — acrescentou, por fim. Reprimi o suspiro de alívio, impedindo que escapasse de mim enquanto eu me voltava para a Aliança no palanque.

Não permiti que meu olhar se desviasse da figura me encarando, do olhar intenso e sem globos oculares da minha ancestral pousados em mim. Ela examinou meu rosto, procurando algum tipo de informação que pudesse captar enquanto seus dedos esqueléticos se seguravam no braço do seu trono. Depois ficou de pé, andando para a frente com os ossos dos pés batendo no chão com uma leveza que parecia impossível.

Escutei cada osso se conectando com o piso de pedra, do seu calcanhar ao seu menor metatarso, a cada passo. Eu me recusei a permitir que o nervosismo que eu sentia transparecesse enquanto permanecia parada do lado de Thorne. Parte de mim queria forçá-lo a soltar meu braço, mas alguma coisa naquele contato parecia me ancorar.

Eu o detestava. Detestava a sua espécie com cada fibra do meu ser, mas ele era previsível.

Familiar.

Seus motivos eram claros. Suas intenções, simples.

A bruxa anciã que andava na minha direção era um mistério, os ossos do seu pescoço rangendo conforme ela inclinava o crânio para o lado. Ela só parou quando estava bem na minha frente, ela era mais alta do que eu e me encarava com órbitas vazias.

— Você não se parece nada com a sua mãe — afirmou ela, as primeiras palavras que falava para mim varrendo minha pele com reprovação.

Ela levantou a mão, pegando as pontas do meu cabelo com os dedos de ossos e virei minha atenção para a maneira como o seu esqueleto enrolava as mechas como se pudesse senti-las. O cabelo da minha mãe era castanho, da cor da terra.

Assim como o da mãe da minha mãe.

O meu cabelo era um castanho-avermelhado profundo e diferente, como um *merlot* mais escuro. Ou, como meu pai costumava chamar, cabelo da cor de sangue velho — como o que pulsava nas nossas veias. Ele brilhava nas pontas, se tornando mais como sangue fresco, em contraste com sua extensão total, quase preta.

— Você também não — eu disse, minha voz permanecendo calma e descontraída. Uma das bruxas nos tronos da sala arfou, e Thorne abafou uma gargalhado do meu lado.

Mas a boca sem lábios da Aliança se franziu em um sorriso irônico.

— Não, acho que não, criança — replicou ela, largando meu cabelo e cruzando as mãos à sua frente.

— Não sou criança — falei, mesmo aquelas palavras parecendo bobas diante de um ser imortal como Susannah.

— Suponho que de fato não seja. Fomos privados da oportunidade de conhecê-la quando você era criança. E me parece que não passou despercebido pelo nosso reitor que chegou até nós já uma mulher — disse ela, virando aquele olhar vazio e eterno para onde Thorne ainda segurava meu braço. Não havia movimento no rosto dela, nenhuma mudança nos seus ossos, mas ainda assim eu podia sentir a maneira como ela ergueu a sobrancelha para ele.

Quer dizer, se ela tivesse sobrancelha.

— Estou apenas a acompanhando para uma vida desconhecida — argumentou Thorne com tranquilidade, suas palavras deslizando da sua boca. Se eu não tivesse ouvido todas as suas promessas de estar na minha cama, poderia ter acreditado nele.

— Ótimo. Minha neta está fora do seu alcance e da sua espécie, Reitor Thorne — reiterou ela, se inclinando para a frente para desenlaçar meu braço do dele. Ele não impediu quando ela me guiou em direção ao palanque, parando quando eu estava bem na frente dos dois tronos.

— Isso não é bem verdade — disse ele, e, mesmo sem olhar para trás, ouvi o sorriso irônico na sua voz. Mas minha mãe tinha me avisado que minha sedução teria que ser secreta, que a Aliança proibia relacionamentos entre bruxos e Hospedeiros.

— Nós dois sabemos que eu não estou falando daquela exceção infeliz — zombou Aliança por sobre meu ombro, dando o primeiro passo e me soltando.

Ela voltou ao seu trono enquanto eu permaneci parada, permitindo que o silêncio permeasse a sala. Eu não seria a primeira a falar, não demonstraria meu desconforto com a maneira como eles me observavam.

— É de praxe se ajoelhar ao ser apresentada à Aliança — uma das bruxas falou, me forçando a voltar meu olhar para ela. Sua voz não era indelicada, como se ela achasse que eu não estivesse tão bem informada. Seu rosto bonito estava parcialmente escondido atrás de um capuz e uma capa branca, um levíssimo indício do cabelo roxo ametista escapando por baixo.

Sorri, deixando minha voz um pouco menos irritada.

— Parece que eu me preocupo com os seus costumes?

— Você vai se ajoelhar — impôs outro bruxo. Ele puxou sua capa verde para trás revelando seu rosto zangado. Seu trono era feito de madeira de bétula, folhas surgindo quando ele se levantou.

Ele se moveu para a frente com a mão estendida como se quisesse tocar em mim, e assisti do canto do olho quando ele deu três passos rápidos na minha direção.

— Eu não faria isso se eu fosse você — avisou Thorne, dando um único passo para a frente na hora em que eu virei meu olhar na direção do bruxo Bray. Não falei um encantamento nem nada, nem sequer ergui os dedos.

Soltei uma única expiração, um lampejo mínimo de magia irrompendo pela sala. O trono de Bray cresceu, os galhos estalando para a frente, envolvendo a parte da frente do seu peito.

— Por favor, sente-se, Sr. Bray.

Ele olhou para os galhos em choque, abrindo a boca enquanto me encarava com um olhar sombrio. No momento seguinte, os galhos estalaram de volta para o trono, levando-o junto e se ajustando em volta dele com firmeza, mantendo-o sentado enquanto ele lutava para se libertar. Sendo a outra linhagem de bruxos Verdes, os Brays estavam sempre propensos a demonstrar alguma animosidade pelo meu retorno.

— Você foi treinada — pronunciou o outro membro da Aliança. A voz dele era mais grave do que a de Susannah, um único resquício do fato de que ele era homem quando vivo.

Não respondi ao voltar minha atenção para ele, deixando-o sentir o peso da minha magia no ar antes de atraí-la de volta para mim. Foi somente quando Bray estava acomodado na sua cadeira que eu falei.

— Só porque minha mãe odiava todos vocês não significa que ela odiava o que ela era.

— Ser uma bruxa sem um coven é sofrer sem necessidade. Não deveríamos ficar sozinhos no mundo — declarou George Collins, me fazendo rir.

— Ela era muito mais sozinha aqui do que jamais foi na sua vida entre os humanos, e isso diz muito, já que eles tinham medo dela na maior parte do tempo. Pelo menos lá ela era mais do que apenas uma reprodutora — vociferei, sabendo muito bem que destino me esperava se eu ficasse ali por muito tempo.

— Salvar uma linhagem inteira é uma honra que sua mãe nunca entendeu — retrucou Susannah, os dedos apertando o braço da cadeira. — Ela deveria ter considerado a mais alta honra saber que sua filha assumiria seu trono no tribunal após sua morte. Tudo que ela precisava fazer era permitir que arranjássemos um par vantajoso para que ela gestasse uma descendência adequada.

— Vantajoso para quem? Não era honra nenhuma para ela se acreditasse que a linhagem precisava morrer — respondi, com um sorriso tranquilo, como se eu não tivesse proferido uma grave ofensa. Não tinha nada contra a Casa Madizza. O Vale do Cristal inteiro era corrupto.

Todos eles mereciam morrer.

— Ela é sempre tão difícil assim? — Susannah perguntou ao reitor. Ela pressionou o osso do nariz, suspirando com desânimo.

— Depois do que vi desde que a conheci, ela está sendo até bastante cooperativa no momento — respondeu ele, com uma pequena risada.

Me virei para ele e o fuzilei com os olhos, mas não me preocupei em impedir que um sorriso tomasse meu rosto, e dei uma risadinha concordando.

— Tome isso como algo para gerar expectativas — decretei, me virando de volta para o lugar onde a Aliança estava, com ar irritado.

— Iban, poderia mostrar à minha neta insurgente o quarto dela, por favor? — pediu ela, ignorando o resmungo de Thorne e se levantando para sair do trono. — Não tente comê-lo no caminho, Willow.

Eu me recusei a olhar para Thorne para ver sua reação, a reconhecer a maneira como percebi que ele fechou a mão do lado do corpo pelo canto do meu olho. Eu o deixei pensar que eu não tinha o menor interesse naquele seu ciúme ridículo.

— Eca — emiti, pressionando uma mão no peito demonstrando nojo. — Eu nunca faria uma coisa dessas. Enterrá-lo vivo é muito mais o meu estilo.

O bruxo Bray empalideceu quando sorri para ele, estendendo o braço para dar um tapinha no seu rosto e saindo da sala do tribunal.

A floresta parecia um bom lugar para esconder um corpo... ou dez.

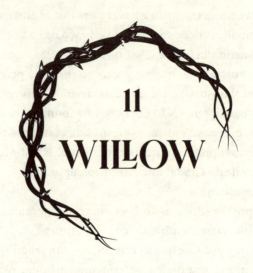

11
WILLOW

O homem do meu lado usava calça da cor de uma floresta fechada, tão escura que era quase preta. Sua camisa era branca, contrastando com o verde da sua gravata, que ele afrouxou assim que saímos da sala do tribunal.

— Não vou enterrar você vivo — afirmei, olhando para ele.

Ele deu uma risadinha.

— Quanta generosidade sua — replicou ele, colocando a mão na parte de trás da minha cintura e me guiando pela entrada.

Senti olhos nas minhas costas, e apesar de, em circunstâncias normais, poder ter protestado contra o toque de um estranho, eu permiti. Olhando na direção de Iban, pisquei para ele e franzi de leve os lábios. Posso não ter conseguido fingir um rubor, mas vislumbrei Thorne nos observando pelo canto do meu olho.

Minha ancestral falava com ele enquanto ele nos encarava.

Dei um sorriso malicioso, chegando um pouquinho mais perto do meu acompanhante enquanto andava.

Ele riu, o peito balançando conforme virava a cabeça de um lado para o outro.

— Pelo visto você não é flor que se cheire — ele falou lentamente, o tom barítono grave da sua voz envolvendo a minha pele.

Sorri para ele, mostrando todos os meus dentes superiores em um raro momento de leveza.

— Bem pior que você imagina — disse, erguendo as sobrancelhas. Se ele soubesse, encorajaria a Aliança a me matar e acabar logo com aquilo. Sendo eu a última da linhagem Madizza ou não.

As portas das salas do tribunal se abriram, o ferro se distanciando quando nos aproximamos. Ele me conduziu por entre elas. A escuridão dos corredores parecia penetrar em tudo, me cercando completamente. Apenas naquele pátio a lua parecia brilhar, iluminando a hera moribunda e os arbustos de rosas que tentavam escalar o prédio, embora não fossem nada além de cascas de alguma coisa que um dia fora linda.

— O que aconteceu com as plantas? — perguntei, parando ao lado de uma das janelas abertas.

O ar do lado de fora estava frio, a brisa da noite de Massachusetts em setembro entrando por elas. Não havia vidro nas janelas desse lado do corredor, e eu podia sentir o cheiro da terra úmida do solo de onde as plantas deviam ter crescido. Embora a linhagem Madizza tenha ficado distante por algumas décadas, os Brays deveriam ter sido mais do que suficientes para manter o equilíbrio da natureza.

Não seria lá um grande esforço, já que a terra era bem capaz de prosperar por conta própria em todas as outras partes do mundo.

— Ninguém sabe. A magia aqui não é tão potente quanto costumava ser — respondeu Iban, esfregando a mão na nunca. Ele franziu a testa olhando para as plantas morrendo no pátio quando parei de andar, e continuou dando alguns passos, o braço deslizando para fora da minha cintura. Sem ninguém para assistir, deixei que ele se afastasse.

Ele já tinha servido a seu propósito por enquanto.

Virando totalmente em direção ao pátio, me sentei no parapeito e balancei as pernas para o outro lado. Deslizando pela pedra sob o arco da janela, caí dentro do pátio.

— Seu quarto é desse lado — informou Iban.

Caminhei em direção às treliças e à hera sem olhar para ele.

— Ele ainda vai estar lá em alguns momentos — retruquei.

Até mesmo a treliça em si estava envelhecendo, descuidada e negligenciada. Imaginei se teria algo a ver com o fechamento da universidade, se tinham parado de tomar conta do terreno durante os cinquenta anos desde que os alunos tinham vagado por esses corredores.

Estendi só uma mão, correndo o dedo por cima de uma única folha de hera seca e morta. Ela se despedaçou, caindo da trepadeira e aterrissando no chão aos meus pés em pedacinhos. Franzi a testa quando a trepadeira balançou na minha direção, como se estivesse implorando por qualquer tipo de vida. Permiti que ela se enrolasse no meu dedo, apertando como se ela pudesse beber minha magia.

— Quando foi a última vez que alguém fez uma oferenda? — perguntei, deslizando meu dedo pela trepadeira enquanto eu me ajoelhava na frente dela. Toquei a terra seca e infértil, observando enquanto ela era peneirada pelos meus dedos. O solo da Nova Inglaterra era fértil; tinha força suficiente para fazer a vida germinar e progredir.

Aquilo ali não era nada natural.

— Oferendas são proibidas pelo coven — respondeu Iban, cruzando os braços enquanto eu me levantava.

Olhei para ele perplexa, minha boca abrindo e fechando enquanto eu balançava a cabeça sem acreditar.

— Proibidas — repeti, agindo automaticamente e tirando o suéter.

O ar frio percorreu meus braços nus. Iban passou a mão grande pelo cabelo castanho-claro bem aparado e despenteado, a mandíbula cerrando por baixo da barba curta que emoldurava seu rosto oval. Ele enfiou os dentes no lábio inferior e seus olhos verdes se arregalaram, encarando fixamente as tatuagens que cobriam meu antebraço direito. O contorno preto de flores com algumas delicadas sombras brancas no interior se curvava até o meu cotovelo onde havia um espaço antes da dália que cobria meu ombro e meus bíceps, se curvando pela lateral do meu pescoço e descendo por baixo do tecido da minha regata para cobrir a lateral do meu seio.

Estendi as mãos, tocando as trepadeiras frágeis que ansiavam por renovação. Não era apenas uma questão de precisarem de magia para se manterem vivas, mas sim uma necessidade de as plantas receberem de volta uma porção do que havia sido tirado delas.

As trepadeiras se enrolaram nos meus dedos, estalando ao se esticarem para cobrir minhas mãos. Havia uma cautela naquele movimento que me apavorou, como se a planta em si estivesse tomada por uma descrença de que alguém quisesse dar mais do que tirar.

— *Accipere* — murmurei, pressionando a mão com mais firmeza e incentivando as trepadeiras a absorverem o que precisavam.

Elas se esticaram devagar subindo pelos meus braços, se enrolando em torno da minha pele e se entrelaçando em volta da tatuagem de flores. Pararam quando alcançaram meu cotovelo, substituindo a energia que usavam para se espalhar por uma para comprimir.

Arfei quando elas apertaram até me causar dor, minha pele inchada em volta dos lugares onde as trepadeiras tocavam.

— Willow — disse Iban, se aproximando de mim.

— Não — adverti quando as trepadeiras se retraíram ligeiramente.

Ele não encostou em mim, e fechei os olhos. Pequenos cortes se abriram nos lugares onde a planta tocava, o sangue escorrendo conforme minúsculas farpas se enterravam na minha pele. Assim que as trepadeiras tiraram o sangue, o odor de magia se espalhou pelo ar. Era metálico e terroso, com o aroma de flores e folhas de pinheiros perdurando. As trepadeiras estremeciam a cada vez que sugavam, a cada vez que extraíam, à medida que se alimentavam daquilo que lhes havia sido negado.

O que pertencia a elas para começo de conversa.

— Magia de sangue é proibido. Se a Aliança descobrir o que você está fazendo... — protestou Iban.

Meus olhos abriram rápido.

— O que eles vão fazer? Me expulsar? — perguntei com uma gargalhada hostil.

Todos sabíamos que eu iria embora de bom grado se tivesse escolha, mas essa escolha me tinha sido negada antes mesmo de eu nascer. Só houve um único propósito para o meu nascimento, para a minha existência.

A Aliança era estúpida demais para reconhecer a víbora esperando em meio às flores, preparada para dar o bote na primeira oportunidade.

Caí de joelhos enquanto as plantas continuavam a beber, tirando apenas o suficiente de sangue para obter a magia de que elas tanto precisavam. Minha oferenda não passou despercebida. As folhas secas cobrindo as trepadeiras despertaram. O verde irrompia da trepadeira nos lugares onde ela tocava em mim, um choque fresco de cor se espalhando para cima em uma onda, desde os meus cotovelos até minhas mãos. Ela continuou em direção às treliças conforme a vida começava a se renovar, até o suporte de madeira atrás estar escondido pela exuberante planta verde.

Deixei minha cabeça pender para a frente quando a exaustão tomou conta, determinada a dar tudo o que a planta precisava. Ela afrouxou sua aderência como se percebesse que, se ousasse tirar demais, me colocaria em risco e podia nunca mais ter uma oferenda. Quando me soltou, uma única folha se arrastou pela minha bochecha, e me inclinei ao toque.

Ao suave e sutil agradecimento que ela parecia oferecer.

As trepadeiras deslizaram ao longo da minha pele delicadamente, deixando vergões distintos e avermelhados de sangue ao retornar às treliças que elas chamavam de casa.

— Vou levar você a um curandeiro — disse Iban, se aproximando de mim.

Deslizei os dedos para dentro do solo abaixo de mim, apanhando um punhado de terra que agora parecia fofa e plena. Eu a espalhei por cima dos meus machucados, cobrindo meus braços e minhas mãos com ela.

Aquilo me trouxe o alívio que fiz por merecer com a minha oferenda, brilhando com uma suave luz verde enquanto minhas feridas cicatrizavam.

Iban arregalou os olhos me examinando, assistindo enquanto eu tirava a terra dos braços e revelava a pele macia e impecável.

Me esforcei para levantar, quando uma onda de tontura me fez cambalear. Uma trepadeira se esticou, se enrolando em volta da minha cintura e me estabilizando sem eu pedir.

— Ela ajudou você. Por conta própria — disse Iban, o choque em sua voz me surpreendendo. O que quer que ele fosse, o que quer que os Bray tivessem se tornado, eles eram o mais distantes possível do que minha mãe tinha me ensinado sobre os Verdes.

— Nossa magia tem a ver com equilíbrio. Não se pode tirar mais do que dar e ainda esperar que a natureza responda ao seu chamado. É uma dança, um relacionamento como nenhum outro. Se só tirarmos e usarmos, por que seríamos melhores do que os humanos, que envenenam a terra? — perguntei, passando um dedo suavemente na trepadeira que tinha me equilibrado.

Quando me senti capaz de ficar em pé sozinha, ela me soltou mais uma vez e voltou ao seu descanso, agora saciada.

— Não é de admirar que minha mãe odiasse isso aqui. Vocês todos se tornaram tão corrompidos pelo seu próprio egoísmo que eles nem ensinam mais as maneiras antigas, não é? — perguntei, balançando a cabeça e dando um passo em direção à janela por onde eu havia escapulido para chegar ao pátio.

O chão correu para me encontrar, se pressionando contra as solas dos meus pés e me ajudando a manter minha base de apoio. Ele virou uma mola embaixo de mim, ajudando meus membros enfraquecidos a encontrarem energia para se mover. Não era a minha magia que o motivava a fazer isso, não quando eu tinha esgotado tanto dela na oferenda à trepadeira.

Era a relação simbiótica que uma bruxa deveria ter com sua afinidade. Harmonia, em vez de roubo.

Apoiei-me na ponta da pedra, colocando as mãos no parapeito e tentando me erguer. Antes de a terra poder ajudar, o rosto de Iban preencheu minha visão assim que ele parou na minha frente. Ele colocou uma mão em cada lado da minha cintura, me erguendo até eu conseguir me reestabelecer, e inspirou profundamente.

— O que você acabou de fazer...

— É proibido. Eu sei. — Suspirei, balançando a cabeça e fechando os olhos de exaustão. Se eu não temesse pela minha vida nesse lugar onde eu precisava estar, eu podia ter ido direto dormir. Já fazia bastante tempo desde que eu tivesse precisado dar tanto de mim de uma vez só.

— Foi lindo — disse ele, sua voz grave me surpreendendo. Ele colocou meu suéter em volta dos meus ombros, dando calor à minha pele fria enquanto me olhava. — Eu nunca tinha visto nada assim.

— Você não vai correr para contar à Aliança que eu quebrei as regras? — perguntei, uma risada saindo quando olhei para a sala do tribunal atrás de nós.

— Não — respondeu ele, franzindo a testa e pegando a minha mão. Ele a virou, olhando para minha pele ilesa e limpando grãos de terra. — Você me faz desejar que eu não tivesse desistido da minha própria magia. Acho que poderia ser algo que valeria a pena se proteger.

O sorriso desapareceu do meu rosto quando encontrei seu olhar, encarando-o. Meu choque tomou conta, consumindo cada pensamento. De todas as coisas que ele podia ter dito, *aquilo* não era o que eu esperava.

Existir sem minha magia era como perder parte de mim mesma, como perder a parte mais importante do que me fazia ser eu. Eu não sabia quem eu era sem o sussurro da terra nas minhas veias ou o aroma da madeira enchendo os meus pulmões.

Até mesmo agora, sabendo que o que eu dera retornaria com tempo e descanso... Eu não sentia nada. Como uma concha vazia de mim mesma.

De todas as coisas que o coven tinha feito, eu tinha bastante certeza de que a Escolha que se exigia dos bruxos homens era a mais cruel. Família ou magia. Nenhum bruxo poderia nascer com dois tipos de magia; a Escolha garantia isso.

— Isso não parece o quarto dela, Sr. Bray — a voz de Thorne soou às minhas costas.

Dei um gemido e inclinei a cabeça para a frente, minha testa pressionando a camisa branca de Iban. A gravata dele fez cócegas na minha bochecha quando tentei ignorar o peso do olhar do reitor pressionando minha espinha.

— Nós nos distraímos — disse Iban, me ajudando a passar as pernas para cima da pedra. Ele subiu do meu lado, atravessando para ajudar a me puxar ao longo da pedra com o máximo de delicadeza que conseguiu.

Dei uma risadinha tropeçando para dentro dos braços dele, o delírio da minha exaustão me fazendo sentir meio bêbada. Fazia tempo que eu não me permitia sentir tais coisas, os riscos compensando em muito os benefícios na maioria das vezes. Ser esvaziada de magia tão de repente era um choque para o organismo, me fazendo desejar algum tipo de estabilidade.

Eu percebi o instante em que Thorne compreendeu o que eu tinha feito, seu corpo ficando tenso quando Iban envolveu minha cintura com o braço e me apoiou enquanto eu cambaleava para o primeiro degrau.

— Aqui — disse Thorne, levando o pulso à boca.

Ele puxou o paletó para cima, abrindo as abotoaduras para poder dobrar a manga e tirá-la do caminho. Em seguida, enterrou os caninos na sua carne devagar, os olhos brilhantes e gélidos fixos nos meus. O sangue cobriu seus lábios quando ele puxou, chegando do meu lado e levando-o até a minha boca.

Recuei.

— Beba. Vai ajudar a restaurar sua magia.

Balancei a cabeça e franzi a testa, o nojo revirando minhas entranhas. Se o seu sangue estivesse dentro de mim, ele teria algum... acesso a mim, e diminuiria minha capacidade de lutar. Sua coerção seria mais forte. Ele conseguiria me sentir aonde quer que eu fosse; minhas emoções seriam mais fáceis para ele *identificar* como se fossem dele.

— Não seja teimosa — grunhiu Thorne, estendendo o braço para segurar a minha nuca e me imobilizar. Ele pressionou o pulso contra a minha boca, suas narinas se inflando quando eu a mantive firmemente fechada. — Abra a porra da boca e beba, Bruxinha.

— Acho que ela não quer, reitor Thorne — disse Iban, e alguma coisa sobre a cautela e a incredulidade na sua voz me fez acreditar que não era uma oferta que os Hospedeiros faziam com frequência.

— Precisa mesmo ser tão teimosa? — perguntou Thorne, finalmente recolhendo o pulso.

Esperei até as marcas de perfuração cicatrizarem antes de deixar meus lábios abrirem o suficiente para falar. Com cuidado, limpei o sangue do rosto com o antebraço, sem permitir que uma única gota tocasse minha língua.

— Você tem que ser tão babaca? — perguntei, ignorando o som de risada abafada que Iban fez quando dei um passo para me afastar de Thorne. O homem mais novo na hora se aproximou de mim, me apoiando enquanto eu fazia o máximo para andar sozinha. Minhas pernas pareciam gelatina, tremendo a cada passo.

— Pelo menos tenha a decência de carregá-la se você quer fingir ser cavalheiro — rosnou Thorne, e senti a maneira como Iban se contorceu em resposta.

— Não estou fingindo ser nada — protestou ele, mas não fez nenhum movimento para me levantar. Achei ótimo, já que tê-lo me ajudando a andar já me deixava sem graça o suficiente. Eu não precisava que ele percebesse que eu era pesada demais e me deixasse cair.

— Pelos diabos — grunhiu Thorne atrás de mim.

Dei outro passo, e o enjoo revirou meu estômago quando meu pé não tocou na pedra. Meu mundo virou de cabeça para baixo no momento em que Thorne tirou meus pés do chão, me pegando por baixo dos joelhos e colocando seu outro braço em volta das minhas costas.

Soltei um gritinho e atirei os braços em volta do pescoço dele sem pensar, o azul do seu olhar muito mais penetrante estando tão perto.

— Me coloque no chão — sussurrei, engolindo meu mal-estar.

Verdes não deveriam ficar totalmente fora do chão. Até tijolo de pedra era melhor do que esse Inferno.

— Cale a boca, Srta. Madizza — disse ele seguindo adiante, atravessando o corredor em direção ao saguão por onde entramos na escola. Não havia mais alunos conversando ali, e tudo estava silencioso enquanto íamos para a escada.

— Grosso — falei, ríspida, me contorcendo no seu colo.

— Isso só vai tornar mais propenso a deixar você cair — expressou ele, seu olhar fixo no lugar para o qual estava indo enquanto me carregava. Ele tomava cuidado para não me balançar demais já que a dor da minha magia esgotada se infiltrava nos meus ossos.

— Como se já não estivesse propenso a fazer isso — falei com ironia.

Um ruído profundo ressoou no seu peito e os cantos dos seus olhos se enrugaram em uma rara e genuína risada, e o fitei perplexa quando seus lábios se abriram em um amplo sorriso.

— Não cansa de ser malcriada?

— Eu não sou malcriada! — protestei, os olhos arregalados. Se eu não estivesse com tanto medo de ele me deixar cair, eu poderia ter batido nele pela maneira inacreditável com que ele me olhou de soslaio.

Eu podia *sentir* um silencioso "não, é?" na sua expressão.

— É mesmo? — perguntou ele depois de um momento. Ele subiu a escada como se eu fosse leve, embora ele e eu soubéssemos que isso não era verdade.

Eu tinha uma altura mediana e um corpo violão. Meu corpo tinha uma quantidade decente de músculos, todos graças a um certo amor por chocolate e doces que suavizavam minhas curvas. Eu amava minha figura "de tamanho médio", mas eu nunca tinha conhecido ninguém que pudesse me carregar subindo vários lances de escada.

— Você parece ter o dom de me irritar — admiti, fervendo de raiva, já que eu não tinha escolha além de admitir que, enquanto ele era difícil e no fundo mau, talvez eu não ajudasse muito também.

Ele deu uma risada, balançando a cabeça e revirando os olhos para o teto.

— É recíproco, Bruxinha.

— Você chama todos os estudantes da Bosque do Vale de *Bruxinhos*? É porque você não quer ter o trabalho de se lembrar dos nomes? — perguntei, guiada pela curiosidade, enquanto ele virava a esquina no topo do terceiro lance de escada. Quanto mais nos afastávamos da terra embaixo, mais eu detestava esse lugar maldito.

— Só você — grunhiu ele, sem dar mais nenhuma informação do motivo de eu ser a sortuda que recebeu um apelido que não tinha pedido.

— Sorte a minha — resmunguei quando ele abriu com o pé um conjunto de portas. O corredor à nossa frente consistia de apenas duas portas, uma de cada lado, e ele me colocou no chão diante da porta da direita.

— Chave — disse ele, estendendo a mão.

Iban colocou uma chave de bronze com aparência antiga na mão do outro, e corei quando percebi que nem tinha notado que ele tinha subido a escada conosco. Seus olhos fixaram nos meus como se ele soubesse disso, e meu rubor aumentou.

O reitor Thorne era perigoso de todas as piores maneiras se eu não conseguia nem perceber o que me cercava quando ele me segurava no colo.

Que inferno, eu estava perdida.

Thorne deslizou um braço em volta da minha cintura quando cambaleei, tentando me tranquilizar de que minha exaustão era a causa da minha distração. Sua outra mão enfiou a chave dentro da fechadura, girando até que a velha porta de madeira abriu. Ele guardou a chave no bolso de trás da minha calça jeans preta e me envolveu com os braços, sua boca a uma proximidade inquietante da minha.

— Isso é bizarramente inapropriado — murmurei, observando seus lábios se franzirem em um sorriso.

— Assim como é chamar seu reitor de babaca — murmurou ele, dando dois tapinhas rápidos e firmes na chave que me fizeram contorcer nos seus braços.

Ele me guiou através da porta para dentro de uma área comum com quatro cadeiras e um sofá perto da lareira no canto. Havia uma pequena cozinha com uma geladeira e uma pia ao lado da porta. Havia duas portas, uma de cada lado do cômodo. A da esquerda estava aberta, revelando um quarto pequeno, mas bonito.

— Suponho que este seja o meu — deduzi, me desvencilhando dos braços de Thorne. A sala oscilou quando eu a atravessei, mas me demorei na porta do quarto privado, examinando tudo.

As paredes eram pintadas de cinza claro, as cortinas verde-acinzentadas abertas revelando uma vista do que eu tinha certeza que deveria ser um jardim. A cabeceira da cama de casal era revestida com um tecido areia, os lençóis, um creme natural e claro. O lustre pendurado no teto tinha rosa e amarelo entremeados nas formas de delicadas flores. Havia uma única mesa de cabeceira de madeira do lado da cama, com um buquê de rosas em um vaso.

— Corresponde aos seus padrões? — perguntou Thorne, sabendo que era muito mais elegante do que a casa que eu dividia com minha mãe e meu irmão.

— É lindo — admiti com um suspiro hesitante. Mordi o lábio e entrei devagar, olhando na direção do jardim que precisava da minha atenção. Ficava ainda mais cansada só de pensar nele.

— Ótimo. As aulas começam de manhã. Tenho certeza de que uma de suas colegas de quarto vai te mostrar onde fica — informou Thorne, de volta ao papel de reitor.

Meus pensamentos dispersaram, se esforçando para conseguir uma maneira de trazer de volta o homem que havia me carregado pela escada. O amor não existia para um Hospedeiro, mas a luxúria que ele demostrava era algo que eu podia usar. Algo que eu precisava usar se quisesse encontrar os ossos da minha tia. Abri a boca para falar, o pavor me invadindo ao pensar no que eu tinha que fazer.

De como tinha parecido horrível antes.

— Boa noite, Srta. Madizza — disse ele, enfiando as mãos nos bolsos como se não soubesse o que fazer com elas.

Engoli em seco, fechando a boca enquanto acenava com a cabeça.

— Boa noite, Gray — murmurei, as palavras tão baixinhas que um humano não teria escutado. Minhas bochechas esquentaram e mordi a parte de dentro do lábio.

Thorne ficou paralisado, a cabeça inclinada ligeiramente ao sustentar meu olhar por um instante. Ele pressionou a mão no ombro de Iban, que nos observava atônito.

Thorne — *Gray*, eu me forcei a corrigir até meus pensamentos — aquiesceu uma vez.

Então os dois saíram.

12
GRAY

Minhas noites eram sempre inquietas.

Eu vagava pelos corredores da Bosque do Vale, escolhendo dispensar a oferta de companhia noturna de uma das Hospedeiras que já havia esquentado a minha cama no passado. Gemma não tinha feito nada para merecer a resposta raivosa que recebeu quando se mostrou disponível naquela noite, mas isso não me impediu de me afastar do seu toque.

Até mesmo horas depois a minha reação me enfureceu. Aquela garota não era nada. Era só mais uma bruxa que logo seria moldada no que quer que o coven quisesse que ela fosse, com um coração repleto de ódio pela minha espécie. As bruxas não me faziam sentir nada além de gratidão pelo fato de eu não possuir uma massa de carne batendo dentro do peito.

Melhor não ter carne nenhuma do que ter uma que apodrecia sob a minha pele.

Contudo, já fazia décadas desde que alguém chegara ao Vale do Cristal, encarara a Aliança e a desafiara reiteradamente. Ela era obstinada e difícil, rude e temperamental.

Porém, enquanto eu fitava as treliças onde a magia dela havia levado o Pátio de volta à vida, uma coisa era uma verdade inegável: a Bruxinha mexeu comigo.

A vida tinha se espalhado naquelas trepadeiras, alastrando-se pelo pátio desde que eu a levara para o quarto. Os arbustos de rosas pulsavam com vida, botões frescos surgindo das folhas verdes e vívidas, e espinhos pontiagudos e afiados. Onde antes tudo não passava de uma sombra de um resquício do que fora um dia, agora o pátio vibrava cheio de esplendor. Com uma vitalidade que faltava ao coven fazia muito, muito tempo.

Fechei as mãos do lado do corpo quando me virei para não ver o que ela havia feito. O coven não merecia o sacrifício que ela estava disposta a fazer trazendo de volta à vida a terra que eles usaram e da qual abusaram. Susannah e George tinham afastado as bruxas de tudo o que um dia as motivara, afundando cada vez mais no egoísmo que conduzia as políticas entre as famílias.

A parte boa dos bruxos não importava mais para eles, embora tivesse sido exatamente aquilo com que as famílias originais se importavam no início. Nós havíamos construído essa cidade, a preservamos dos assustadores seres humanos de Salem a fim de proteger a magia que Lúcifer tinha concedido às bruxas quando elas se comprometeram a servi-lo.

As portas das salas do tribunal brilhavam com uma luz dourada quando virei de costas para elas, me encaminhando para a escada que levava aos dormitórios dos estudantes. Não demoraria até ser hora da primeira Extração, e eu andaria entre os dormitórios junto com os outros Hospedeiros, escolhendo meus bruxos para aquela noite.

Subi as escadas rapidamente aproveitando os corredores vazios. Era tão raro essa quietude na faculdade, sem funcionários e estudantes ocupando os espaços e se conhecendo melhor enquanto se preparavam para o início das atividades escolares. Como as aulas começariam na manhã seguinte, todos estavam recolhidos nos seus quartos para descansar a esta hora da noite.

Tirei do bolso a cópia da minha chave do quarto de Willow, virando-a dentro da fechadura sem fazer barulho e entrando na penumbra do cômodo. A lua e as estrelas brilhavam na única janela do outro lado da área comum, o imenso círculo descentralizado graças à lareira que ficava no canto oposto da porta de Willow.

A maçaneta da porta dela girou com facilidade e eu abri, entrando no quarto escuro. Ela não tinha se preocupado em fechar as cortinas antes de se deitar em cima dos lençóis. Na sua exaustão, não tinha nem trocado de roupa e colocado o pijama de short e regata que eu tinha pedido a Juliet para trazer ao seu quarto assim que chegamos.

Seu suéter estava jogado na beirada da cama, a deixando com nada além de uma regata e uma calça jeans que parecia bem desconfortável para dormir. Caminhei até o seu lado, onde ela estava em um sono profundo no meio da cama. Sua cabeça estava ligeiramente inclinada para o lado onde eu me encontrava, me dando a chance de estudar as linhas suaves do seu rosto.

A parte afiada da sua personalidade sumira no seu repouso, suas incisivas palavras espinhosas e sua aparência mordaz ocultas. De alguma forma, ela parecia mais nova, menos embrutecida por ter passado a vida se escondendo. Eu não entendia por que eu tinha ido ao quarto dela, nunca antes tendo violado a privacidade de um dormitório estudantil. Embora eu não precisasse ser convidado para nenhum lugar dentro da faculdade, já que meu nome era um dos que estavam nos documentos de propriedade legal, lidar com a universidade era uma questão delicada de equilíbrio.

Minha aliança com os bruxos podia tolerar comentários ácidos e ódio passivo. Entrar nos quartos deles à noite sorrateiramente era outra história.

Ainda assim, lá estava eu, do lado da cabeceira, justamente dela, da neta de Susannah Madizza. Algo em relação a Willow atraía certas partes de mim das quais eu parecia não ter controle, me levando ao limiar do que era aceitável.

Apenas por ela eu poderia cruzar limites que jamais ultrapassei antes, incapaz de me impedir de agir por um impulso tão novo para mim, apesar de todos os meus séculos de vida.

Eu me abaixei, me sentando na ponta da cama com cuidado. Willow não se mexeu, sua respiração e o ritmo do seu coração permanecendo estáveis e lentos.

Estendendo uma das mãos, tracei uma linha na bochecha dela, que estava marcada pela trilha fraca de sangue seco. O aroma era uma distração de que eu não precisava, uma tentação que me levava a fazer coisas que eu não pretendia quando vim até aqui.

Eu não sabia o que pretendia ao vir aqui, e essa mera constatação foi suficiente para me impelir à violência. Não havia restrições quando se tratava dela, como se o meu corpo e a minha mente já não pertencessem mais a mim.

E sim à perversa bruxinha que dormia tão pacificamente, como se não tivesse qualquer tipo de preocupação no mundo pela maneira com que me afetava.

A antiga evidência que ainda permanecia nos seus braços e nas suas mãos eram a única indicação de que ela havia usado magias proibidas, de que ela estava ciente do seu poder inato do sangue de bruxa. Sua mãe não tinha praticado as antigas maneiras quando vivia no Vale do Cristal. Flora fora criada pela mãe com intromissão e interferência constantes de Susannah até a morte dela. Nessa mesma noite, ela fingiu a própria morte, escapando da possibilidade de ter Susannah como sua única guardiã embora ainda fosse apenas uma adolescente.

Eu não a conheci bem. Não conheci nenhum dos bruxos em treinamento nessa época, com a Bosque do Vale já fechada por causa do massacre cinquenta anos antes. Minhas interações com eles eram o mais limitadas possível para começo de conversa, e ela nem tinha atingido a maioridade quando foi embora.

Então o que aconteceu com Flora Madizza depois que ela deixou o Vale do Cristal, e por que isso motivou seu retorno às formas perdidas de magia? Eu suspeitava que a pequena bruxinha dormindo tranquilamente à minha frente sabia muito mais do que estava disposta a admitir, e eu desejava poder pegar o amuleto dela e ter as respostas de que eu precisava.

Em vez disso, observei-a se virar na cama, esfregando as pernas como se tentasse desesperadamente ficar mais confortável. Suspirei, olhando para o pijama na cômoda do outro lado. Levantei sua blusa devagar até revelar uma linha finíssima de pele na sua barriga. Devagar, abri o botão da calça, mantendo os olhos no seu rosto. Eu tinha certeza de que sua exaustão pelo uso da magia era muito intensa, e ela não iria acordar, mas eu queria estar atento ao primeiro sinal de que precisaria fugir antes de ela me ver no quarto.

A Bruxinha nunca mais pararia de me encher o saco por isso.

Em seguida, abri o zíper da sua calça; o som ecoando pelo silêncio do quarto. Ela continuou sem se mexer, nem mesmo quando curvei os dedos no cós da calça e a deslizei com cuidado pelos seus quadris. Senti a pele macia dela nos meus dedos, a curva das suas coxas aparecendo à medida que eu puxava o jeans devagar para baixo.

Parei quando alcancei seus joelhos, descendo mais na cama para conseguir manobrar o tecido justo com cuidado pelas suas panturrilhas e seus tornozelos, passando a calça pelos seus pés e jogando-a no chão do lado da cama.

Sua calcinha era preta de renda, do tipo shortinho, formando um V, mais alta nos quadris e mais baixa na barriga. Caía perfeitamente bem nela, atraindo meu olhar para suas curvas e a suavidade da sua figura.

Deixei meus dedos deslizarem pela delicada ondulação da sua barriga, apreciando o pequeno gemido sonolento que saiu da sua garganta em resposta ao meu toque. Ela rolou a cabeça mais ainda para o lado, arqueando as costas de uma forma que aumentou ligeiramente a pressão do meu contato.

— Caralho — sibilei entre dentes cerrados, me forçando a me levantar da cama e me afastar enquanto meu pau endurecia na minha calça e meus caninos latejavam pela vontade de me alimentar.

Eu não podia arriscar colocar o Vale do Cristal e minha habilidade de coabitar com os bruxos em risco, principalmente não por uma bruxinha que eu tinha acabado de conhecer.

Uma coisa estava clara. Eu queria trepar com Willow Madizza.

Ela só precisava estar acordada quando eu fizesse isso.

13
WILLOW

Vozes sussurrantes invadiram a minha cabeça em uma conversa ligeiramente distante que eu não conseguia compreender. Mesmo no meu estado semiconsciente, eu sabia que as minhas barreiras tinham cedido o suficiente para permitir que aqueles que nunca estavam longe penetrassem no refúgio da minha mente.

A figura da minha mãe não estava longe, sua forma espectral surgindo em uma bruma de névoa e sombras no limite da escuridão que me consumia. Eu estava dormindo, tinha total certeza disso. A memória de me deitar na minha cama era nítida, mesmo que o ato de adormecer tivesse acontecido de maneira tão repentina que eu não pude divisar os momentos que delimitavam o sono e a vigília.

Não era sempre que eu esgotava minha magia a ponto de permitir que a separação natural entre mim e os mortos sucumbisse — meu sono já me colocava a um passo do véu entre a vida e a morte. Mesmo quando isso ocorria, eles normalmente permaneciam na periferia, observando, mas incapazes de se aproximar de mim, assim como eu também não podia chegar perto deles. Tudo o que eu mais queria era percorrer a distância que me separava da minha mãe, falar com ela para que encontrasse uma maneira de fazer as pazes com o que quer que a mantivesse presa ali comigo em vez de ir em busca do seu próprio futuro na vida após a morte.

Suas feições estavam atormentadas, a angústia tomando o rosto que eu conhecia tão bem como o meu próprio. Ela ainda não tinha começado a se desvanecer, o seu espírito era uma representação do que eu sabia que encontraria se desenterrasse o seu corpo para lhe dar o enterro digno de um Verde. A área abaixo dos olhos dela estava funda, com uma coloração púrpura intensa, como um hematoma deturpando o que outrora havia sido um rosto vivo e alegre, antes de sua doença se manifestar. A pele estava pálida quando dei um passo em direção a ela, vendo-a levantar uma das mãos como se me pudesse tocar.

Os lábios dela se abriram, revelando o negror da ausência de vida. O interior da sua boca não tinha mais a cor rosada, os primeiros sinais de decomposição se estabelecendo enquanto ela emitia um chiado rouco.

Senti o leve roçar de mãos na minha pele enquanto me forçava a ir mais além na escuridão, aproximando-me da minha mãe, mesmo sabendo que não era sensato. Os mortos nem sempre se lembravam de quem eram ou de quem amavam, a sua visão era formada pelos assuntos inacabados que os mantinham presos.

— Mãe — chamei, sentindo o ardor das lágrimas no meu nariz. Senti-as na tensão dos músculos da minha garganta, enquanto travava uma batalha entre o que era certo e o que era seguro. Ergui uma das mãos, ignorando o leve toque dos espíritos que eu não podia ver. Aqueles que haviam ficado ali por tanto tempo que quase nada restava deles além da sua energia; aqueles que murmuravam coisas que eu não conseguia ouvir. — Você precisa seguir em frente.

Comprimi os lábios depois de a impelir adiante, lutando contra as emoções que me deixavam com um nó na garganta. Quando ela fosse embora, eu nunca mais sentiria o seu olhar sobre mim. Nunca mais sentiria a sua presença como um apoio silencioso.

Eu saberia que ela teria continuado seu caminho sem sombra de dúvida.

— Eu o mandei para perto do pai, Ash está em segurança. Não precisa se preocupar com ele — informei a ela.

A minha mão estava bem em frente à dela, perto o bastante para senti-la, sem jamais tocá-la, já que era proibido a quem não usava os ossos. Sem eles, eu conseguia ver aqueles que tinham me deixado, mas nunca poderia abraçar a minha mãe ou ouvir a sua voz.

Era a forma mais lenta e mais cruel de tortura que eu era capaz de imaginar. Estar tão perto e ainda assim nunca cruzar o limiar.

Os seus lábios se moviam, mas os sons das suas palavras eram carregados por uma brisa que existia apenas no vazio, tornando impossível entender o que ela queria ao vir até mim.

— Não consigo ouvir você — admiti, contendo um soluço estrangulado.

Ela comprimiu os lábios, contraindo o rosto exatamente como fazia na minha infância. Quando tentava um feitiço difícil pela primeira vez, ou quando brigava com o meu pai acerca do tempo que ele passava comigo.

Ela avançou, pressionando a sua mão contra a minha num impulso súbito. Minhas veias pareceram se encher de gelo, espalhando-se a partir da minha palma quando as nossas mãos se uniram e ela entrelaçou nossos dedos.

— *Puta merda!* — *exclamei, caindo de joelhos ao sentir aquele tipo de dor. Era tão fria que ardia; lutei para libertar a minha mão do seu aperto enquanto ela se ajoelhava à minha frente. A sua outra mão tocou a minha bochecha, me queimando com aquele toque gélido enquanto os seus olhos turvados me fitavam.*

— *Ash está a salvo* — *disse ela, a sua concordância ecoando através de mim enquanto eu lutava contra a dor para ouvir as palavras que vinham mais claramente no instante em que ela me tocava. Ela baixou a mão até a minha clavícula, tocando-a e se aproximando mais de mim, à medida que seu rosto se contorcia de angústia novamente.* — *Mas você não está.*

Ofeguei, sentando-me abruptamente na minha cama na Bosque do Vale. As minhas mãos voaram para o meu peito, procurando as marcas de queimadura deixadas pelo contato que deveria ter sido impossível.

Ouvi o murmúrio dos ossos na minha pele, sentindo-os deslizar até mim e me chamar para os encontrar momentos antes de expulsá-lo e imaginar trepadeiras se entrelaçando em uma pilha de tijolos, preenchendo as fendas por entre eles até não haver nada além de um muro impenetrável.

De uma coisa eu tinha plena certeza, um único fato que eu não podia negar aos espíritos que haviam me achado: os ossos sabiam que eu estava próximo.

E eles queriam ser encontrados.

*

Puxei a bainha da minha saia xadrez verde e preta para baixo desejando conseguir cobrir o espaço de pele entre a saia e a parte de cima das minhas meias sete oitavos. Usar saia seria algo tão pouco prático caso eu precisasse enterrar corpos na floresta ou quando as pessoas entrassem no meu caminho.

Mesmo que meu plano fosse tentar evitar a violência o máximo possível, autocontrole não era lá meu forte.

Não reconheci o meu reflexo no espelho. Deixei o cabelo solto, caindo nos ombros. A cor contrastando com o branco da minha camisa social. Meu blazer verde-musgo estava na beirada da cama, os sapatos pretos que arrumaram para mim esquecidos e enfiados embaixo dela.

Meus coturnos não pareciam combinar muito com as meias sete oitavos e a fitinha ridícula, amarrada como uma espécie de laço bem solto, substituindo a gravata. Eu até conseguia aceitar a saia, mas pelo calçado eu faria um barraco.

Peguei o blazer, enfiando os braços dentro dele e ajustando para ficar confortável nos meus ombros. Não havia botões no centro, o que o deixava aberto e mantinha visível o cós alto da saia com a camisa enfiada para dentro.

Revirei os olhos ao avançar para a porta do quarto. Assim que a abri dei de cara com três rostos me encarando. As meninas tinham mais ou menos a minha idade, e eu sabia que elas provavelmente eram descendentes das quinze famílias originais.

Pelo menos antes de a escola ser fechada cinquenta anos atrás, herdeiros dividiam os quartos. Não importava que eu fosse um dos treze alunos vindos de fora das barreiras do Vale do Cristal. Um dos treze alunos que exibiam uma promessa de magia e podiam oferecer alguma diversidade nas linhagens.

Eu nasci uma herdeira e morreria assim.

— Você deve ser a Willow — a primeira garota disse, se afastando das outras duas para se aproximar. Ela pegou as minhas mãos e me mostrou um sorriso radiante, sua energia emanando em ondas. — Eu sou Della Tethys. — Ela confirmou minhas suspeitas de ser uma herdeira, ao pronunciar o nome de uma das duas linhagens originais de bruxos Azuis, o que era complementado pelo seu uniforme azul.

Devagar, desvencilhei minhas mãos. Sua pele era fria ao toque. Seus olhos azul-turquesa se agitaram como água do mar quando ela me soltou, se virando de costas, jogando o cabelo escuro e sorrindo para as outras garotas, chamando-as para se aproximarem.

A que usava uma saia xadrez cinza e preta com um blazer cinza deu um passo à frente, retorcendo as mãos de uma maneira mais tímida.

— Eu sou Nova Aurai — apresentou-se, e algo nela parecia desconcertante. Seus olhos eram desprovidos de qualquer cor, o cinza mais claro possível, me encarando em um rosto incrivelmente bonito. Seu cabelo escuro estava arrumado em cachos deslumbrantes, seus lábios naturalmente escuros e lindos em conjunto com sua pele negra escura. — Essa é a Margot Erotes — acrescentou ela, gesticulando para a loira logo atrás.

A bruxa Vermelha não fez menção de se aproximar, me avaliando com cautela, seu cabelo louro na altura dos ombros emoldurando seu rosto.

— Prazer — disse ela, a voz praticamente um ronronar. Os pelos dos meus braços se arrepiaram em resposta.

— Não ligue para ela. Ela não gosta de ser tocada — informou Della, enganchando o braço no meu. — Não é nada pessoal.

Levantei a sobrancelha para a bruxa Vermelha, notando um ligeiro rubor nas suas bochechas. Uma bruxa do sexo que não gostava de ser tocada.

— Isso parece ser uma tortura imensa dada a sua magia — comentei, as palavras pulando da minha boca antes que eu pudesse evitar.

Margot soltou um suspiro de alívio, seus ombros se curvando ligeiramente, quando não a julguei nem zombei dela.

— Você não tem ideia.

Nova foi para a cozinha e pegou quatro barras de cereais de um pote na bancada. Jogou uma para cada.

— Perdemos o café da manhã, então isso vai ter que servir.

Rasguei a minha embalagem com os dentes, dando uma mordida enorme. Depois da energia que eu tinha despendido na noite anterior, eu precisava de *mais*. Precisava de proteína e comida da terra.

Nova sorriu ao abrir a porta, dando um pulo de susto quando encontrou alguém parado do outro lado. Iban sorriu um pouco tímido, passando a mão livre no cabelo.

— O reitor Thorne achou que você ia precisar disso, Willow — ele falou por sobre o ombro de Nova.

Dei um passo à frente, a testa franzida ao avistar um prato. Um pãozinho com ovos, lombo canadense e queijo derretido estava meio embrulhado em papel laminado e o outro lado do prato estava cheio de frutas frescas, tomates cereja e pepinos em fatias. Peguei o prato com uma risadinha, pegando uma uva e colocando na boca.

— Isso foi gentil da parte dele — me forcei a dizer enquanto mastigava. Foi atencioso, até suspeito, e imaginei que os bruxos mais jovens não tinham nenhuma ideia do que uma bruxa precisava depois desse tipo de oferenda a uma fonte.

Ele talvez fosse um dos únicos que sabiam.

Se alguma delas achou estranho que o reitor tivesse feito algo assim, não disse nada. Mas os olhares que elas trocaram em silêncio bastaram.

Passei por Iban e entrei no corredor, parando quando percebi que eu não tinha a mínima ideia de para onde devia ir. Abri um sorriso tímido para ele enquanto pegava o sanduíche e dava uma mordida.

— Onde é minha primeira aula? Vou receber um cronograma com os horários?

— Ah, acho que Della é a melhor pessoa para ajudar nisso — respondeu ele, passando uma das mãos pelo cabelo.

— Iban não tem magia, Willow. Que necessidade ele teria em aulas que servem para ensinar essas coisas? — assinalou Della. Ela não falou com má intenção, mas o corpo inteiro de Iban estremeceu assim mesmo.

— Então por que está na Bosque do Vale? — perguntei, franzindo a testa.

Eu não tinha percebido que os que fizeram a Escolha continuavam na escola mesmo depois de desistirem da magia, mas eu devia ter percebido isso na noite passada.

— Sirvo ao coven de outras maneiras — disse ele, apontando, com um movimento de cabeça, o prato que eu segurava nas mãos. — Além disso, devido à minha idade, o melhor lugar para mim é aqui agora. Não vou encontrar minha parceira em nenhum outro lugar, não é?

— Você está procurando sua parceira de livre e espontânea vontade? Não é um pouco jovem demais? — perguntei, minha voz um pouco mais aguda. Pensar em ter filhos na nossa idade era uma ideia assustadora para mim. Eu mal tinha começado a viver.

Na verdade, eu ainda nem tinha começado.

— Desisti da minha magia na esperança de encontrar uma parceira adequada que a Aliança aprovasse, e por quem eu pudesse me apaixonar. Não vou arriscar perder essa oportunidade — explicou ele, sorrindo.

Enfiei um pedaço de melão na boca para ter algum tempo para reduzir o desconforto que senti por precisar dar alguma resposta. A maneira como ele estava me olhando me deixou inquieta.

O coven o aprovaria como parceiro para mim. Ele era Verde, manteria a linhagem de sangue mais pura possível. Como um bruxo só herdava seu poder da mãe, já que o pai teria aberto mão do seu poder na hora da concepção, eles ainda priorizavam manter as Casas puras quando conseguiam.

Tive a sensação de que, ao fechar a universidade, foram obrigados a ser menos seletivos, sem sangue fresco chegando todos os anos para reprodução. Mas nem meu pai nem minha mãe eram Bray, nem meus avós, que eu soubesse.

Antes disso, eu não sabia. Não queria nem pensar no assunto.

Engoli em seco, chegando a fazer barulho, dando o braço a ele.

— Quem quer que seja ela, vai ser uma mulher de sorte — falei, sorrindo enquanto pegava outro pedaço. As bochechas de Iban coraram, e me dei conta de que precisava acabar com seja lá o que isso fosse o quanto antes.

Ele tinha desistido da sua magia para ter uma família.

Eu não pretendia ter uma família — mesmo se eu vivesse tempo suficiente para isso.

Era muito mais provável que eu morresse tentando encontrar os ossos dos meus ancestrais — muito mais provável que *Gray* drenasse o meu sangue e me deixasse para morrer quando descobrisse quem eu era de verdade.

Eu me forcei a sorrir diante da dura realidade e deixei Della e as outras garotas me guiarem para nossa primeira aula do dia. Iban parecia bastante satisfeito em ir conosco, então eu o deixei andar do meu lado enquanto tentava recuperar um pouco da minha força com o café da manhã.

O ligeiro zunido de magia pulsava nas minhas veias com cada pedaço de fruta, conforme o ciclo da vida me rejuvenescia. Eu tinha me sacrificado, então agora ela fazia o mesmo, mas o que havia sido tirado à força nunca seria tão poderoso quanto o que era dado de livre e espontânea vontade.

Senti um lampejo de calor quando ergui os olhos do prato e vi a sala de aula para onde minhas colegas tinham me levado. O reitor Thorne estava parado na frente da sala, uma lousa atrás dele. Ele havia dobrado as mangas da sua camisa social e colocado o paletó nas costas da cadeira atrás da mesa. Seu olhar gélido encontrou o meu enquanto minhas acompanhantes me guiavam para dentro da sala, e ruborizei quando aquele olhar cúmplice se voltou para o prato de frutas nas minhas mãos.

— Obrigada — me forcei a murmurar, bem baixinho. Eu nem tinha certeza se audição dele era tão boa assim, mas ele sorriu de leve.

Iban me parou na porta, me virando de repente e com gentileza até minhas costas tocarem a parede logo na entrada da sala. Soltei uma risadinha quando ele se inclinou levemente para mim, mantendo uma distância respeitável. Ele não me pressionou, não colocou um dos braços ao lado da minha cabeça nem fez com que eu me sentisse acuada. A culpa me corroeu por dentro quando me aproveitei da oportunidade que ele me deu, de uma forma que eu não devia. Já que eu deveria seduzir o reitor, causar ciúmes pareceu uma maneira bastante eficaz, se a reação que ele teve quando toquei Kairos foi algum indício.

Estendi a mão, tirando uma mecha de cabelo do seu rosto, e seus olhos verdes escureceram em resposta. Ele inclinou a cabeça com o toque, fazendo o que restava do meu coração se apertar de remorso. Apesar de todo o meu treinamento, não me trazia nenhuma alegria o fato de que eu precisaria usar as pessoas ao longo da tarefa que eu tinha que desempenhar. Mas as palavras de Iban confirmaram que ele sabia exatamente o que eu estava fazendo, e a percepção dele quanto ao meu esquema acalmou algo no meu peito.

— Está brincando com fogo — advertiu com um sorriso, os dentes brilhantes e perfeitamente retos.

— Não faço a menor ideia do que você está falando — retorqui, me esforçando para esconder o sorriso.

Ele cantarolou, colocando a mão sobre minha cabeça nesse instante, já que eu tinha feito o primeiro movimento para tocá-lo.

— Logo vai perceber que o Hospedeiro não é uma possiblidade para você — disse ele, se inclinando para sussurrar essas palavras tão baixinho que percebi que ele estava ciente da nossa plateia. Sorri para o homem divertido e cooperativo. — Talvez então me veja da maneira que parece fingir que vê.

O sorriso desapareceu do meu rosto devagar, me deixando boquiaberta olhando para ele enquanto o significado daquelas palavras me atingia no peito. A culpa voltou a me consumir, e somente através de uma cuidadosa máscara pude abrir mais um sorriso radiante, mesmo temendo o que a sua admissão poderia significar em relação ao que eu suspeitava ser um interesse.

E, ao que parecia, acertadamente.

Iban se inclinou, tocando meu rosto com os lábios de um jeito meigo, permanecendo ali alguns segundos além do que seria considerado apropriado.

— Divirta-se com seu joguinho, Willow, mas saiba que eu só jogo para ganhar.

14
GRAY

Ela me surpreendeu, se sentando perto de Margot na primeira fila. Sorriu para a colega carrancuda, mantendo distância sem encurralá-la — dando o espaço que a maioria não oferecia aos Vermelhos.

Willow pegou uma uva, jogou na boca e mastigou devagar me encarando. Nunca na minha vida pensei que uma mulher podia transformar até mesmo o ato de comer em um jogo de sedução, mas saber que ela não rejeitou a comida que mandei abrandou um tanto da irritação de vê-la flertando com aquele garoto Bray.

Ela era o pior tipo de perigo, uma tentação que me levaria a fazer coisas estúpidas e idiotas, só pela chance de uma trepada. Porque isso era tudo o que podia ser. Com meu corpo e meu coração verdadeiros trancados nas profundezas do Inferno, eu não tinha interesse em mais nada.

De qualquer jeito, a Aliança tentaria arrancar meu saco antes de me deixar realizar qualquer coisa além da Extração com a preciosa neta de Susannah. Ri de escárnio com esse pensamento, baseado na ideia de que bruxas e Hospedeiros nunca se uniriam por vontade própria dessa maneira. A Extração havia sido estabelecida por um motivo: uma forma de conceder aos Hospedeiros um acesso regular ao sangue de bruxa de que precisávamos, sem permitir a formação de relacionamentos.

Hospedeiros e bruxos podiam foder, mas qualquer coisa além disso era estritamente proibida pela Aliança. Era por isso que vendávamos as bruxas ao nos alimentarmos, para que nunca soubessem exatamente quem estavam alimentando — ou com quem estavam transando se assim quisessem. Puro sexo casual, sem as complicações que poderiam surgir após isso.

Willow cruzou as pernas sob a mesa, chamando minha atenção aos coturnos nos seus pés. Ela tinha ignorado os sapatos que eu sabia que tinham sido fornecidos, já que eu os tinha visto no quarto dela na noite anterior quando tirei sua calça. Será que ela sabia que alguém tinha estado lá ou tinha se convencido de que ela mesma tinha tirado a calça na noite passada e tinha simplesmente esquecido?

Seu rosto estava calmo, as batidas do seu coração em um ritmo tranquilo. Mesmo que ela tivesse provado ter talento para mentir, eu não achava que ela seria capaz de disfarçar os sinais de medo se percebesse que alguém havia entrado no seu quarto enquanto ela dormia.

Abri um sorriso arrogante, erguendo uma sobrancelha para ela, levantando o livro que eu segurava e me aproximando da sua mesa. O resto dos alunos já tinha recebido os itens necessários de que precisavam para a aula, mas Willow não estava presente na orientação.

— Temos um uniforme aqui, Srta. Madizza — disse, colocando o livro na frente dela.

Ela se inclinou para a frente, tomando o livro de mim. Seus dedos roçaram nos meus quando o soltei, e eu sabia que o contato não tinha sido sem querer. O período entre ela me dizer que nunca permitiria que eu lhe tocasse e dar a entender que era isso que ela queria foi realmente curto. A suspeita que tinha se infiltrado em mim apenas crescia com cada olhar prolongado e comentário provocante.

— Vai me deixar de castigo, reitor? — perguntou ela, inclinando a cabeça para o lado.

Margot virou a cabeça para encará-la enquanto Willow abria o livro, folheando as páginas de uma maneira distraída.

— Não temos castigo aqui — respondi, cruzando os braços enquanto analisava qual era o jogo dela.

Seus olhos encontraram os meus mais uma vez e, embaixo da sua falsa ousadia, vi um sentimento presente lá. *Insegurança*. Franzi os lábios ao compreender a situação. Willow estava usando o flerte como uma maneira de esconder seu desconforto, se agarrando a qualquer coisa que parecesse familiar.

Eu. Iban Bray.

Nós éramos os únicos dois homens que ela conhecera aqui, além de Kairos, e ela também tinha flertado com ele.

Não era nada comigo. Nunca foi, mas isso não me impediria de tomar exatamente o que eu queria dela.

— Que pena — retrucou ela, fazendo um biquinho que de alguma maneira era bonitinho.

— Não exatamente — argumentei, sem me incomodar em disfarçar a decepção que eu não queria sentir. Sua falta de interesse específico não devia importar para mim. Com quem ela transava não era da minha conta, contanto que eu fosse uma dessas pessoas.

Mas de alguma maneira, importava.

— Se você estiver buscando atenção particular depois da aula, tenho certeza que o Sr. Bray ficaria mais do que feliz de satisfazer suas necessidades, Srta. Madizza — incitei, permitindo que meus olhos percorressem seu corpo. Queria apreciar aquela visão, mas forcei uma expressão de desprezo e indiferença, fazendo com que ela sentisse o desapontamento da rejeição.

Ela abriu ligeiramente a boca.

— O quê? — perguntou ela, seu rubor confirmando o que eu desconfiava. Ela nem sequer queria levar alguém para a cama, mas, por alguma razão, não conseguia parar de me provocar.

Peguei ela.

— Se você precisar que alguém te coma — continuei, baixando a voz. Apenas os alunos mais próximos puderam escutar minhas palavras, mas o rubor no rosto dela se acentuou, destacando ainda mais suas sardas. — Estou certo de que o Sr. Bray ficaria feliz em atendê-la.

Ela fechou a boca, seu constrangimento desaparecendo e dando lugar à fúria. Sua mandíbula enrijeceu. Um segundo depois, aquela expressão sumiu e ela me golpeou com um sorriso que pareceu tão afiado e perigoso quanto uma planta beladona.

— Tem razão. Tenho certeza de que ele ficaria.

Olhei irritado para ela, meu sorriso malicioso se apagando enquanto ela se recostava na cadeira. Ela cruzou os braços, destacando o volume dos seios, ao se virar para Margot e sorrir como se não tivesse sido minimamente afetada pelas minhas palavras grosseiras.

Puta que pariu.

— Abram na página três — falei com rispidez, me virando para a lousa. Meu humor agora estava péssimo, e Willow simplesmente continuava a me provocar comendo devagar o restante das frutas que eu tinha enviado para ela.

Todos os homens gostavam de um desafio, mas Willow era bem diferente. Ela era bem pior.

Ela me dava nos nervos.

15
GRAY

Apaguei todas as minhas anotações da lousa, focando na tarefa enquanto todos os bruxos da minha sala lotada recolhiam seus pertences e se preparavam para ir para a aula seguinte. Fazia o possível para não olhar para Willow, mas não conseguia refrear o rosnado que vibrava no meu peito enquanto ela conversava com Margot. A bruxa loura falava em tom baixo, em uma altura adequada para se dirigir a alguém que estava ao seu lado, ao passo que Willow planejou com cuidado o que dizer a seguir.

— Temos alguma aula em que Iban esteja presente? — perguntou, e pude sentir o tom de ameaça na sua voz. Eu não a conhecia tão bem para saber se ela iria mesmo até o final com aquilo ou se ela só pretendia continuar a usar Iban para me tirar do sério.

O coven faria de tudo para me sepultar se eu matasse um bruxo que havia sacrificado sua magia para procriar. Eles não eram comuns e, por isso, eram recompensados de outras maneiras. Iban seria sustentado pela Aliança até encontrar uma parceira adequada, recebendo alguns luxos que não eram fornecidos nem mesmo aos outros membros masculinos do coven.

Um quarto privado na Bosque do Vale para poder entreter todo tipo de companhia caso desejasse. A possibilidade de escolher as bruxas para acasalar.

Não havia dúvidas de que ele tinha ficado de olho nela. Eu só não sabia se a Aliança o tinha pressionado para escolher sua parceira ou se seu interesse era genuíno. Supus que não importava, pois Susannah concordaria de qualquer maneira.

Abri um sorriso malicioso ao me dar conta de que eu não precisaria correr o risco de irritá-la para me livrar da interferência desse garoto.

Willow faria isso por mim se ela suspeitasse qual era a intenção dele.

— Por que você ensina história para os bruxos? — questionou Willow.

Eu me virei e a vi parada atrás de mim. Suas colegas de quarto estavam na porta, observando-a ressabiadas como se ela fosse uma bomba-relógio. Já desconfiava que para elas o comportamento de Willow pareceria bastante estranho, afinal foram todas criadas da mesma maneira — uma maneira muito diferente da que eu imaginava ter sido a criação de Willow.

— Quem melhor para ensinar história do que alguém que estava vivo para testemunhá-la? — perguntei, deixando o apagador na prateleira da base do quadro. Cruzei os braços, esperando pela próxima pergunta inevitável.

— Parece uma escolha estranha, dado o seu óbvio viés contra o coven — comentou ela, o lábio inferior se retorcendo bem levemente. Notei seu gesto, me dando conta de que ela fazia aquilo sempre que avaliava que alguma coisa não fazia sentido. Um tique quando ela tentava resolver um enigma.

O que quer que a vida de Willow tenha sido, uma coisa estava clara. Ela não se deixava levar só pelo que sua mãe lhe ensinara, fosse o que fosse. Ela não foi doutrinada da mesma maneira que os bruxos do coven desde que nasceram.

Havia um senso de justiça nela. Um desejo de saber a verdade que não podia ser negado. Eu tinha uma sensação de que o que quer que sua mãe a tenha ensinado a acreditar, ela também lhe dera a habilidade de pensar por si mesma.

Era uma habilidade que muitos não recebiam.

— Cite uma pessoa que não teria um viés ao ensinar história — rebati, rindo enquanto seus olhos descombinados brilhavam com malícia. Ela sabia que eu estava certo, e sorriu para confirmar, virando o olhar para a janela na lateral da sala.

— Só quis dizer que é interessante que a Aliança permita que você ensine...

— A Aliança não me controla. Eu faço coisas para o bem do Vale do Cristal porque ver a faculdade preservada serve ao meu propósito, já que aqui é o meu lar. Qualquer coisa que tenham contado a você sobre a hierarquia do poder aqui, considere *o viés* da fonte. Claro, os bruxos acreditariam que estão no topo e comandam o espetáculo — respondi, sorrindo pela maneira como aquele lábio inferior se torceu de novo.

— Talvez você devesse levar em consideração que a história é escrita sempre pelo vencedor. Acho muito difícil de acreditar que Susannah se sinta à vontade em ver você ensinando história e sugerindo que é possível que tenha conseguido a melhor parte no acordo firmado entre o diabo e Charlotte Hecate — provocou Willow, erguendo a sobrancelha em desafio.

A astuta bruxa se refugiara na floresta uma noite, fugindo dos homens que pretendiam enforcá-la por bruxaria. Julgando que ela seria, pelo menos, culpada das coisas de que a acusavam, ela tirou o seu próprio sangue e rezou.

Mas em vez de rezar a Deus, ela rezou para o próprio diabo, invocando-o até aquela floresta e clamando por sua ajuda. Ele a transformara na primeira bruxa, entregando a ela uma parte de sua própria magia e prometendo fazer o mesmo pelas outras quatorze famílias originais.

O preço?

Ela teria de usar a magia concedida para criar Hospedeiros, moradas imortais para as almas de seus demônios, libertando-os das inconvenientes possessões.

— Pode ser, mas eu não dei nenhuma razão a ela para contestar o meu método de ensino. Eu me atenho aos fatos e não floreio. É melhor para todos os envolvidos. Permite que bruxos como Susannah continuem a achar que são vitoriosos, enquanto minha espécie sabe ser paciente — aleguei, me aproximando da mesa e recostando a bunda nela, me abaixando para agarrar a beirada, enquanto o olhar de Willow desviava para meus antebraços descobertos.

Aquele lábio se torceu, e desconfiei que dessa vez o gesto não tinha nada a ver com o fato de desvendar um mistério, mas sim de conseguir o que queria.

— Não parece ser muito paciente — disse ela, inclinando a cabeça para o lado e se aproximando da mesa. Nenhum dos meus outros alunos teria ousado chegar tão perto, e suas amigas, da porta, trocaram um rápido olhar e deram o fora dali. Ela se posicionou entre as minhas pernas abertas, erguendo as mãos e ajeitando minha gravata com uma naturalidade e descontração que não deveria existir entre nós.

— A vida de um bruxo é um grão de areia se comparada à minha. Eu já assisti a inúmeros da sua espécie definharem e morrerem. Quando essa geração de bruxos para a qual estou lecionando agora estiver morta, ainda estarei aqui — declarei, agarrando o seu pulso e tirando sua mão devagar da minha gravata.

— Nem todos os bruxos morrem — ela disse encolhendo os ombros, sem lutar para se soltar. Eu a segurava com cuidado. Não queria machucá-la, mesmo que a ideia de ver sua pele coberta de mordidas e hematomas de atividades mais prazerosas me enchessem de um calor estranho.

— Não creio que devemos considerar o casal da Aliança *vivo* — argumentei, mirando a maneira como sua boca se abriu ligeiramente quando ela sorriu. A curva bem marcada dos seus lábios era sedutora, levando meu olhar a se fixar no seu tom rosado sempre que se mexiam.

— Eu não estava falando deles — murmurou ela, mordendo o lábio como se pudesse sentir a intensidade do meu olhar.

A incredulidade fluiu pelas minhas veias, me forçando a voltar minha atenção mais uma vez para aqueles olhos estranhos e díspares.

— No que sua mãe estava pensando quando resolveu ensinar a você sobre Charlotte Hecate?

A bruxa que fez o primeiro acordo com o diabo tinha garantido a imortalidade para zelar por seu coven, para reinar sobre ele, mas ela não queria autoridade. Ela passara o papel de liderança para a Aliança, tirando-os do túmulo já que eles foram seus mentores em vida.

Um erro que havia lhe custado caro, pois eles rasgaram a carne dos seus ossos e a enterraram. Em algum lugar dos jardins, sua carne tinha sido enterrada — impossibilitada de apodrecer por causa da imortalidade que lhe havia sido concedida.

Seu espírito e sua magia viviam nos ossos que haviam sido passados para seus descendentes. Era por isso que a guardiã dos ossos, a escolhida pela linhagem Hecate, os guardava com a própria vida. Por isso que seus parentes tinham feito tudo ao seu alcance para protegê-la, enquanto outras casas tinham enredado em uma competição.

— Ela não morreu — disse Willow, e a seriedade da sua voz deixou claro que ela sabia que isso não era uma benção. Que ela tinha passado uma eternidade sem poder se curar; seu corpo desmembrado e espalhado. Os ossos dos dedos que continuavam na bolsa que os descendentes da linhagem Hecate carregavam eram apenas um pedaço dela, e nem mesmo esses ossos podiam permitir que ela ficasse com a sua família na morte.

Foi cruel, talvez o mais abominável dos atos cometidos pela Aliança na sua sede por poder.

— Você não é Charlotte Hecate, Bruxinha — adverti.

A repreensão ficou suspensa entre nós, implícita. Não havia sentido em lembrá-la que ela não devia se esforçar para ser como a bruxa que sofrera incessantemente.

— Não — disse ela, se inclinando para a frente.

Agarrei seu pulso com mais firmeza, sentindo seus dedos se flexionarem sob a força da minha mão, que ela empurrou para o lado ao mesmo tempo em que jogava a cabeça para trás e me encarava. Inclinei-me em sua direção, atraído pelo brilho malicioso do seu olhar, e ficamos a poucos centímetros de distância. Sua língua passou de leve pelos seus dentes inferiores, sua boca a apenas um suspiro da minha.

— Mas sou ousada o suficiente para fazer um pacto com o diabo como ela fez.

Suas palavras provocaram um arrepio no meu corpo, quando entendi que essa coisinha jovem não tinha a menor ideia de com o que estava lidando. O tipo de horror que essas palavras e essa promessa poderiam trazer à sua vida. Continuei imóvel enquanto ela roçava os lábios contra os meus, soprando uma risadinha enquanto seu cheiro enchia meus pulmões.

— Você é muito fácil de seduzir para alguém com tanta paciência — sussurrou ela, e fechei os olhos lentamente, enquanto o som que ela emitia parecia se enterrar dentro de mim.

Como uma sereia me chamando para o mar, havia alguma coisa que não era natural naquele som. Na voz que mais parecia uma canção do que palavras proferidas.

— Paciência não tem nada a ver conosco.

Ela levantou a mão no mesmo momento que eu, tocando na lateral do meu pescoço com sua palma aberta. O calor da pele dela foi como uma marca, vibrante e viva de maneiras que meu Hospedeiro nunca tinha experimentado.

Havia uma eternidade que eu não sentia aquela calidez dentro de mim, que o calor de qualquer uma que eu levei para a cama parecesse penetrar na frieza da minha carne.

Bastou um toque dela e meus olhos se fecharam bem devagar.

Ela franziu os lábios contra os meus, o beijo mais leve que acho que já recebi. Senti o toque descendo até os dedos dos pés, como se ela pudesse incutir vida para dentro de mim, quando quem formou esse corpo era responsável pela morte.

Se Charlotte Hecate era a morte em si, Willow Madizza parecia a vida.

Ela recuou só um pouquinho, deliberadamente, e me senti como se ela tivesse me transformado em gelatina nas suas mãos. Abri os olhos devagar, fitando os dela, que eu tive a clara sensação de que ela não se preocupara em fechar.

— Não existe nós — disse ela, a voz um murmúrio o mais suave possível. Havia algo cruel naquele sussurro, os tons ásperos sugerindo a rejeição que eu tinha impingido a ela mais cedo.

Enfiei a mão no cabelo dela, segurando e puxando a sua cabeça para trás enquanto eu exibia meus caninos com a súbita mudança da expressão no rosto dela.

— Parece que existe — rosnei, avançando devagar até ela poder sentir meu pau pressionando a minha calça.

Ela estremeceu, a respiração entrecortada ao me olhar com irritação.

— Não sou um brinquedo. Por que eu ia querer migalhas da sua atenção quando posso ter outro aos meus pés e pronto para me dar tudo o que eu pedir com nada mais do que uma palavra? — disparou ela, mas seu corpo oscilou para a frente, se aproximando do meu toque mais do que se afastando dele.

— Então por que está aqui? — perguntei, puxando a cabeça dela para o lado para eu conseguir me inclinar para a frente, passando meus lábios na lateral da sua garganta. Ela estremeceu, e sorri junto à sua pele, deixando-a sentir a pressão das minhas presas.

— Para mostrar exatamente o que ele vai ter, e você, não. Para que, quando entrar no meu quarto enquanto eu estiver dormindo de novo, você possa pelo menos hesitar antes de decidir fingir que não me quer no dia seguinte — externou ela.

Todos os ossos do meu corpo gelaram.

Recuei, encarando-a com surpresa.

— Você estava dormindo — afirmei, sem nem me preocupar em fingir que eu não sabia do que ela estava falando. Havia confiança nas palavras dela e na maneira como ela falou, me deixando ciente de que ela não tinha dúvidas de que eu estivera lá.

— Eu estava — confirmou ela, sem oferecer mais nenhuma informação enquanto eu examinava aquele seu olhar reservado. — Isso não significa que eu não podia sentir seu cheiro por todo o meu corpo quando acordei. As rosas confirmaram o que eu já suspeitava.

— As rosas? Elas falaram com você? — perguntei, pensando quando tinha sido a última vez em que eu ouvira um Verde se comunicando com a natureza.

— Elas falam com qualquer Verde. A maioria só é ignorante demais para escutar — disse ela, virando a cabeça presa pela minha mão como se pudesse se soltar, mas eu me recusava a deixá-la ir. — Imagino o que a Aliança acharia se descobrisse que você abusou de mim enquanto eu dormia.

— Eu não fiz isso — argumentei.

— Certo. Tirar minhas roupas enquanto eu dormia é totalmente inocente...

— Você parecia desconfortável, mas eu só toquei em você para isso, nada mais. Pode acreditar, eu quero que você grite o meu nome da primeira vez que eu te foder, e não que esteja dormindo, Bruxinha — asseverei com um grunhido, abaixando a minha cabeça para o pescoço dela. A necessidade de me alimentar dela estava avassaladora, crescendo a cada minuto que ela me irritava mais. Eu queria fazê-la lembrar o que eu era.

Quem eu era.

— Se algum dia tocar em mim, eu com certeza vou pensar em qualquer outra pessoa, menos você. Não vou conseguir aproveitar se não for assim — disse ela, me fazendo encostar na sua garganta. Ela estremeceu nas minhas mãos conforme meus dentes arranhavam sua pele, e dei uma risada de desdém quando ergui minha boca para sua orelha.

— Então garanta que você vá gritar o nome dele para mim. Quero saber quem eu preciso caçar da próxima vez que eu estiver com fome — sussurrei, me deleitando com sua respiração chocada quando ela colocou as duas mãos contra o meu peito e empurrou.

— Reitor Thorne! — A voz fria soou como uma repreensão, riscando o espaço entre nós. Puxei minha cabeça por trás da cortina do cabelo de Willow, erguendo o olhar para a porta onde a Aliança estava parada com uma maçã presa na mão ossuda. — Preciso relembrá-lo de que não deve se alimentar dos alunos fora da Extração?

— Ela está querendo — aleguei, voltando meu olhar para a bruxinha presa na minha mão.

Ela sorriu com malícia, os olhos fixos nos meus, sabendo que tinha o poder naquele momento. Embora Susannah não pudesse se livrar de mim, ela podia dificultar minha perseguição a Willow.

— Isso é verdade, Srta. Madizza? — perguntou Susannah enquanto Iban aparecia no corredor. Ele esfregou a nuca, parecendo acanhado. Fiquei imaginando o que ele tinha visto que o levou a buscar ajuda da Aliança.

Tomara que ele tenha visto Willow se contorcendo contra o meu pau com a minha boca na garganta dela.

Todos os traços de arrogância sumiram do rosto de Willow quando ela se virou contra minhas mãos, voltando o olhar para sua ancestral.

— Não dei meu consentimento para ele se alimentar de mim — disse ela, empurrando meu peito mais uma vez.

Com os outros dois assistindo, eu cedi e a soltei.

Ela virou de costas para mim, caminhando na direção de Susannah e pegando a maçã da mão da sua ancestral. A Aliança não conseguia comer, mas essa era sua fruta preferida em vida, e com frequência ela podia ser vista com uma na mão, como se aquilo a fizesse relembrar a vida.

Ela virou um olhar assustador para Willow quando a jovem bruxa levou a maçã à boca, enterrando os dentes devagar na fruta e exibindo um sorriso travesso para mim. Botei as mãos na beirada da mesa de novo, a madeira estalando com a minha pressão. Só isso me oferecia algum controle, tudo o que me impedia de descobrir como seriam aqueles pequenos dentes *maliciosos* na minha garganta.

Willow seguiu adiante, passando pelas portas com Iban em seu encalço. Apenas depois que passou pelas portas ela levantou a mão livre, sacudindo o pulso e fazendo as portas baterem sem olhar para trás nem uma única vez.

Sua saída foi meio dramática, mas não tive como deixar de admitir que ela tinha estilo.

— Essa aí é encrenca — admitiu Susannah, deixando o braço cair do lado agora que não tinha maçã para contemplar.

Fiz um sinal positivo com a cabeça, sem me preocupar em rebater. Eu tinha pensado a mesma coisa mais de uma vez.

— Mais motivos ainda para você ficar longe dela. Guarde seus dentes na boca e seu pau na calça no que diz respeito à minha neta. O que quer que exista entre vocês dois acaba aqui — objetou ela, seu tom ríspido, e me deu as costas como se o assunto estivesse encerrado.

— E se eu não concordar? — perguntei, cruzando os braços, parado no meu lugar na ponta da mesa.

A Aliança parou de repente e se virou para me encarar com os dentes cerrados.

— Você conhece as regras.

— Mal posso esperar pela Extração — retruquei, dando de ombros enquanto o calor do olhar dela me fuzilava. Havia uma advertência ali, que eu escolhi não acatar.

— Você pretende invocar *Dominium*? — perguntou a Aliança, juntando as mãos na frente do corpo. — Tenho planos para Willow. Não vou tolerar que você se meta no caminho.

— *Dominium* é direito meu. Não pode me impedir — respondi, sorrindo ao me aproximar dela. Pelo contrário, saber como ela se opunha com veemência à minha reivindicação de possuir Willow apenas me motivou a teatralizar ainda mais. Uma lei antiga, ainda mais do que a da Extração, *Dominium* me permitia escolher uma bruxa em todos os meus séculos de vida, uma vida apenas, e mantê-la proibida a todos os outros Hospedeiros.

Ela iria alimentar apenas a mim e a nenhum outro.

— Um direito que você não reivindica há séculos! Por que ela? Por que agora? — questionou ela, sua fúria aumentando. Sua magia podia ter sido tirada dela no seu estado natural, mas ela ainda possuía formas de magia bruta que haviam sido dadas por todas as casas do coven para trazê-la de volta.

Combinadas com a magia de Charlotte para reavivar o que já estava morto, aquilo lhe permitia ser mais do que somente uma casca.

— Gosto do sabor dela — gracejei, enfiando as mãos nos bolsos da calça.

— Isso é um erro — disse a Aliança, dando um passo para trás. Ela não tentou me dissuadir, simplesmente foi em direção às portas, as quais ela abriu com uma rajada de ar. Eu nem podia discutir quanto a isso. Invocar *Dominium* era um novo recorde no meu declínio, uma nova extensão do controle ao qual eu tentava desesperadamente me agarrar.

Minha única esperança neste instante era arrancar Willow de mim, dando tempo ao meu corpo para se cansar dela nos meus termos.

— Susannah? — chamei quando ela atravessou o batente da porta. — Ela não deve saber.

— Você não quer que ela saiba que você invocou *Dominium* sobre ela? — perguntou a Aliança, a testa franzida enquanto tentava desvendar qual era o meu jogo.

Ela nunca saberia, ou quando soubesse, já teria um pé na cova de onde não escaparia uma segunda vez.

— Vou informar a ela quando eu estiver pronto — enfatizei, esperando até ela consentir com a cabeça. Ela não podia discutir comigo, não em relação a isso.

Willow era minha.

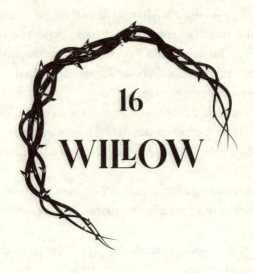

16
WILLOW

Fiquei vários dias sem falar com Gray. Sem o ver fora de sala e sem ele mandar café da manhã para o meu quarto. Não queria admitir que a pontada no meu peito poderia ser decepção, então atribuí ao fato de que minha tarefa seria bem mais difícil do que eu esperava.

Como eu ia conseguir descobrir onde os Hospedeiros ou o coven tinham escondido os ossos dos meus ancestrais se eu não conseguia estar no mesmo cômodo que o filho da puta por dois segundos sem querer rasgar sua garganta?

Parecia uma perda de tempo sem sentido, e eu preferia mil vezes estar em casa com Ash do meu lado, tentando encontrar uma maneira de lidar com a perda da nossa mãe. Pelo menos nós teríamos um ao outro. Em vez disso, eu estava presa em uma faculdade que eu não queria frequentar, repassando todos os erros que tinha cometido.

Não consegui pôr em prática os ensinamentos do meu pai, seus lembretes de que os homens preferem mulheres para serem vistas e não ouvidas. Para seduzir o reitor, eu precisaria ser calada e recatada em vez de ousada. Tinha quase certeza de ter ferrado com tudo desastrosamente e não teria mais volta.

Além disso, eu tinha visto a maneira como as outras bruxas o observavam durante a aula. Minha atração por ele, por mais que eu quisesse negar que existisse, não era incomum. Até mesmo quem tinha crescido no coven e aprendido a odiar a espécie dele sentia algum deslumbramento por ele.

Seu Hospedeiro tinha uma beleza fora do comum, até mesmo em comparação aos outros. Todos os Hospedeiros tinham uma beleza fora do comum, mas a dele de alguma forma era... maior.

Foi assim que eu me vi na biblioteca depois da aula fingindo estar estudando. As janelas em curva na minha frente estavam cobertas de uma névoa fina de chuva, dando à floresta fora da escola uma aparência nebulosa e distante. A sala era escura demais para a leitura ser confortável, mas eu preferia o clima calmo e silencioso dessa biblioteca do que as luzes fluorescentes da escola pública que eu frequentava quando criança. As paredes da biblioteca eram cobertas de estantes de madeira. Livros bem mais velhos do que eu se enfileiravam nelas e eram organizados de uma maneira que provavelmente só fazia sentido para a mulher encarregada do lugar. Fiquei envergonhada de precisar pedir para ela os livros que eu estava procurando, sem uma função de busca digital que eu pudesse usar.

De qualquer forma, ela me ajudou, me deu uma pequena pilha de livros e me falou que era só deixar tudo em cima da mesa quando eu terminasse.

Iban tinha se oferecido para se juntar a mim, me fazer companhia enquanto eu tentava "me inteirar" das matérias que na verdade eu já sabia. Nada poderia substituir o fato de que não tinha crescido na cultura desse lugar da mesma maneira que os outros, mas eu conhecia os fatos.

O bruxo apenas suspirou para mim com tristeza, sua expressão sem os traços de raiva que eu aprendi a esperar dos homens que eu recusava. De alguma forma, a decepção gravada nas suas feições era pior, me lembrando de como era impossível o que eu precisava fazer. Eu não havia sentido um único vestígio dos ossos desde que chegara à Bosque do Vale, e eu me perguntava se eles realmente estavam lá.

Eles existiam. Eu sabia disso pela magia que pulsava dentro de mim de vez em quando, pairando ali, fora do meu alcance. Eu não conseguia acessá-la e sabia que não seria capaz de fazer isso até cumprir o destino para o qual eu tinha sido escolhida e segurar os ossos com as minhas mãos.

Folheei o livro na minha frente, determinada a encontrar qualquer resquício de uma resposta. Devia ser a localização dos ossos que eu procurava, um registro de qualquer tipo que se seguira ao massacre. Em vez disso, enterrei o rosto na história dos Hospedeiros, tentando determinar por que Gray tinha tanta influência entre a sua espécie.

As palavras na página eram um eco do que minha mãe tinha me ensinado, que eles mudavam seus nomes quando entravam nos Hospedeiros criados para os comportar. Ninguém conhecia suas verdadeiras identidades, se os demônios a quem a linhagem de Hecate tinha dado carne eram menos demônios ou até mesmo se um dos sete príncipes do inferno estavam entre nós. Havia rumores de que o primeiro Hospedeiro tinha sido um deles, talvez mandado pelo próprio diabo para supervisionar seu novo grupo de adoradores na terra.

Porém, em todos os séculos desde que os bruxos e os Hospedeiros tinham se juntado para criarem o Vale do Cristal, eu quase não conseguia encontrar registros de adoração real. Qualquer que fosse o objetivo do experimento com bruxas e Hospedeiros, o motivo não havia sido revelado ainda, pelo menos não para mim.

Eu queria saber, mas sabia também que não importava para mim. Não podia importar, não quando encontrar aqueles ossos precisava ser a minha prioridade. Mas as palavras mal disfarçadas de Gray ressoavam na minha cabeça enquanto eu fitava a página seguinte, e eu não via mais as palavras escritas na minha frente. Sua espécie sabia como ser paciente.

Mas, paciente para quê?

— Srta. Madizza — chamou uma voz severa.

Eu me virei, fechando o livro com força e dobrando o antebraço por cima da capa para ele não ver o título. A última coisa de que eu precisava era que o babaca arrogante soubesse que eu estava passando meu tempo livre pesquisando sobre ele.

— Gostaria de dar uma palavra com você.

Peguei o livro e o enfiei na bolsa que estava pendurada no encosto da minha cadeira. A alça cruzou no meu peito quando a pendurei no ombro, criando aquela linha no meu decote que eu detestava mais do que qualquer coisa.

Peitos espremidos como se por um cinto de segurança não eram nada atraentes.

Os olhos de Gray desviaram para o decote por um brevíssimo momento, seu olhar permanecendo totalmente imperturbável antes de voltar ao meu. Não houve um único vestígio de nem mesmo um interesse remoto, e eu reprimi a irritação que me tomou em seguida. A maneira como fazia me sentir insignificante de alguma maneira, quando o que homens pensavam de mim raramente importava.

Eu não precisava deles, não quando eu podia conseguir qualquer coisa sozinha. Eles não eram nada além de uma distração para o meu propósito, exceto pelo fato de que ele era o propósito. Ele era o único que eu não podia permitir que se distanciasse de mim.

Merda.

— Então fale — eu disse, franzindo os lábios e dando de ombros.

Não era minha intenção deixar transparecer minha irritação, querendo recuar para a versão mais reservada de mim mesma como eu tinha sido ensinada a ser. Mas os outros bruxos eram todos cooperativos. Eles faziam o que lhes mandavam e prestavam atenção na aula, se agarrando em cada palavra dele como se sua vida dependesse disso.

Talvez a chave para me destacar nesse cenário fosse ser a desbocada que o irritava. Ele estava parado na biblioteca me procurando, afinal. Não aos outros.

Mesmo se ele parecesse totalmente desinteressado, eu podia usar o fato de ter a atenção dele em mim por qualquer razão que fosse. Já com o fato de ser ignorada, eu não conseguiria nada.

A bibliotecária fez um som de desaprovação do seu canto, seu olhar fixo em mim já que não se atrevia a olhar para o reitor. Ele deu um breve sorriso, se virando e estendendo o braço para me indicar que seguisse na sua frente.

— Vamos até a minha sala — solicitou ele.

Revirei os olhos e o contornei, deixando os livros para trás.

Ele se manteve calado quando avançamos pelo corredor e subimos o lance seguinte de escada. Eu o segui, tentando não pensar na última vez em que estivemos naquela escada juntos. Na maneira como ele me carregou quando não tinha nenhuma necessidade, quando ele podia simplesmente ter me deixado com Iban e eu iria cambaleando até a cama.

Eu achava que ele queria transar comigo, mas o interesse naquilo pareceu minguar.

Ele virou a maçaneta da única porta no patamar logo abaixo dos dormitórios, abrindo-a com um empurrão, revelando um espaço imenso e claro. Sua sala era sem exagero do tamanho do andar térreo inteiro da casa que eu dividia com minha mãe e Ash, com três janelas em arco do chão ao teto que chegavam a um ponto no alto, preenchendo uma parede inteira. Elas davam para os penhascos, a imagem fraca e nublada do oceano do lado de fora brilhando à distância.

Em uma área de estar em frente havia um sofá marrom-claro e uma cadeira enorme. Na mesa de centro, vários livros estavam empilhados, apesar das estantes que se alinhavam atrás da mesa de trabalho de Gray, que ficava do outro lado. Ele se aproximou da sua cadeira, que era de um vermelho chamativo, o encosto arqueado e austero. A porta para o seu quarto estava aberta, como se ele se importasse muito pouco com o fato de que qualquer um pudesse ver seu espaço privado.

— Você mora aqui? — perguntei, o seguindo na direção da sua mesa e bisbilhotando as paredes revestidas de cinza-escuro lá dentro e a cama de dossel que tinha um desenho elaborado de ferro entrelaçado com detalhes de filigrana dourada.

— Tenho uma casa na cidade, mas fico aqui quando a escola está em período de aulas — ele respondeu calmo, se inclinando contra a mesa e indicando a única cadeira na frente dela.

Fiquei parada junto à cadeira, me recusando a sentar e me sentir como se eu fosse uma aluna repreendida. O que quer que o tivesse feito me chamar lá, eu duvidava muito que tivesse alguma coisa a ver com meu curso.

— Sobre o que você precisava falar? — perguntei, dobrando as mãos na frente do meu corpo. A bolsa pendurada no meu ombro estava pesada com os livros. Queria muito a deixar em algum lugar.

Porém, até que eu pudesse descobrir exatamente qual era a história de Gray, achei que era melhor ganhar tempo até eu ter mais respostas sobre suas motivações.

— Você vai mesmo ficar de pé? Não consegue obedecer nem mesmo quando é uma coisa tão simples quanto se sentar em uma cadeira bastante confortável? — perguntou ele, erguendo uma sobrancelha para mim, incrédulo.

Devolvi o olhar, sem me preocupar em responder em voz alta. Ele não precisava ouvir as palavras, já que seus olhos fecharam de frustração, a mão se erguendo para tocar a sobrancelha como se eu tivesse lhe dado o pior tipo de dor de cabeça.

— Insuportável — resmungou ele.

— Vou entender como um elogio — murmurei, desviando o olhar de Gray e avaliando o resto da sala. Ignorei o luxo, que parecia tão injusto, e me concentrei nos itens menores, deixando liberar uma fisgada de magia de dentro de mim... para procurar os ossos.

— Pois não deveria — vociferou ele, me distraindo da minha tarefa.

— Qual o seu nome? — perguntei.

Ele jogou a cabeça para trás, arregalando os olhos quando um sorriso de surpresa curvou os cantos de seus lábios.

— Alaric Thorne. Não se lembra mesmo do meu nome? — perguntou ele, de uma maneira irônica, como se fosse bem possível que eu fosse esquecer uma coisa dessas. Isso foi bem estúpido da parte dele, já que eu me lembro de tudo.

— Não esse — repliquei, revirando os olhos para o teto. — Seu nome verdadeiro.

— Essa — tornou ele, cruzando os braços, o semblante fechado — é uma pergunta muito grosseira.

— É só um nome — respondi, tirando a bolsa do ombro e colocando-a em cima da cadeira que ele tinha apontado para mim.

— Nomes têm poder. Nomes são como os demônios são invocados pelos bruxos, e eu não tenho nenhuma intenção de ser invocado a lugar nenhum — afirmou ele, sua voz ficando mais baixa como advertência.

— E ainda funcionaria? Mesmo com você em um Hospedeiro? — indaguei, considerando o que eu sabia sobre a criação.

Aos demônios havia sido oferecida uma forma imortal que precisava de sangue para continuar funcionando, mas suas almas estavam atreladas a ela. Eles não podiam ir e vir livremente como antes, habitando pessoas e queimando seus corpos.

As formas eram duradouras, mas eram uma prisão.

— Arrancaria sua alma do Hospedeiro? — perguntei, a cabeça pendendo para o lado, curiosa. Era uma boa ideia. Se pudessem ser tirados dos seus Hospedeiros, eles podiam ser mandados de volta ao Inferno.

— Não — contrapôs ele, os lábios curvando para cima em um sorriso bem leve, como se ele pudesse ler o rumo que meus pensamentos tomaram. — Seria obrigado a responder, mas teria que tomar o caminho mais longo.

— Interessante — murmurei, tentando conter minha decepção. Os Hospedeiros não eram minha prioridade mas se por um acaso conseguisse livrar o mundo deles no processo, não ficaria triste.

— Trouxe você aqui para tentar uma trégua entre nós, e você está aí tramando a minha morte — queixou-se ele, mas a curva dos seus lábios mostrava que ele estava mais entretido do que irritado.

— Uma trégua? — perguntei, observando ele dar a volta na mesa e se sentar.

Depois de se acomodar, ele me apontou com a mão a cadeira que me esperava, como se percebesse que, se estivesse sentado, isso nos deixaria em pé de igualdade. Suspirei, tirando a bolsa da cadeira e a colocando no chão enquanto balançava os braços de um jeito exagerado.

Eu até poderia me sentar, mas antes deixaria claro que eu achava que era bobagem.

— Não existe nenhum motivo para precisarmos ficar em conflito durante nosso tempo aqui — disse ele, respondendo à minha pergunta.

— Claro que existe. Você é um Hospedeiro, eu sou uma bruxa — contestei.

Basicamente, nossas espécies se detestavam havia séculos. Os Hospedeiros nunca tinham perdoado a Aliança pelo que eles fizeram com Charlotte Hecate, e eu não podia culpá-los. Ela havia lhes dado vida, sendo tão sagrada para eles quanto o diabo era.

— Será que você é mesmo? — perguntou, juntando a ponta dos dedos na mesa à sua frente. Ele se inclinou na minha direção, seu intenso olhar metálico no meu enquanto ele continuava com a única coisa que sempre seria verdade.

— Você tem magia fluindo nas suas veias. Não há dúvidas disso, mas você pertence a esse coven tanto quanto eu sou um anjo.

— Eu só estou aqui há poucos dias — afirmei, enterrando meus dentes no lábio inferior. Nunca tive a intenção de esconder meu ódio pelo coven, então eu não sabia por que suas palavras me desarmaram tanto. Mas elas tiveram esse efeito, me fazendo sentir como se ele tivesse me despido e revelado cada vulnerabilidade minha.

Eu ficaria sozinha. Pelo resto da minha vida, fosse aqui ou em outro lugar depois de eu ir embora; eu faria isso sem nada além da roupa do corpo e, eu esperava, com um saco com os ossos de Hecate.

A vida de uma necromante era solitária. A pulsação da morte era grande demais para a maioria das pessoas tolerar estar por perto.

— Você não tem intenção de se juntar ao coven na verdade. Você usa magia que eles proíbem. Magia que você e eu sabemos que precisa ser recuperada para restaurar o equilíbrio do mundo — afirmou ele, se recostando na cadeira. — Não há motivos para que todos na Bosque do Vale precisem ser seus inimigos.

— E acha que, de todos que poderiam ser meus amigos aqui, eu escolheria você? — Cruzei meus braços sobre o peito. Ergui uma das sobrancelhas para ele, observando enquanto seu olhos azuis brilhavam em resposta ao desafio.

Tudo naquele olhar indicava que ele sabia o que iria acontecer quando o que quer que houvesse entre nós, que levasse ao nosso embate de forma tão vibrante, finalmente irrompesse.

— Acho que não é a única que sabe o que significa estar totalmente só na multidão — argumentou ele, a voz mais suave do que normalmente soava ao falar comigo. O indício de seriedade se alastrou pela minha pele, arrefecendo a animosidade que parecia tomar conta de mim sempre que ele estava por perto.

— Os outros Hospedeiros respeitam você — ressaltei, enquanto ele se levantava. Ele foi até as prateleiras da sala de estar, analisando as lombadas dos livros até encontrar o que estava buscando e, então, voltou à mesa, soltando o volume na superfície com um baque que ressoou na minha alma.

— Os outros Hospedeiros me temem — retorquiu ele, me corrigindo com um gesto casual. — Assim como o restante do coven teme você. Eles não são nossos semelhantes e sabem disso tão bem quanto nós.

— Só porque você é arrogante o bastante para pensar que é melhor do que os outros, não quer dizer que eu sinta o mesmo — atestei, apoiando as mãos na beirada da mesa, enquanto ele se sentava e abria o livro. Era um mapa do Vale do Cristal, da cidade que cercava o terreno da escola, a qual eu ainda não conhecia. Meu maior desejo era poder visitar os santuários da cidade, mas eu tinha completa certeza de que os ossos estavam dentro da própria Bosque do Vale. Eu conseguia senti-los pulsando à distância, me atraindo, para além de qualquer encantamento que tivesse sido lançado sobre eles para disfarçá-los.

— É considerado arrogância se for a verdade? — questionou Gray com uma risadinha, unindo a ponta dos dedos sobre o livro à sua frente. — Você não é como eles, Bruxinha. Você vale mais do que todos eles juntos.

O resquício de consideração penetrou a muralha que eu ergui ao meu redor, me tocando até eu precisar forçar um sorriso de desdém para disfarçar a forma como aquelas palavras ameaçavam tudo. Nunca na minha vida tive qualquer valor além do plano de vingança que me levaria à morte.

Nunca antes ninguém sequer indicou que *me via*.

— Posso não ser como eles — admiti com um suspiro, virando a cabeça para fitar a floresta à distância através da janela. — Mas isso não me torna alguém como você também.

— Suspeito que tenhamos muito mais em comum do que você estaria disposta a reconhecer — declarou ele, um lampejo de advertência em seus olhos, no momento em que abriu uma das gavetas de sua mesa. Ele puxou dali uma pasta verde, abrindo-a e examinando o conteúdo. Havia uma foto minha no topo da primeira página, presa por um clipe à outra com um conjunto de informações, enquanto ele verificava os detalhes a meu respeito.

— Por que isso está com você? — inquiri, engolindo meu pavor. Se o coven soubesse a verdade, eu não estaria aqui, caminhando livremente. E nem Ash.

— Uma mãe morta e um pai ausente. Confere — disse ele em vez de me responder, baixando a voz conforme lia uma informação irrelevante para mim. Fiquei paralisada, me forçando a permitir que ele continuasse vasculhando fatos da minha vida. Nenhum deles revelaria algo importante sobre mim como um indivíduo, mas talvez, quem sabe, ele pudesse me fornecer algum material com que trabalhar.

Uma fraqueza que eu pudesse explorar.

O arquivo era ridiculamente curto, evidenciado pela minha falta de atividades fora de casa. Nunca me foi permitido participar de práticas depois da escola ou ter muitos amigos.

Os treinamentos com o meu pai aos finais de semana tornavam essas coisas praticamente impossíveis, mas a maneira como os humanos me olhavam, como se sentissem que eu era diferente, teria impedido isso de qualquer jeito.

— Você costumava aparecer na escola com hematomas, mas sempre insistia que não sofria maus-tratos — continuou ele, começando a ler em voz alta e deixando a voz ir sumindo ao avançar pelas frases. — Então com quem estava lutando, Willow? — perguntou ele, erguendo aquele olhar gélido da pasta.

— Qualquer um em quem eu pudesse colocar as mãos — admiti sem hesitar em responder a ele. Eu não diria a verdade quanto ao que me pusera naquelas jaulas de luta, pois seria revelar coisas demais.

Ele estendeu a mão por sobre a mesa e acariciou os nós dos meus dedos, os quais eu havia praticamente confessado usar como armas sempre que me era conveniente. — Então nós dois conhecemos a satisfação de sentir a pele de alguém se rasgar sob nossos punhos, não é mesmo?

— Não sou mais assim — esclareci, sentindo a necessidade de me justificar sob seu olhar, tão compreensivo que eu quis desabar. Eu precisava encontrar a fraqueza dele.

Não a minha.

— Não, ambos encontramos outra forma de extravasar essa raiva, não é? — murmurou ele, se recostando na cadeira. — Nós dois sabemos o que é carregar os fardos do nosso povo em nossos ombros e não ser o suficiente. Nós dois sabemos o que é ter poderes impossíveis na ponta dos dedos, e ainda assim sentir que não podemos proteger aqueles com quem mais nos importamos.

— Você conhece o meu segredo — comentei, inclinando a cabeça para o lado com um sorriso matreiro. Tentei fazer a situação parecer bem menos séria ao sondar pela resposta de que eu realmente precisava. — Não parece justo eu não conhecer o seu.

— Somente a vida de uma pessoa importa para mim no fim das contas, Bruxinha. Você deve ter em mente que eu vou protegê-la com a minha própria vida de qualquer um que deseje causar algum mal a ela. — Ele inclinou o corpo para a frente, me encarando com intensidade.

— Cuidado, Gray. Quase soou como uma confissão de amor — retruquei, tentando afastar a decepção que senti. Nada disso era útil na minha busca pelos ossos.

— Hospedeiros não são capazes de amar — salientou ele, ecoando a afirmação que eu sempre soube. — Mas isso não significa que não se tornam obsessivos em relação ao que julgam lhes pertencer.

Ele pendeu a cabeça para o lado, me analisando em desafio.

O movimento chamou minha atenção para o quadro atrás dele. A imagem mórbida de Lúcifer caído dos céus me encarava nos olhos. Onde um dia houve asas com penas de um anjo, agora havia apenas feridas abertas e vazias de quando haviam sido arrancadas da sua carne.

Uma única lágrima caía do rosto da figura, suas feições estonteantes de tão belas contraídas de dor. Seus olhos tinham um intenso brilho dourado, e suas feições severas deixavam transparecer cada momento de sua ira.

Ele era diferente de tudo que eu já tinha visto, irradiando tanto poder de uma pintura que fiquei sem ar. Eu estava me arriscando a despertar a fúria daquela figura se de alguma maneira eu conseguisse desfazer o coven e os Hospedeiros. Mandar os lacaios de Lúcifer de volta ao Inferno se Ele assim não desejasse seria um perigo incalculável para mim.

— Está aí para servir como lembrete — anunciou Gray, suas palavras empáticas e acusatórias ao mesmo tempo. — Que apesar da beleza externa, todos somos capazes tanto de coisas incríveis quanto de coisas terríveis.

— Isso parece uma mensagem de biscoito da sorte — ironizei, voltando a olhar para ele sem demonstrar nenhum tipo de emoção, uma habilidade que passei anos aprimorando, passando a palma da minha mão úmida na saia para esconder o único sinal remanescente de medo que o quadro tinha me provocado.

— O que estou querendo dizer — rebateu ele, sua voz bem menos paciente quando ele se levantou da mesa — é que você é capaz de pensar por si mesma. Sabe tão bem quanto eu que o coven começou a agir de maneiras antinaturais, e que, seja por que motivo for, a Aliança está determinada a encorajar essa perversão. Duas linhagens de famílias quase foram dizimadas como resultado. Talvez você seja exatamente o que essa escola precisa agora, Srta. Madizza.

— Como assim?

— Você é corajosa o suficiente para fazer um pacto com o diabo? Em vez disso, faça comigo — disse ele, levando a mão até a boca, furando o polegar com um canino até uma gota de sangue brotar. — Me ajude a trazer o coven de volta às antigas maneiras e a restaurar o equilíbrio antes que seja tarde demais e o Vale do Cristal se torne uma mera sombra do que já foi um dia.

— Por que se importa com isso? — Fiz uma pausa, refletindo enquanto o aroma de terra e baunilha enchiam o ar. — E o que eu ganho com isso?

— Eu me importo porque é o meu lar enquanto o coven permanecer aqui. Você não deseja que ele volte a ser quem sempre deveria ter sido? — perguntou ele, os lábios abrindo. O centro estava manchado de sangue, fazendo-os parecer mais inchados do que o normal.

Uma vontade irracional de me inclinar para a frente e lamber o sangue da sua boca me tomou.

— Eu me importo muito pouco com o que acontece com o coven. — Era verdade, embora o que acontecia com a terra como resultado do seu comportamento fosse outra história. Eu não conseguiria recuperar sozinha todas as plantas.

Nem minha magia era tão vasta.

Numa cidade sem plantas e sem vida, minha magia seria inútil. Aquela deterioração iria se espalhar quando o coven fosse forçado a deixar o Vale do Cristal para trás, destruindo outra cidade. Toda a vida estava conectada, e mesmo depois que o meu tempo no Vale do Cristal chegasse ao fim, eu sentiria os efeitos. Sentiria os danos que eles causaram à Fonte da minha magia e à minha conexão com ela.

Eles me enfraqueceriam, inevitavelmente, mesmo sem me tocar.

Gray acenou com a cabeça, aproximando o polegar de mim. Chegou perto da minha boca, mas não tocou. O pacto com um demônio tinha que ser feito com consentimento, e ele não podia fazer nada até eu aceitar.

— Minha proteção contra a Aliança. Vou garantir que ela não consiga seguir com a intenção de ver você casada e com filhos o mais rápido possível sem seu consentimento explícito e voluntário.

Meu coração parou de bater, quase saindo do meu peito de tão apertado. Eu sabia que meu tempo aqui seria limitado antes que eles tentassem fazer aquilo, mas a maneira como ele fez parecer...

— Eles já começaram a falar em pretendentes? — perguntei, desviando meu olhar dele.

— Acredito que começaram a discutir isso antes mesmo de você chegar ao Vale do Cristal. No momento em que descobriram a sua existência, você só tinha um propósito para eles. Nada do que fazem é por mera coincidência. Enviar o rapaz Bray para acompanhá-la no dia em que chegou foi bastante intencional — afirmou ele, e, embora eu estivesse preparada para aquilo, não consegui controlar minha repulsa.

Eu era mais do que só um útero.

— Como vai me proteger disso? — perguntei. Mesmo com a suspeita de que ele tinha mais autoridade aqui do que minha mãe pensava, eu não achava que pudesse ser tão grande assim.

— Tenho minhas maneiras. Por ora, tudo o que você precisa fazer é confiar que vou cumprir minha parte no acordo.

— Essa proteção se estende a outras coisas? Você vai impedi-los de me matar se eu irritá-los demais no processo de recuperar as maneiras antigas?

— indaguei, franzindo os lábios. Não conseguiria encontrar os ossos se estivesse morta.

— Você não tem utilidade para mim morta. Tenho um interesse pessoal em ver você sobreviver tempo suficiente para me ajudar, então, sim. Minha proteção vai se estender a outros aspectos da sua vida se eu considerá-los perigosos para seu corpo ou seu bem-estar geral, seja ele emocional, mental ou físico — disse ele, fitando o sangue brotando.

— E quem vai me proteger de você? — eu quis saber.

Um sorriso surgiu em seu rosto. Ele deu um passo à frente, se movendo até o polegar estar a milímetros do meu lábio.

— Algo me diz que você faria isso muito bem sozinha, Bruxinha — respondeu ele.

Segurei o seu pulso, guiando sua mão para longe do meu rosto. Ao me inclinar para a frente, cedi ao desejo de lamber o sangue da boca dele. Levando seu lábio inferior para dentro da minha boca, passei a língua na superfície até o gosto doce de maçã cobrir minha língua. Eu me afastei enquanto seus olhos ainda estavam meio fechados, levando sua mão para a minha boca e chupando seu polegar o mais profundo possível, consumindo seu sangue e tomando-o como parte de mim.

Os olhos dele se abriram quando eu tirei seu polegar da boca devagar, finalmente soltando-o enquanto ele se inclinava para a frente. O costume era que ele furasse meu polegar da mesma maneira que tinha furado o seu, mas ele imitou minhas ações. Seus olhos continuaram fixos nos meus enquanto sua boca ficou a apenas centímetros da minha, seus dentes pressionando meu lábio inferior com força até sangrar. Ele gemeu quando cobriu o pequeno ferimento com a boca, sugando a carne e tirando o sangue de que precisava para selar o pacto.

Eu estava sem ar no momento em que ele se afastou, meus olhos fechados. Abri e encontrei seu olhar frio e arrogante queimando de desejo, linhas de magia entrelaçadas em suas íris como estrelas no céu.

— Eu continuo não gostando de você — murmurei, me afastando enquanto tentava me recompor. Eu me acalmei, controlando minhas emoções. Com seu sangue fresco em mim, ele teria um acesso maior.

Mas não se eu não sentisse nada.

Ele sorriu, uma risada suave saindo da sua boca enquanto ele andava em volta da mesa.

— E eu ainda quero transar com você, Bruxinha.

— Então acho que continuamos em desacordo de algumas maneiras — repliquei, levantando a bolsa do chão e colocando-a no meu ombro.

— Mas esses desacordos são muito mais divertidos — disse ele.

Eu não consegui evitar um vestígio de sorriso que se formou na minha boca quando balancei a cabeça para ele. Virando-me de costas, saí da sala e a estranha sensação quente subiu pela minha garganta.

É só sangue, lembrei a mim mesma.

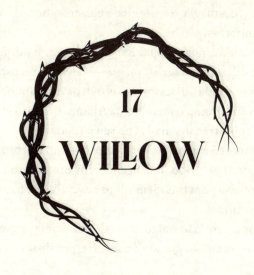

17
WILLOW

Susannah caminhava de um lado para o outro na frente da sala de aula. Desde que comecei a frequentar a Bosque do Vale, aprendi a distinguir as batidas dos seus ossos no chão. Ela tinha escolhido fingir que eu não existia, e eu suspeitava que o motivo era ela não fazer ideia do que podia sair da minha boca a qualquer momento.

Aquilo *podia* ter alguma coisa a ver com o fato de eu a ter chamado de lição presunçosa em densidade óssea quando ela insinuou que eu não estava prestando atenção.

Algumas vezes a verdade doía.

— De onde a magia vem? — ela perguntou enquanto caminhávamos, seu olhar esquadrinhando os rostos no nosso grupo.

Aprendi que os herdeiros frequentavam as aulas juntos, dependendo da idade. Que o pequeno grupo de alunos que me cercava em cada uma das aulas vinha de uma das linhagens originais. A maioria tinha sobrevivido aos séculos sem problemas.

Não me passou despercebido que eu parecia descender das duas únicas linhagens que não procriaram rápido o suficiente para durarem mais do que os assassinatos entre as famílias. Estava tudo bem para mim.

Significava que meu tio não colocaria uma faca nas minhas costas, simplesmente pelo fato de que eu não tinha nenhuma.

— A Fonte — Della respondeu com orgulho.

— E o que é essa Fonte, Srta. Tethys? — perguntou Susannah, parando de andar para dar uma olhada séria e cuidadosa na Azul.

— É... É de onde a magia vem — disse ela, encolhendo os ombros como se o motivo não importasse.

— Vem do mundo à nossa volta. Existe em tudo. É por isso que há tantas manifestações diferentes daquela magia — falei, me recostando na minha cadeira. Eu estava relaxada ao passo que os outros estavam ocupados demais tomando notas ou encarando o membro da Aliança como se ela pudesse moer os ossos de seu corpo e transformá-los no seu jantar.

— Então como você explica os Vermelhos? — um dos bruxos perguntou. Seu cabelo louro era comprido, balançando em uma única camada lisa enquanto ele o chicoteava para trás. Seus olhos castanhos se fixaram nos meus e ele endireitou a postura.

— Se acha que o sexo não é algo natural, essa é uma circunstância do seu ódio por si mesmo que eu não posso ajudar — respondi, sorrindo para ele, que cerrou os dentes.

— Chega, Willow! — exclamou Susannah, ríspida.

Não falei mais nem uma palavra, não porque ela me disse para ficar quieta, mas porque eu já tinha sido clara o suficiente. Deixei meus lábios se abrirem em um sorriso presunçoso, esperando a confirmação que eu sabia que ela daria.

— Desejo, luxúria e sexo são todos parte da natureza, Sr. Peabody.

O Vermelho não olhou para mim, sua mão segurando a caneta um pouco mais forte.

Não sabia o que os herdeiros tinham feito durante a infância na cidade do Vale do Cristal, mas ficou claro que não estava na lista de suas atividades receber um mínimo de ensinamentos.

— O número exato de casas entre as famílias originais foi determinado pelos elementos, não por nós. Havia outras famílias que fomos forçados a deixar para trás em Salem, embora entendêssemos que seria muito provável que isso significasse que eles sofreriam a injustiça dos caçadores de bruxos. O equilíbrio é da máxima importância, e só havia oportunidade para dois de cada cor virem conosco. Os bruxos de cristal e os bruxos cósmicos, os bruxos da água e do fogo, os bruxos do ar e da terra, e os bruxos da vida e da morte. Geralmente nós os chamamos de bruxos do sexo e necromantes, mas foram criados para estabelecer um equilíbrio na linhagem Hecate — explicou Susannah, jogando a maçã que segurava com os dedos no ar. Ela pegou a fruta, e só pude imaginar a polpa sendo esmagada sob a forte pressão.

Da mesma maneira que ela tinha feito com o que o coven deveria ter sido.

— Por que a linhagem Hecate foi apenas uma família? — perguntei, buscando a resposta que minha mãe nunca conseguiu me dar. Cada uma das outras manifestações de fonte tinha recebido duas linhagens, menos a original.

— Charlotte Hecate era forte demais para seu próprio bem. Sua habilidade de canalizar a morte e dar uma espécie distorcida de vida não podia ser replicada. Aquele tipo de poder multiplicado poderia ter sido catastrófico. Então nós juntamos os seus dois pontos de equilíbrio em um só, esperando que assim ela fosse controlada — disse Susannah, e as palavras pareceram uma mentira quando saíram da sua boca. Eu não duvidava que havia alguma verdade nelas, mas alguma coisa a mais persistia no fundo da minha mente.

Alguma coisa que eu não conseguia captar em sua totalidade. A linhagem Hecate já tinha ficado em desvantagem com a maneira como ela parecia incapaz de passar sua magia para os membros da família, mesmo em vida. Havia força em quantidade no caso das outras casas, mas a linhagem Hecate sempre teve só uma bruxa.

Quando ela morria, a magia passava adiante.

Até a minha tia. A única possível fonte para a magia tinha sido meu pai, e ele devia tê-la sentido mesmo com os ossos fora do alcance. Mas foi só quando eu cheguei à maioridade que aqueles ossos começaram a me chamar.

Meu pai tinha suspeitado. Infelizmente ele estava certo.

— Por mais perigosa que Charlotte Hecate fosse em vida, a morte de sua última descendente foi uma tragédia para o coven. Como sua criadora e a única Casa com o poder de desfazê-los, o fim dessa linhagem permitiu que os Hospedeiros ganhassem poder, tornando impossível nos livrarmos deles de uma maneira permanente. Como podemos punir algo que não morre? Como podemos mantê-lo na linha quando ele é forte demais para lutar e quando não existe uma forma de ameaça que não leve junto a magia da bruxa também? — perguntou Susannah, olhando ao redor da sala.

— Podiam queimá-los — um dos Amarelos disse, estalando os dedos e formando uma pequena chama.

— O Hospedeiro vai se refazer, mesmo das cinzas — disse Susannah.

— E se amarrasse em uma pedra? — uma bruxa Branca perguntou, brincando com os cristais que segurava na palma da mão. Ela piscou seus cílios escuros, tensa, como se já soubesse a resposta.

— Pode funcionar, mas seria temporário, é muito difícil prender um Hospedeiro por muito tempo. Eles são fortes o bastante para quebrar pedras — respondeu Susannah, e me dei conta de que minha mente vagou para o que Gray pensaria dessa conversa.

De Susannah ensinando a seus alunos como o ferir.

— Acho que ninguém melhor que você pode responder a essa pergunta, Aliança. Afinal, não se pode matar o que já está morto — contestei, erguendo uma sobrancelha enquanto ela virava o olhar carrancudo para mim com aquelas órbitas vazias e assustadoras. Achei que talvez tivesse visto seus ossos esboçarem um sorriso, se uma coisa assim fosse possível.

Dava para sorrir sem boca?

Senti um calafrio quando Susannah falou.

— A única maneira de enfraquecer um Hospedeiro é privá-lo da sua fonte de comida. Apenas assim você pode prendê-lo à terra tempo suficiente para que lentamente definhe e se transforme em nada. Sem sangue de bruxa para manter o Hospedeiro, ele simplesmente deixa de existir, em algum momento.

— E como você convence um Hospedeiro a simplesmente não tomar o sangue de que precisa? — perguntou Della.

— Não tem como— respondi, voltando meu olhar para ela. Não havia nada na terra que convenceria um Hospedeiro a não se alimentar.

Sorri quando Susannah se manteve em silêncio, mas compartilhamos um olhar cúmplice. Pelo menos dessa vez, ela entendeu que eu sabia alguma coisa que seus votos à santidade do coven não a deixavam revelar. Ela não podia incitar violência entre os bruxos e os Hospedeiros abertamente.

A única maneira de um bruxo impedir um Hospedeiro de se alimentar era invocar o preço de um pacto quebrado. O preço era a escravidão — a incapacidade de rejeitar as exigências do outro.

Se Gray falhasse em me proteger do perigo conforme prometido, sua vida pertenceria a mim.

Quer eu encontrasse os ossos ou não.

18
GRAY

Desci a escadaria da Bosque do Vale, me dirigindo ao pátio. Uma das bruxas seguia do meu lado, seu rosto cuidadosamente controlado enquanto ela torcia as mãos na frente do corpo. Seu nervosismo evidente não era infundado.

Cinquenta anos atrás, quase estrangulei uma bruxa por me dar uma notícia parecida.

A bruxa saiu pela porta principal, sem lançar sequer um olhar para mim enquanto eu avançava pelo caminho. Nem me preocupei em colocar uma camisa quando ela bateu na minha porta, precisando ver a evidência com meus próprios olhos. Era impossível que uma coisa daquelas estivesse acontecendo mais uma vez.

Havíamos encontrado a pessoa que confessara os crimes e a punimos adequadamente.

A Aliança estava no pátio, lado a lado, e eles fitavam o chão bem na frente da treliça para a qual Willow tinha feito a oferenda. Vida nova enchia todo o espaço no centro da escola, não deixando nenhuma dúvida de que alguma coisa tinha acontecido. Se Willow já não tivesse admitido o que ela havia feito, Iban provavelmente teria.

Principalmente quando vi o que jazia no chão.

Os olhos dela fitavam o céu, inexpressivos e cegos. Manobrei meu corpo por cima do parapeito e atravessei pela janela. A bruxa que tinha ido me informar da morte ficou para trás, pressionando a mão na boca.

O corpo da jovem bruxa estava meio-enrolado em trepadeiras com espinhos. Seus braços e pernas cobertos por rosas como se a planta pudesse reivindicar seu corpo para si e puxá-la para a terra bem ali. Elas se moviam pela pele da bruxa, se retorcendo, vivas de uma maneira como eu não via fazia décadas.

Aproximei-me dela, reconhecendo-a como uma das alunas que havíamos trazido de fora do Vale do Cristal. Ela era uma das Treze — uma das poucas alunas presentes que não tinham uma história de família naquela cidade.

Poucos sabiam da verdade dos acontecimentos que tinham antecedido o massacre que matou tantos dos nossos. Menos ainda conheciam os detalhes sangrentos da realidade que os Treze alunos daquele ano tinham enfrentado.

Não conseguia me lembrar do nome da bruxa, mas me abaixei do seu lado. Estendendo a mão, toquei com um dedo em cada uma das suas pálpebras, fechando-as. Fiquei horrorizado ao pensar que ninguém tinha feito isso ainda, e olhei para cima, fitando o grupo ao redor.

Willow captou meu olhar imediatamente, fitando o corpo, confusa. Suspeitei que a jovem bruxa não tinha visto muita morte na vida até sua mãe deixá-la.

— Devíamos fechar a escola. Agora — disse George, dando voz a um pensamento com o qual eu sabia que Susannah não concordaria. A Aliança fez contato visual um com o outro, e até mesmo Susannah suspirou quando balançou a cabeça. Seu peito desinflou, seu corpo ossudo vergando mesmo sem ter ar dentro dele.

Ou, bem, pulmões.

— Não vamos permitir que quem quer que seja responsável por isso impeça nossos alunos de obter o ensino que eles merecem. Deve ser algum imitador, alguém que acha uma piada instilar aquele terror nos alunos mais uma vez — rebateu ela, e imaginei o que seria preciso para ela ver a verdade.

Se isso acontecesse mais uma vez, não haveria sangue novo para ela misturar com seus bruxos.

— E Willow? Ela não está segura aqui — objetou George, olhando para onde a Bruxinha observava de perto nossa interação. Ela grunhiu, o som se equiparando ao grito mais virulento dos Hospedeiros, quando ela subiu por cima do parapeito e entrou no pátio.

Ela passou pela Aliança, ignorando-os completamente e tocando, com uma das mãos, nas trepadeiras que tinham se enrolado em volta da jovem bruxa. Ela as puxou, murmurando baixinho em latim e ordenando para que soltassem a dádiva que tinham descoberto. As trepadeiras obedeceram, recuando devagar para o solo, como se não quisessem mais causar nenhum mal à bruxa.

— Elas não me deram ouvidos — afirmou uma voz masculina, e ergui o rosto para encarar os olhos castanhos de um Bray mais velho. Sua expressão era de desconfiança ao observar Willow, que tirava terra do chão e a esfregava nos vergões do corpo da bruxa morta. — Interessante que elas escutem você. É quase como se reconhecessem você.

— E reconhecem mesmo — retrucou Willow, olhando o que restava da bruxa. Ela examinava os machucados, percebi, buscando a causa da morte. — Fiz uma oferenda a esse Pátio quando cheguei à Bosque do Vale. — Ela afastou o blazer do peito da morta, estremecendo quando o tecido ficou preso na pele.

O sangue no buraco do seu peito tinha começado a secar, colando o tecido nela. Ela devia ter ficado lá por um bom tempo antes de ser notada.

Como tinha ocorrido cinquenta anos antes, alguma coisa tinha sido retirada da bruxa — alguma coisa vital. No local onde seu coração devia estar, não havia nada além de um buraco vazio, e Willow encarou aquilo. Os outros alunos que tinham se reunido reagiram de uma forma bem diferente da dela, arquejos chocados enchendo o pátio.

Porém, Willow apenas observava em silêncio, seus olhos fixos na ferida ensanguentada, enquanto os outros eram impelidos a desviar o olhar. Como se ela não conseguisse tirar os olhos dali.

— Não há sinal do seu coração em lugar nenhum — comentou ela, levantando-se, quando finalmente resolveu afastar seu olhar inquisitivo. — O que aconteceu com ele?

Ela tocou com delicadeza as marcas de corte no peito da bruxa, examinando os sulcos profundos demais para terem sido feitos por um ser humano.

— Não encontramos — respondeu Susannah, saindo do seu transe e dando um passo à frente. Ela agarrou Willow pelo antebraço, tentando puxá-la para se levantar, enquanto eu lutava contra a vontade de arrancar seus ossos da Bruxinha.

— Por que não nos conta o que fez com ele, garota? — perguntou Bray, cruzando os braços.

— Acha que eu fiz isso? — perguntou Willow, erguendo a voz como se ela não pudesse impedir a onda de choque que passou pelo seu corpo.

— Você fez uma oferenda e dias depois uma bruxa aparece morta no mesmo lugar. Não acho que seja coincidência — disparou Bray, encarando Willow.

Ela franziu a testa ao se levantar, inclinando a cabeça para o lado de uma maneira que era muito mais primitiva do que em qualquer bruxo que eu já vira. Alguma coisa naquele ângulo fez minha espinha se arrepiar, sabendo que Bray tinha cometido um erro grave.

— Se eu quisesse matar alguém, não seria uma bruxa que eu nem conhecia — contrapôs ela, e notei quando ela cerrou a mandíbula. — Se eu matar alguém, não vou ser burra a ponto de deixar o corpo por aí.

— Já chega! — exclamou Susannah, suspirando ao olhar para o tio de Iban.

O Bray mais velho não hesitou em fechar a boca, calando qualquer réplica que ele tinha se preparado a fazer. Achei muito divertido que, devido à sua linhagem, Willow estivesse destinada a se sentar no tribunal do lado dele após a conclusão dos seus estudos na Bosque do Vale, pois, sendo a única bruxa Madizza que restava, ela se tornaria sua igual assim que se formasse.

Seria bem feito para ele.

— Willow não tem motivo para matar uns dos Treze — disse Susannah.

— Talvez ela esteja matando quem quer que esteja em competição direta com ela pela afeição de Iban, se livrando de qualquer pessoa que possa representar uma ameaça para seus interesses — incitou Itar Bray, e o sorriso afetado que seguiu sua voz não era nada além de cruel. — Iban estava sendo bem atencioso com a Srta. Sanders antes de você chegar à Bosque do Vale.

Ele observou Willow, esperando pelo momento em que sua mágoa se mostrasse, quando ela desabasse como uma aluna ciumenta que ele claramente achava que ela era. Em vez disso, ela puxou o braço, se desvencilhando da Aliança, e andou na direção de Itar até parar bem na frente dele e olhar séria para seu rosto presunçoso. Ele teve o bom senso de vacilar com aquele olhar, seu sorriso oscilando.

— O que diabos faz você pensar que eu dou a mínima para com quem Iban passava o tempo antes de me conhecer? — Ela pressionou o peso nos dedos dos pés, se inclinando para a frente enquanto eu abafava a gargalhada que queria sair do meu peito.

Eu não sabia o que esperar quando a Aliança me mandou para buscar a única bruxa Madizza que restava, mas definitivamente não era alguém como Willow com não só terra, mas também fogo correndo no sangue.

— Não tem ciúmes do seu pretendente estar atento à outra mulher logo antes de você? — perguntou Bray.

— Acho que estou muito mais preocupada com sua obsessão pela minha vida amorosa — disse Willow, se afastando com uma careta. Ela se virou, deixando a pergunta dele sem resposta por um momento enquanto passava por Susannah e George. — Mas, respondendo à sua pergunta, não. Eu não me importo. Diferente de alguns aqui, eu sei que é bem mais divertido quando se está disposta a compartilhar.

Eu me engasguei. O olhar no rosto de Bray enquanto ela passava por mim não era nada além de incrédulo, e Willow nos deixou para trás sem pensar duas vezes.

— Siga ela — ordenou Susannah, e precisei me recompor por um momento para me lembrar de engolir antes que minha risada forte seguisse a

Bruxinha. — A escola não é mais segura para Willow. Manter sua segurança agora é nossa maior prioridade.

— Você não deveria estar preocupada com os outros onze alunos que podem ser assassinados e ter os órgãos ceifados a qualquer hora? — perguntei, mas eu já tinha me virado para seguir Willow. A Aliança não precisava saber do pacto que tínhamos feito, ou de que eu tinha um interesse muito pessoal em manter Willow segura de qualquer mal por causa dele.

— Os outros onze alunos não são os últimos de toda uma linhagem. Você sabe o que acontece com cada um que se perde — a voz de Susannah me seguiu. Eu tinha percebido que Willow não gostaria da minha presença no seu quarto.

Eu também tinha percebido que Willow podia fazer qualquer coisa que quisesse. Ela podia cometer praticamente qualquer crime dentro das paredes da Bosque do Vale, e sobreviveria às consequências.

O desespero da Aliança para recuperar seu sangue tinha criado a arma perfeita para provocar a ruína de tudo o que eles tinham criado — corrompido. Ou ela seria sua desgraça ou sua salvação, e a parte mais satisfatória de tudo aquilo era que eles não conseguiriam fazer nada para impedi-la quando ela tirasse tudo deles.

Ela não se contentaria com menos.

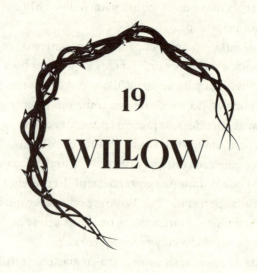

19
WILLOW

Estremeci. A voz que me cercava era tão pouco familiar. Levei instantes para perceber que não era minha, embora saísse de mim. O som feminino e rouco que saía arranhado da minha garganta não era meu. Pressionei a mão na garganta, tentando prender o som estranho lá; impedi-lo de fazer o ar à minha volta parecer queimar com o fogo do Inferno.

Uma mulher vagava pelos corredores, seu cabelo preto retinto caindo nas costas enquanto ela se movia como se estivesse em câmera lenta. Segurava um pedaço de ônix na palma da mão, os dedos envolvendo a pedra com tanta força que achei que fosse perfurar sua pele. Eu a reconheci das fotos que meu pai tinha me mostrado, dos retratos que ele mandou fazer em sua memória. A casa dele não tinha muita coisa, uma cabana escondida na floresta para ajudar a protegê-lo dos olhos bisbilhoteiros do coven, que o mataria se descobrisse que ele existia. O pouco dinheiro que tinha, ele gastou nesses retratos, para preservar a memória da irmã que ele amava mais do que tudo.

Os olhos dela tinham um brilho azul-claro. A cor não era natural, era como o gelo mais frio de um lago reluzindo ao luar. Havia uma nuance quase roxa nele, da mesma maneira que meu olho tendia ao violeta. Sua testa estava franzida, os lábios abertos em um grito silencioso. Ela se virou para olhar para trás, deixando a ônix cair com o que quer que ela tenha visto.

Eu não vi nada, entrei na escuridão do corredor tentando alcançá-la. Segui atrás dela quando ela dobrou a esquina, olhando para trás como se estivesse sendo perseguida. Eu não conseguia ver nada, mas senti algo.

O grunhido fez o chão tremer, e chacoalharem as janelas nas paredes.

Loralei segurava alguma coisa na altura do quadril e foi só aí que percebi o que o pequeno saco preto devia ser. Só então ouvi o chamado dos ossos, os ouvi sussurrando para que eu me aproximasse.

Que pegasse o que era meu.

Era despretensioso, parecia uma bolsa de tarô qualquer ou uma sacola de pedras e ossos usados para vidência. A corrente que estava amarrada em volta do seu quadril era de um dourado brilhante e reluzente, cintilando contra o preto do seu uniforme escolar.

— Não tenho o que você procura — disse ela para o vazio. Seu olhar continuava fixo no fim do corredor, seu corpo vacilando a cada passo que aquela força invisível dava.

Cambaleei, mal conseguindo me segurar e apoiei a mão na parede. O passo seguinte para me aproximar quase me derrubou. O ar à minha volta mergulhou em um frio tão hostil que queimou minha pele quente, e foi então que eu consegui ver a respiração diante do meu rosto.

Arfei, minha respiração vibrando no peito. Eu nem podia ver o que estava vindo atrás dela, não podia fazer nada para impedir de acontecer tudo de novo.

— Loralei! — gritei em pânico. Sua cabeça virou com força para o lado, aquele olhar azul sinistro pousando no meu. Seus olhos se arregalaram, como se tivesse me reconhecido. Ela soltou a bolsa com os ossos que lhe davam poder, ficando imóvel enquanto me encarava.

— Corra, Charlotte. Corra! — gritou ela quando andei na sua direção.

Era apenas um sonho, lembrei a mim mesma. Eu não estava no meu corpo, não de verdade.

Uma rajada de vermelho preencheu minha visão quando a coisa indefinida que eu não conseguia ver atacou. O peito dela explodiu com três marcas de cortes profundos, seu sangue espirrando por todo o meu rosto. Sua mão tocou no meu braço, o calor do seu toque se esvaindo aos poucos. Seu rosto se abateu quando ela me encarou, quando o pavor tomou conta de sua expressão. Ela caiu de joelhos enquanto o chão sob ela tremia, enquanto a coisa se aproximava mais.

— Acorde, Willow — disse ela, a voz suave, enquanto seus olhos rolavam para cima.

A dor rasgou minhas costas, incendiando minha pele enquanto eu lutava para levantá-la.

— Acorde! — gritou ela.

As janelas no fim do corredor se estilhaçaram com a sua voz. Fui tomada pelo seu pânico, que se apossou de mim. Caí quando o chão balançou mais uma vez, esperando pelo impacto nos meus joelhos.

Mas o choque não veio.

Acordei, lutando para respirar. Saltei para fora da cama, mal conseguindo chegar ao banheiro antes do meu estômago expurgar. Minhas costas queimaram quando tirei o cabelo do rosto, a pele rachando quando eu me curvei para a frente. Agarrando a ponta do vaso, esperei o enjoo terminar.

Assim que consegui, me coloquei de pé e fui até o espelho em cima da pia. Enxaguando a boca, hesitei em me virar para olhar minha espinha. Tinha sido só um sonho, e a dor que eu senti com certeza era produto do medo que experimentei quando acordei.

Porém, minha camisa estava grudada na pele, parecendo molhada quando se mexia. Eu a tirei por cima da cabeça, me movendo devagar enquanto me virava para olhar no espelho.

Três marcas de corte no formato estranho de um triângulo arruinavam a tinta da minha tatuagem, cortando a sombra preta dos galhos curvados do desenho de árvore que se espalhava pela minha coluna. O sangue escorria delas, deslizando pela parte de trás das minhas costelas.

Pressionei as mãos na bancada, curvando os dedos na borda enquanto eu encarava a expressão assustada no meu rosto. Eu tinha sonhado com a minha tia, e ela sabia o meu nome.

Não a princípio, tendo me confundido de alguma maneira com a bruxa que morrera séculos antes de ela nascer. Segurei a cabeça entre as mãos, me inclinando por cima da pia quando senti outra pontada no estômago. Não fazia nenhum sentido. Não havia *nenhuma* lógica em nada assim.

A porta do meu quarto bateu quando virei para olhar a porta do banheiro, agarrando a saboneteira de pedra e me preparando para usá-la como uma arma improvisada. Não havia plantas no banheiro, coisa que eu teria que corrigir imediatamente.

A figura corpulenta de um homem preencheu o espaço da porta entre o quarto e o banheiro. Seu rosto estava na sombra, suas costas cortando todos os vestígios de luz vindos da janela atrás. Meu corpo vibrou de energia, se preparando para uma luta.

— Você está sangrando — disse Gray finalmente, se aproximando.

Largando a saboneteira, me apressei em pegar uma toalha na prateleira. Enrolei-a em volta do meu torso, cobrindo meus seios enquanto ele encontrava o interruptor de luz com uma facilidade familiar.

— Não é nada. Só estou menstruada — menti, decidindo que a humilhação de discutir abertamente uma coisa assim seria muito melhor do que admitir o que eu tinha visto. Havia algumas coisas que simplesmente não eram normais para uma bruxa. Ser ferida em um sonho era uma delas. Apenas os Brancos e os Roxos tinham o dom da visão dentro das suas linhagens.

— Como posso cumprir minha parte do pacto se você mentir para mim, Bruxinha? — indagou ele, o nariz torcendo ao sentir o cheio no ar.

— Como você pode ver, estou perfeitamente bem. Saia — falei rispidamente, me mantendo de frente para ele. Não queria que ele visse as marcas, sem entender o que elas significavam. Como um sonho poderia me machucar? Como poderia marcar meu corpo acordado?

— Posso sentir o cheiro do seu sangue. Me mostre — ordenou Gray, avançando para a frente. Seus dedos seguraram a parte de cima da toalha, como se ele fosse puxá-la do meu corpo. Eu não sabia se a ideia de estar seminua na frente dele era pior do que revelar a ferida perversa nas minhas costas.

E eu não tinha certeza se queria descobrir.

Soltei a toalha de qualquer maneira, sentindo-a cair pela minha pele. Os dedos dele a seguraram quando estava prestes a cair e deixar meus seios à mostra. O olhar dele desceu até eles e seu rosto ficou imóvel, contemplando as minhas formas. Senti o momento em que aquele olhar se moveu ligeiramente para mais baixo, roçando meus mamilos e percorrendo a minha barriga. Era tangível, deslizando sobre mim como a serpente no Jardim do Éden.

— Posso pensar em maneiras bem mais interessantes de passar a noite — murmurei, dando um passo à frente.

O olhar dele pousou em meu rosto; sua respiração cuidadosamente controlada quando toquei no seu peito com o meu dedo. Sua camisa estava parcialmente desabotoada, revelando uma pequena faixa de pele no topo. Ele não estava usando gravata nem paletó. Apenas o tecido branco fino da camisa me separava da sua pele nua.

Deslizei um único dedo no espaço, roçando-o na sua pele fria.

— Está brincando com fogo, Bruxinha — murmurou ele, o rosto tenso enquanto me encarava.

Franzi os lábios em um biquinho, suspirando lentamente.

— Promessas, promessas, Demônio — argumentei.

Ele se moveu rapidamente, me segurando pelo cotovelo e me virando para a frente tão de repente que mal tive tempo de me segurar no lavatório. A truculência do movimento roubou o ar dos meus pulmões, me deixando ofegante ao me inclinar sobre a pia. Ele se moveu atrás de mim, colocando apenas uma mão no meu ombro ileso. Ele o agarrou, me mantendo imóvel enquanto eu lutava para me impulsionar para trás.

Aquela outra mão passou o meu cabelo por cima do ombro. A ternura do seu movimento fez meu coração se apertar, e mostrei os dentes como uma gata selvagem sibilando. Eu preferia que ele fosse rude e violento ao inspecionar meu machucado.

Eu preferia raiva total do que falsa afeição.

A mão dele ficou imóvel na minha pele, me dando arrepios.

— Como você fez isso? — perguntou ele. Seus dedos voltaram a se mover, tocando nos meus ferimentos com delicadeza e mandando uma pontada de agonia pelo meu corpo.

Gemi, agarrando a beirada da pia com mais firmeza.

— Em um sonho — admiti, soltando uma risada. Certa de que ele não acreditaria em mim, de que ele acharia que eu tinha sido atacada enquanto dormia em um sono pesado demais para perceber.

— Me conte — ele falou e estendeu o braço para pegar uma toalha limpa na bancada. Ele a colocou embaixo da água quente, torcendo até tirar o excesso. Em seguida, foi até mim e limpou o sangue do ferimento com delicadeza.

Expliquei o que eu me lembrava, a visão da minha tia. Eu me recusei a mencionar o nome pelo qual ela me chamara primeiro, sabendo que qualquer conexão com Charlotte só chamaria atenção para mim mesma. Menti, dizendo a ele que eu nunca tinha visto aquela mulher antes na minha vida. Deixei de lado os detalhes dos ossos amarrados no seu quadril, mas contei a verdade sobre a criatura que a estava perseguindo.

Ou do fato de que ele continuava totalmente oculto.

— Você já viu isso antes — afirmei, virando a cabeça para olhar para ele.

Ele concordou, sério, me virando para eu ver enquanto seus dedos tracejavam as marcas. Elas já estavam curadas como se fossem machucados antigos, de alguma forma, a pele cicatrizada em vez de ferida. A dor ainda pulsava em mim, como ferimentos recentes, sensíveis ao toque apesar do fato de ele tentar ser o mais delicado possível.

— Se chama olho do diabo — explicou ele, a voz solene ao pronunciar essas palavras. — Permite que Ele consiga a ver mais de perto.

Engoli em seco, olhando para ele mais uma vez e desviando o olhar das marcas brutas de corte.

— Bem, livre-se delas.

Ele riu, mas o som não tinha nenhum vestígio de humor.

— Um Hospedeiro não pode desfazer as ações Dele — explicou Gray, segurando o meu queixo e voltando meu rosto para ele. — Mas talvez você possa me explicar exatamente o que ele ia querer com você, Bruxinha.

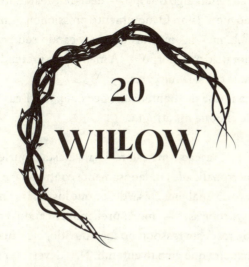

20
WILLOW

Engoli em seco, e meu corpo ficou tenso quando Gray se inclinou. Eu não conseguia tirar os olhos da lateral do seu rosto quando ele se abaixou, tocando os lábios na pele sob a marca. Aqueles olhos metálicos brilharam nos meus, um súbito movimento predatório enquanto continuávamos nos entreolhando fixamente pelo espelho. Sua língua deslizou devagar, o calor dela pressionando minha carne.

Assisti horrorizada quando ele a arrastou para cima, por sobre a marca, percorrendo-a lentamente com uma umidade cálida, tomando o que restava de sangue da minha pele. Um arrepio passou por mim quando a ponta de um canino reluziu na luz fraca.

— Como diabos eu poderia saber? — perguntei, cruzando os braços. — Não é como se eu tivesse o número dele salvo nos meus contatos do celular.

— Alguém já disse que sua boca vai lhe trazer problemas um dia? — interpelou Gray, levando uma das mãos à parte de trás do meu ombro. A dor se propagou pela marca, como se protestasse contra o toque de alguém que não a tinha colocado lá.

— Talvez — sussurrei.

Sua mão deslizou para a frente, se curvando por cima do meu ombro e envolvendo a minha garganta. Ele a apertou de leve, vendo a minha pele se arrepiar em resposta com um sorriso arrogante. Depois se inclinou para a frente, sua boca bem do lado da minha orelha enquanto trilhava um caminho mais longo com a mão e prendia meu lábio inferior com seu polegar.

— Da próxima vez que mentir para mim, posso acabar fazendo você não conseguir falar mais nada.

— Boa sorte ao tentar algo do tipo — declarei, abafando uma risada contra o seu polegar ao me afastar. O movimento pressionou minha bunda contra as coxas dele, a pele nua das minhas costas tocando seu peito e mandando uma pontada de dor pelo meu corpo. — A menos que pretenda me amordaçar, acho difícil que você consiga me calar.

— Existe uma forma de manter sua boca ocupada, Bruxinha — grunhiu ele, e uma onda de choque me atingiu.

Ah.

Reprimi qualquer reação e me esforcei para afastar aquele momento e voltar para a minha personalidade cuidadosamente controlada. A sedutora que seria qualquer coisa, faria qualquer coisa, desde que fosse para encontrar os ossos.

— Promessas, promessas — murmurei, mordiscando o polegar dele.

Seu gemido de resposta ressoou no meu ouvido, me causando um frio na barriga de uma maneira que eu não entendi. Não deveria ter sido atraente ver ele gemer ao pensar em mim chupando seu pau. Ele me puxou mais, me apertando no seu peito, pressionando seu membro duro na base da minha coluna.

Engoli em seco, arqueando as costas com o toque.

— Se eu inclinasse você em cima da pia agora e te fodesse, você ia gostar de cada minuto, não é? — perguntou ele, mas não fez nenhuma menção de fazer aquilo.

Não conseguia decidir se a pontada no meu estômago era de satisfação ou decepção quando ele me virou para fitá-lo, me prensando contra a parede vazia do lado da banheira. Não respondi à sua pergunta, não consegui encontrar as palavras para a resposta.

Sabia o que eu deveria dizer, sabia o que meu corpo queria que eu dissesse quando levantei a cabeça e o fitei. Mas eu não conseguia me forçar a reconhecer, não podia lhe dar tal satisfação, embora minha tarefa demandasse isso de mim.

— Uma garota tem certas necessidades — falei, finalmente, encolhendo os ombros como se a pessoa que as satisfizesse fosse irrelevante.

Ele abriu os lábios e revelou seus caninos, olhando para mim, me vendo como um problema.

— Amor — murmurou ele, sua voz numa carícia suave quando ele se curvou para a frente.

Seu antebraço estava apoiado na parede acima da minha cabeça, e ele levantou a mão livre para segurar meu rosto com uma ternura debochada. Ele moveu a mão para a minha garganta mais uma vez, empurrando para trás até minha cabeça encostar na parede. Ele me manteve pressionada lá, me prendendo enquanto eu me contorcia sob seu domínio. Levantando as mãos, arranhei a pele nua do seu antebraço.

— O que eu falei sobre mentir para mim?

Ele bloqueou minha respiração apenas o suficiente para eu chiar quando tentei falar, me lembrando de que, se saíssemos no braço, eu perderia. Não seria apenas a oportunidade de seduzi-lo que estaria perdida, mas eu também não tinha nenhuma chance de lutar com ele de igual para igual sem nenhuma planta à minha volta. Quem quer que tenha decidido que colocar bruxos em um prédio era uma boa ideia, era um tremendo de um imbecil, porque eu pertencia à floresta — aos jardins e a *qualquer outro lugar*, menos àquele.

Minha única esperança era a pedra. Olhei para o chão de cerâmica pelo canto do olho, soltando um dos braços para levantá-la.

Perdi o foco no momento seguinte, quando Gray pareceu perceber o que eu pretendia. Ele se moveu rapidamente, meus olhos correndo para o seu rosto, que desceu sobre o meu. Seus lábios esmagaram os meus, machucando com a intensidade com que ele devorava minha boca.

Seus caninos roçaram nos meus lábios, rasgando a carne, enquanto ele abria minha boca à força. Obedeci, me abrindo para ele e deixando sua língua entrar. Minhas mãos soltaram seu antebraço e pressionaram o seu peito. Só empurrei por um momento, protestando contra o toque que nós dois sabíamos que eu queria.

Que eu não devia querer, mas estaria mentindo se negasse.

Então elas seguiram para a camisa dele, agarrando-a e amassando o tecido para puxá-lo para mais perto. Seu gemido veio do fundo da sua garganta, enchendo meu ouvido, e seu corpo me pressionou com mais força até eu sentir seu pau pressionado na minha barriga.

— Merda, você não tem jeito mesmo — disse ele, se afastando apenas o suficiente para murmurar essas palavras contra a minha boca.

Gemi para ele, estendendo o braço e enterrando a mão no seu cabelo. As mechas escuras, pretas, macias ao meu toque, deslizando enquanto eu o agarrava com firmeza e trazia sua boca de volta para a minha. Cada movimento da língua dele na minha era uma marca, uma afirmação de posse contra a qual eu devia lutar.

Em vez disso, mergulhei mais fundo no seu toque, puxando-o para onde eu o queria enquanto o corpo dele se movia. Ele abriu uma distância mínima entre nós, o suficiente para deslizar a mão na minha garganta até roçar a pele do meu seio. Ele engoliu meu ofegar surpreso, sorrindo para mim e me apalpando. Pressionando com força, apertando e sentindo seu peso, ele deu uma risada quando encontrou meu mamilo e passou os dedos por ele.

O toque me sobressaltou, um gemido abafado saindo de mim.

— Acha que mais alguém vai fazer você se sentir assim? — perguntou ele, tocando no meu mamilo endurecido mais uma vez. — Seus quadris estão se esfregando em mim, me implorando para eu foder você nesta parede.

Resisti à vontade de protestar, de empurrá-lo. Principalmente quando sua mão deixou meu seio, descendo pela minha barriga. Eu o senti contra o tecido fino do short do meu pijama, pressionando a malha para dentro de mim enquanto ele afastava as minhas pernas.

Revirei os olhos quando ele achou minha boceta com uma precisão hábil, quase um sussurro de toque por cima da minha pele quente.

— Me diga para parar — disse ele, enterrando os dentes no meu lábio inferior. Seus olhos continuavam abertos, fixos nos meus enquanto minha respiração vinha como um arquejo trêmulo. — Me diga que você não quer isso.

Minha boca se abriu com a necessidade de falar que não, mas as palavras não saíam. Elas não conseguiam, não quando ele pressionava a mão com mais força na minha pele. O tecido do meu short roçava em mim, os dedos dele fazendo círculos lentos no meu clitóris.

— Eu te odeio — murmurei, puxando seu cabelo com mais força.

Ele riu, pressionando a boca na minha com delicadeza enquanto eu jogava a cabeça para trás.

— Não estou nem aí. Tudo o que me importa é como você vai ficar linda se contorcendo no meu pau.

Arfei quando ele deslizou os dedos por baixo da ponta do meu short, a frieza da sua pele me tocando. Não havia nada entre nós, nada que me impedisse de senti-lo. Ele recomeçou o trabalho no meu clitóris, circulando-o até eu perder a habilidade de respirar.

Foi assim que eu morri.

Eu ia gozar, e eu não me importava o que isso diria de mim.

— Porra — gemi, luzes ofuscantes preenchendo as extremidades da minha visão quando ele se moveu; seus dentes raspando a lateral do meu pescoço.

Ele parou, os dedos imóveis na minha boceta.

— O que está fazendo? — perguntei, estremecendo com a leve picada dos seus caninos quando ele mordeu minha pele. Ele gemeu com a mordida, levando meu sangue para sua boca enquanto meus quadris se moviam contra ele.

Buscando a pressão que ele oferecia, buscando meu prazer.

Ele recolheu os dentes, a boca mais vermelha do que antes, e me encarou. Tirando a mão do meu short, levou os dedos à boca. Aqueles olhos metálicos se fecharam quando ele gemeu, e depois puxou os dedos para fora, me encarando.

— Você pode gozar quando me contar o que eu quero saber.

Fiquei boquiaberta em choque. Ele não estava mesmo falando...

— Vá se foder — soltei, ríspida.

Eu mesma terminaria o serviço. Aquele maldito idiota arrogante. Soltei seu cabelo, empurrando seu o seu ombro para tirá-lo do meu caminho. Deslizei a mão pela minha barriga quando ele se afastou, arrastando-a para dentro do meu short quando seus olhos se estreitaram. Arqueei as costas e o deixei ver o momento em que me toquei.

— Willow — disse ele, e o som do meu nome na sua voz estava diferente. Estava suave, apaziguador, me confortando quando eu não queria nada além de raiva. Ele se moveu para a frente, agarrando meu pulso enquanto eu o encarava.

No momento em que meus olhos encontraram os dele, percebi meu erro.

Suas pupilas ficaram pretas, a escuridão consumindo o azul do seu olhar.

— De agora até eu libertá-la, a única maneira que você vai conseguir gozar vai ser comigo. Com o meu toque. A minha boca. O meu pau. Seu próprio toque não vai satisfazer você, nem o toque de qualquer outra pessoa. Só o meu.

Essas palavras me perpassaram, gelando minha pele enquanto a coerção se enterrava dentro de mim. Levantei a mão e toquei no colar da minha mãe, balançando a cabeça para negar a maneira como as palavras dele tinham se impregnado em mim.

— Tenho meu amuleto...

— Você também tem o meu sangue — objetou ele, dando um passo para trás com um sorriso presunçoso. — Nem mesmo seu amuleto pode te proteger por completo de mim.

Engoli em seco, olhando irritada para ele quando ele fez menção de sair do banheiro.

— Por que não me coage a falar a verdade então?! — demandei, assistindo quando o preto foi sumindo do seu olhar. Estremeci ao dobrar os braços em volta do peito e cobrir meus seios do azul penetrante dos seus olhos.

Ele deu de ombros, enfiando as mãos nos bolsos da calça e me encarando ao olhar para trás.

— A minha maneira é muito mais divertida.

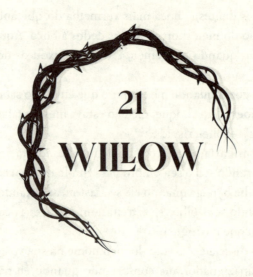

21
WILLOW

Eu caminhava para a frente, mantendo a cabeça abaixada enquanto seguia meus colegas na fila. Eles faziam o mesmo, ecoando o respeito pela morta conforme descíamos os degraus para a entrada da frente da Bosque do Vale. O sol parecia brilhante demais quando nos aproximamos da base da escada, andando em direção às seis portas que haviam sido bem abertas para nos direcionar para o gramado na frente.

A fila extensa virava a esquina, fazendo uma curva em direção ao fundo da escola. Eu vagava por lá às vezes depois das aulas quando precisava ficar sozinha, e sabia que o fundo da escola era onde ficavam os penhascos com vista para o mar. Só que antes de chegarmos lá, os imensos resquícios do que um dia fora um jardim de flores lindo e glorioso separava a escola do minúsculo pedaço de terra destinado aos enterros.

Apenas os Verdes seriam enterrados diretamente na terra, seus corpos livres para se decomporem, permitindo à terra recuperar o que pertencia a ela. Eu não sabia que tipo de magia a bruxa que morrera controlava, pois nunca tive aula com os outros Treze. Como uma herdeira, fui mantida bem afastada deles, apesar de ter sido trazida para cá como um deles.

Na verdade, eu não fazia parte do grupo dos herdeiros, já que não havia sido criada em meio a eles, mas também não fazia parte dos novos alunos. O Vale do Cristal e eu tínhamos história demais para eu algum dia me comportar como uma estudante de primeiro ano com brilho nos olhos, vendo a magia que fui forçada a manter em segredo sendo praticada sem ressalvas. Eu era cínica demais para aquilo, e eu simplesmente sabia quantos ossos e segredos embaraçosos o coven havia escondido na Bosque do Vale.

Eu estava sozinha, com meu próprio futuro diante de mim, depois de completar a tarefa que meu pai me deu. Quando tudo estivesse terminado, eu deixaria o Vale do Cristal e voltaria para Ash.

Eu seguia Della enquanto ela andava pelo caminho; os jardins de ambos os lados, murchos e moribundos. Não havia vida a ser encontrada aqui, e eu não entendia por que ninguém na escola achava isso estranho. Ser bruxo e não ver nenhum problema com o mundo morrendo à nossa volta...

Era incompreensível.

Quando minha magia estivesse completamente restaurada, iria lá e faria outra oferenda. Eu não podia fazer mais uma tão cedo, não quando eu sabia que o jardim tomaria tudo de novo. Da última vez, eu estava cambaleando quando me levantei do chão depois de as trepadeiras finalmente me soltarem.

Suspeitei que eu não conseguiria me levantar se eu tentasse recuperar o jardim. O nível de inanição que me esperava me deixava em dúvida se as plantas seriam capazes de parar depois de começarem a retirar o que precisavam.

Della se juntou ao círculo que cercava a cova recém-escavada, os bruxos da Bosque do Vale formavam uma única barreira entre a cova e o restante da escola. Os Hospedeiros estavam parados logo além, tendo vindo prestar homenagem à aluna que tinha partido cedo demais, mas ficando afastados o suficiente para nos permitir lamentar a morte só nós.

Procurei Gray mesmo sem querer, meu olhar percorrendo os Hospedeiros, que estavam todos vestidos de forma parecida. Quer tenha acontecido antes da extinção da linhagem Hecate ou depois, eles haviam escolhido o preto como a sua cor. A maioria usava ternos todos os dias, mas até mesmo os que preferiam uma roupa preta mais casual tinham se vestido formalmente para a ocasião.

Eu o encontrei, e meu corpo paralisou quando vi que ele me olhava. A onda de calor que passou por mim era indecente, me fazendo mudar o peso nos pés quando me lembrei da sensação da sua boca na minha, da sua mão entre as minhas pernas. Eu tinha passado a maior parte da noite buscando alívio, desesperada tentando gozar sem ele e rezando para que sua coerção não funcionasse.

Porém, só o que consegui foi piorar minha situação, até desistir e ir para o banho frio para tentar esfriar minha pele superaquecida. Eu queria estrangulá-lo, rasgar sua garganta por me deixar daquele jeito.

Agora eu só queria transar com ele, todo o sentimento de raiva desaparecendo com apenas seu olhar fundido no meu. Uma coxa esfregou na outra quando mudei de posição mais uma vez, percebendo o que eu estava fazendo. Eu buscava pressão, queria ser tocada.

Na porcaria de um funeral.

Balancei a cabeça, afastando à força aquele pensamento e olhando irritada. Ele deu uma risada, os lábios se curvando para cima quando afastou o olhar. Deixei meus olhos vagarem na direção da bruxa que ia ser enterrada, e da Aliança, que estava parada do lado dela. Minha boca abriu com a visão do caixão, da caixa de madeira que a separaria da terra que tanto precisava dela.

— Por que ela está em um caixão? — sussurrei, olhando para Della do meu lado.

Ela virou a cabeça para me fitar devagar, confusa, a testa franzida, e um sorriso preocupado surgiu nos seus lábios.

— O que quer dizer com por que ela está em um caixão? Onde mais ela estaria? — perguntou ela.

— Verdes devem ser enterrados na terra. Não em uma caixa — argumentei, meu olhar voltando depressa para o lugar onde a Aliança estava. George captou meu olhar, sua mandíbula cerrando quando pareceu perceber como eu estava horrorizada.

— Ah, bom, ela não era uma Verde. Quincy era uma Branca — respondeu ela, encolhendo os ombros como se isso explicasse tudo. Meu pavor só cresceu, meus olhos fixos na caixa que continha uma bruxa Branca. Ela devia ter sido colocada sobre uma cama de pedras sagradas, lhes permitindo que a reabsorvessem para a Fonte.

— Isso está errado — murmurei, e percebi que Margot e os outros tinham começado a me encarar preocupados.

Eu os ignorei. Dando um passo à frente, me preparei para me aproximar da Aliança. Eu duvidava muito que eles iam gostar da minha interferência, mas eu não podia ficar lá parada sem fazer nada. Eu não podia assistir enquanto eles mantinham uma bruxa separada da sua magia e dos seus ancestrais.

Uma mão me segurou pelo cotovelo, me puxando para trás. Meu corpo pareceu reconhecer exatamente quem tinha ousado me tocar, ficando paralisado quando olhei para o lugar onde ele estava parado havia apenas um instante. Gray não estava mais lá, e, quando me movi para procurar por ele atrás de mim, encontrei aqueles olhos metálicos me encarando com um sinal de advertência.

— Agora não, Bruxinha — avisou ele, sua voz baixando quando ele me puxou para trás.

Tentei não mostrar qualquer reação, tentei não demonstrar a maneira como meu corpo reagiu sem pensar. Era como se o meu corpo soubesse que Gray era o único que podia me trazer prazer agora, e queria se pressionar contra ele e se contorcer como um gato.

Sacana traiçoeiro.

— Isso está errado — falei, repetindo minhas palavras de antes.

— Pode ser, mas parte de provocar mudanças é saber quando agir e quando recuar. Você não pode restaurar as práticas antigas se irritar Susannah a ponto de ela fazer o que for preciso para silenciar você. Ela pode precisar de você viva, mas isso não significa que ela não vá lhe causar sofrimento para mantê-la na linha — disse ele, rosnando seu aviso no meu ouvido.

Eu tinha a vaga noção de como os olhos do coven estavam em nós, observando nossa interação, como se fosse anormal que nossas duas espécies interagissem em plena luz do dia.

O disfarce da escuridão normalmente escondia esses momentos furtivos.

— Você não pode esperar que eu deixe eles condenarem a alma dela assim — sussurrei, meu coração se partindo. Ser incapaz de se conectar com a Fonte e seus ancestrais, sofrer com um enterro e uma vida além-túmulo cristãos...

— Se aproxime da Aliança de forma particular, se precisar mesmo fazer isso, mas não seja burra de desafiá-los em público — argumentou ele. Até mesmo eu tive que admitir que suas palavras faziam sentido, mas meu lábio inferior tremia ao pensar no que eu teria que fazer.

Outra cicatriz, outra mancha na minha alma, que pode ter sido vendida ao diabo bem antes de eu nascer, mas isso não significava que, além de tudo, eu tivesse que fazer por merecer esse destino.

— Não posso fazer isso — desabafei, balançando a cabeça enquanto meus olhos ardiam com lágrimas.

— Você me incumbiu de protegê-la. Deixe eu fazer isso — pediu ele, soltando meu braço. Sua mão deslizou pela manga do meu blazer verde-escuro, seus dedos se enlaçando com os meus. Eu fitei nossas mãos em choque, pela maneira como elas de alguma forma se encaixavam.

Ninguém além da minha mãe e do meu irmão tinha pego a minha mão. Segurei as lágrimas ao me lembrar da mãozinha de Ash agarrada à minha quando olhamos para nossa mãe no caixão não fazia muito tempo, engolindo minha necessidade de falar. Encontrar os ossos e encontrar uma maneira de voltar ao irmão de quem eu sentia mais saudade do que tudo tinham que ser minhas prioridades — mesmo se eu carregasse a alma dela na minha consciência pelo resto da vida.

Meus olhos vagaram pelo torso e pelo peitoral de Gray, e de volta aos seus olhos, que ele mantinha fixos nos meus. O enterro começou quando George iniciou seu discurso, invocando os elementos que havia muito tempo tinham virado as costas para o coven. Eu esperava que eles ignorassem esse chamado, esperava que ele fosse humilhado pelo que ele faria com a bruxa Branca que ia ser enterrada contra a sua natureza.

Eles não ignoraram, mas para os mais fortes entre nós, o vento leve que soprou no meu rosto era um deboche do que deveria ter sido.

Os poderes que Charlotte tinha dado à Aliança se esvaneceram junto com o resto deles. Então o que eles esperavam ganhar virando as costas para nossas maneiras?

Alguns bruxos Cinzentos ergueram o caixão no ar, pousando a bruxa na cova que se tornaria sua sepultura indevida. Sua prisão na vida após a morte.

Fechei os olhos e jurei encontrar uma maneira de consertar aquilo. Eu a libertaria quando pudesse. Olhei em volta, pelo cemitério todo, examinando cada túmulo marcado com um novo pavor despontando em mim.

Eu libertaria todos eles.

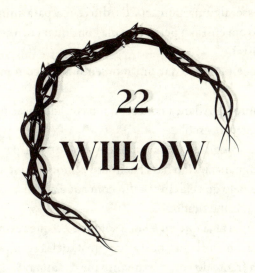

22
WILLOW

Acenei as mãos na frente das portas do tribunal, abrindo um sorriso de leve na hora em que os mecanismos se mexeram e me deixaram abri-las. A Aliança podia até não permitir que uma bruxa tomasse seu lugar no conselho que governava nosso povo até ela completar seus estudos, mas isso não significava que a magia aqui não me reconhecesse pelo que eu era.

Mais de um daqueles assentos vazios pertencia a mim com minha dupla linhagem.

Passei pelas portas escancaradas, me movendo para a sala onde os membros do tribunal se reuniam quando eles tinham assuntos para discutir. Estava vazio a não ser por Susannah e George, parados no meio do círculo e debatendo alguma coisa baixinho.

— Willow — chamou George, sua voz bem mais educada do que o olhar fulminante que imaginei vir de Susannah. — Está tudo bem?

— Não. Bem longe disso, inclusive — falei, ríspida. Fechei e abri as mãos do lado do corpo, incapaz de conter minha fúria mesmo sabendo que eu não devia abordar esse tópico com raiva. Muita coisa dependia de eu conseguir fazê-los entender a questão.

Ele suspirou, pendendo o crânio para a frente por um momento e enfiando os dedos nos bolsos da sua túnica preta.

— Sua mãe lhe ensinou as maneiras antigas de um funeral, presumo? — perguntou ele, mas Susannah ignorou a conversa para se reposicionar. Ela não foi até o seu trono, mas se moveu até ficar parada na frente do palanque, deixando sua presença ameaçadora no fundo.

Como se fizesse alguma porcaria de diferença para mim. Eu preferia transformar aquilo em cinzas a permitir a ela continuar corrompendo os bruxos do Vale do Cristal.

— George, você pode me dar um momento a sós com minha neta? — perguntou ela.

O outro membro da Aliança concordou, passando pelas portas para seu espaço privado dentro da escola.

— Estão faltando alguns ta-ta-ra antes desse *neta* — disparei, meus lábios contraídos de repugnância. Não havia nenhum remorso no seu rosto, nem sinal de um lamento pelo que ela tinha feito com aquela bruxa.

Pelo que ela havia lhe tirado.

— Isso não importa já que eu e você somos só o que restou. Não somos tão distantes como a maioria nas nossas circunstâncias seria — disse ela, fechando as mãos na frente do corpo enquanto me examinava.

— Estou feliz com essa distância. Me envergonha ter qualquer relação com você. O que você está fazendo...

— É pelo bem do coven — rebateu ela, inclinando a cabeça para o lado. Era assustador como seus ossos podiam expressar tanta emoção. Se ela tivesse pele, eu podia imaginar seu lábio superior se curvando em repulsa. — Algo que eu não esperaria que alguém da sua idade fosse entender.

— Como pode ser pelo bem do coven? A terra está morrendo à sua volta, e você é burra demais para ver! Se isso está acontecendo com a terra, imagine o que está acontecendo aos cristais? Às estrelas e ao ar à nossa volta? Todas essas coisas *precisam* de oferendas. Elas precisam que nosso corpo seja devolvido a elas quando morremos. Você está enfraquecendo as mesmas pessoas que Charlotte Hecate lhe incumbiu de proteger a qualquer custo — disse, cuspindo as palavras enquanto meus olhos ardiam de lágrimas não derramadas.

Por mais que eu detestasse chorar quando estava triste, chorar de raiva era sem dúvida pior, pois sugeria o que eu imaginava que alguns viam como fraqueza, quando o que eu queria mesmo era cometer um homicídio.

Seu peito afundou quando ela deu um passo na minha direção. Uma daquelas mãos ossudas se ergueu, tocando a lateral do meu rosto e pegando minha bochecha em um momento de aparente afeição.

— Você é tão jovem. Ainda não entende as maneiras do mundo, Willow. Deixe-me guiá-la.

Eu ri, dando um passo para trás.

— Eu nunca vou ser como você. Não vou virar as costas para a maneira como a magia deve ser feita do mesmo jeito que você virou.

Ela deixou a mão cair, juntando-a com a outra na frente do corpo mais uma vez.

— Sem a linhagem Hecate, os Hospedeiros têm muito mais poder do que deveriam. Nós não temos como matá-los, enquanto os bruxos do coven são muito mortais. Eles vivem e eles morrem, e como vimos com a jovem bruxa na noite passada, podem muito bem ser assassinados.

— Mas o que isso tem a ver com fazer a Fonte morrer de fome? O que você supostamente pode conseguir enfraquecendo os bruxos? — perguntei, minha frustração crescendo enquanto eu a fitava.

— Se nós nos enfraquecemos, eles também. Eles se alimentam de nós. A Fonte sustenta seus Hospedeiros, mas eles não têm acesso direto a ela. Eles só podem tocar na magia através do nosso sangue, Willow. Se nós não tivermos mais essa magia no sangue, então não há nada para mantê-los vivos — justificou ela, e seus ossos estalaram quando ela mexeu as mãos. Sua mandíbula abriu no que eu achei que devia ser um sorriso.

— Mas nós não vamos mais ter magia — sussurrei, cambaleando para trás quando enfim entendi as palavras dela, quando perpassaram a nuvem formada pela minha raiva que nublou meus pensamentos.

— Alguns de nós vão. É proibido que os Hospedeiros se alimentem no tribunal. Eles praticam as antigas maneiras em segredo, para impedir as massas de acessar a Fonte de uma forma tão eficiente. O tribunal permanece forte porque precisa, e, quando chegar a hora, vamos inaugurar uma nova era de bruxos. Vamos fazer um novo pacto se precisarmos. Um pacto que não envolva aqueles parasitas que sobrevivem pelo nosso sofrimento — disse ela, seu tom de voz deixando transparecer que estava maravilhada com o que dizia.

— E o que acontece com o resto de nós quando você fizer o novo pacto? Perdemos nossa magia? — questionei, fazendo um gesto com a mão para o lado, indicando a parte principal da universidade.

— Você vai ficar bem, Willow. Você vai ser parte deste tribunal, mesmo se ainda não tiver terminado seus estudos. Você, ou sua descendência, vai ser parte da nova era de bruxos — anunciou ela, dando um passo à frente para pegar minhas mãos. Seus ossos eram ásperos de séculos de uso, de ficarem desprotegidos dos elementos.

— É por isso que você permitiu que sua linhagem minguasse. Todo esse tempo, você sabia que não importava. Um herdeiro é suficiente para você, porque é só isso que você planeja levar para seu novo mundo — balbuciei, sentindo o ar me faltar nos pulmões.

— E você vai continuar essa tradição, dando à luz uma única filha para nunca conhecer a dor de perder um filho — declarou ela, pressionando as mãos para a frente. Eu me libertei de seu aperto, recuando quando ela tocou no tecido da minha camisa na altura da minha barriga.

— Não participarei de nada disso — sussurrei, me afastando dela. — Você vai matá-los, não vai? Cada um deles. Qual o sentido de ensiná-los então? Para que ter esse trabalho?

— Nosso povo não sabe desses planos. Se descobrissem, tudo o que conseguiríamos seria pânico e rebelião. Essa escola continua existindo simplesmente porque precisa — explicou ela, se virando e caminhando em volta do círculo. Ela andava em volta de mim, seus passos vagarosos e relaxados. Levou as mãos à coluna e as pousou na curva do quadril.

— Você cometeu um erro ao me contar — repliquei, zombando da certeza dela de que eu não contaria a todos o que eu sabia.

Que eu não contaria a Gray.

Nós podíamos ter um objetivo comum de eliminar os Hospedeiros, mas eu nunca sacrificaria o coven inteiro para fazer isso.

— Você não vai contar a ninguém, porque você sabe tanto quanto eu que a realidade desse segredo vai dividir o coven em dois. Os Hospedeiros vão entrar em guerra com os bruxos, e nós não vamos vencer. Você só vai acelerar a morte deles — ponderou ela, parando do meu lado. Do canto do meu olho, o sol brilhava nas janelas atrás dos tronos, deixando o branco opaco dos seus ossos mais brilhantes. — Um dia, você vai entender. A sobrevivência do coven é mais importante do que uma única vida qualquer.

— Não é só uma vida qualquer! — gritei, virando a cabeça para encontrar seu olhar. — É a vida de um coven inteiro. Isso é condenar as almas do nosso povo ao Inferno porque você nega seu rito de morte.

A mão dela disparou para a frente, segurando o meu queixo. A ponta dos seus dedos de ossos se enterraram na minha pele, afundando na carne enquanto ela me imobilizava. O sangue brotou do lugar onde ela me cortou, pingando ao longo da minha pele enquanto eu olhava furiosa para ela.

— É um sacrifício que deve ser feito — avisou ela, sua voz ficando mais baixa ao se encher de magia. Ela empurrou o braço para a frente, os dedos me soltando ao mesmo tempo. Eu fiquei leve por um momento, o tempo parecia ter parado enquanto eu observava Susannah se afastar cada vez mais de mim.

Meu corpo bateu no chão de pedra, tirando o ar dos meus pulmões, me deixando ofegante. Tossi, esperando a respiração voltar e me contorcendo de dor no chão.

Merda.

Rolei, apoiando as mãos embaixo do corpo. As trepadeiras no trono de Bray se contorceram em resposta, como se quisessem interferir. Me ajudar.

Porém, elas não podiam atacar a Aliança. Nenhuma magia estaria disposta a tocar neles, um dom que havia sido dado para impedir que eles fossem atacados por membros transviados do seu coven. A Aliança estava atada à sobrevivência do próprio coven, a liderança da magia, mantendo nossos modos de agir. O pé de Susannah saiu de baixo da sua túnica, os ossos dos dedos me atingindo no ombro e me empurrando de costas.

Arfei, lutando para respirar, sentindo como se alguma coisa dentro de mim tivesse sido quebrada. A dor me rasgou quando ela colocou aquele pé em cima do meu peito, me pressionando para baixo na pedra enquanto eu olhava fixamente para ela.

— Você vai se lembrar qual é o seu lugar.

— Nunca fui muito boa nisso — retruquei, minha respiração um chiado rouco conforme a umidade enchia minha boca.

Ela tirou o pé do meu peito, se agachando ao meu lado e colocando a mão em volta da minha garganta. Empurrando para baixo até a pressão se tornar demais, ela fitou minha boca.

— Eu posso precisar de você viva, mas não preciso que você esteja acordada, Willow. É melhor você se lembrar disso da próxima vez que pensar em me questionar — advertiu ela, os dedos arranhando minha garganta e a cortando.

— Espero que você seja queimada — falei com a voz rouca, levando a mão para segurar seu pulso.

Dei um soco na sua ulna e no seu rádio, gostando muito da maneira como ela recuou quando seu osso trincou. Seus dedos rasgaram a minha traqueia, ameaçando causar um dano maior do que eu poderia suportar. Ela os interrompeu no último instante, parecendo perceber como estava perto de perder a última da sua linhagem.

— Sua mãe contou do sono profundo, Willow? — perguntou ela, segurando seu osso quebrado e olhando confusa para ele. Era como se ela nunca tivesse se machucado, como se ninguém nunca tivesse tido a coragem de golpeá-la. — Você vai viver, presa no reino dos sonhos, até eu decidir acordá-la. Acho que se Iban pudesse passar por cima da... situação desagradável de acasalar com você enquanto estiver inconsciente, seria uma maneira bem mais simples de obrigá-la a fazer a única coisa que é esperada de você.

Engoli em seco.

— Você é nojenta.

— Acho que, se ele não conseguir realizar essa tarefa, posso encontrar outra pessoa que consiga. Quase não importa quem é o pai no fim das contas. Sua linhagem é forte o suficiente, mesmo assim — disse ela, se movendo na minha direção mais uma vez. Ela me fitou e eu dei um impulso para me sentar, segurando o meu tórax e lutando contra o grunhido de dor que teimava em escapar.

Rastejei para trás, tentando me afastar quando ela se abaixou para me deter. Eu não tinha dúvidas de que, se ela colocasse as mãos em mim, eu não acordaria de novo. Ficaria presa em um sono profundo, e, assim que eu tivesse concedido o que ela precisava, ela se livraria de mim.

— Toque nela mais uma vez, e eu arranco seu crânio da espinha, Susannah — advertiu Gray, sua voz grave e ameaçadora. George estava parado do lado dele, torcendo as mãos na frente do corpo, e Susannah girou a cabeça logo em seguida para encará-los.

— George — sussurrou ela, a voz cruel.

— Você foi longe demais, Susannah. Foi longe demais — disse ele, olhando para Gray do seu lado.

O Hospedeiro caminhou até o meu lado, encarando a minha ancestral.

— Ela é um membro do meu coven, e vou fazer o que quiser com ela — ameaçou Susannah, erguendo o queixo enquanto ele se abaixava do meu lado.

Ele deslizou os braços por baixo de mim, me tirando do chão e endireitando o corpo.

Fiquei ofegante quando a dor invadiu o meu tórax, e a profunda fúria no olhar de Gray me fez querer me encolher.

— Mas não vai mesmo. Esta aqui é minha, e você sabe disso tão bem quanto eu — grunhiu ele. Eu estava sentindo dor demais para questionar aquelas palavras. — Faça o que quiser com o restante dos seus bruxos, mas da próxima vez que tocar nela, vou fazer você arder no fogo do Inferno. Por ter violado o meu direito. O que acha que Ele faria se descobrisse isso, Aliança? — perguntou ele.

Observei enquanto George concordou, suplicando à sua outra metade.

— Ele tem razão, Susannah. Você deixou que sua raiva a controlasse. Se eu não tivesse impedido...

— Cale a boca, George — ordenou ela, ríspida, se virando e balançando uma mão para Gray. — Tire essa bruxa daqui então e diga para ela ficar fora do meu caminho.

Gray não hesitou e foi para as portas da sala do tribunal. Apoiei a cabeça no ombro dele, em busca de um pouco de alívio enquanto meu tórax latejava com a pontada da dor intensa. Ele pode só ter interferido por causa da sua promessa de me proteger, mas isso não importava naquele instante.

A única coisa que importava era que eu ainda estava acordada.

23
GRAY

O BRAÇO DELA CAIU frouxo do lado do corpo, como se ela já não tivesse forças para manter a posição e continuar segurando as costelas. Eu tinha a sensação de que uma estava quebrada, e eu sabia que teria mais uma batalha a travar. Dado o que eu já tinha feito com o pouquinho de poder que eu ganhei sobre ela por ter meu sangue no seu corpo, a probabilidade de Willow aceitar mais de bom grado seria pequena.

Ela consentiria de qualquer maneira, mesmo se eu tivesse que abrir sua boca à força quando ela estivesse dormindo.

O cheiro do seu sangue me atraía, mas, em face da dor que a consumia, eu não conseguia superar a raiva por Susannah tê-la machucado por tempo suficiente para pensar na minha própria fome ou desejo.

Um dos outros Hospedeiros foi à nossa frente, correndo até a porta do meu quarto. Ele a abriu e fechou quando passei pela soleira. Contornei minha mesa e o sofá, indo direto para a cama.

Uma das faxineiras já tinha ido lá e feito a cama depois que saí para o funeral. Tentei ficar de olho em Willow depois de os Cinzentos terminarem de usar sua magia para enterrar o caixão, mas ela tinha escapulido no momento em que tirei meus olhos dela.

Indo atrás da Aliança dessa maneira, a Bruxinha mostrava ter mais coragem no dedo mindinho do que a maioria dos outros no corpo inteiro.

Suspirei colocando-a na cama, o pavor tomando conta de mim quando sua cabeça se reclinou lentamente para o lado.

— Willow — chamei, segurando seu rosto entre as minhas mãos. Dei uma batidinha com o dedo na sua maçã do rosto, esperando ela responder. — Onde está doendo?

Ela levantou a mão, fazendo uma careta enquanto tentava tirar o blazer do caminho. Eu a ergui para que ficasse sentada, franzindo o rosto quando ela arfou de dor. Seu rosto se contorcendo fez arder meu corpo inteiro, provocando um calor que invadiu minhas veias pela primeira vez em séculos.

Eu já odiava a Aliança com todas as minhas forças.

Agora eu garantiria que, quando Susannah morresse, seria de uma maneira muito, muito devagar.

Ajudei Willow a tirar o blazer, depois o joguei de lado e abaixei seu corpo até ela ficar deitada no colchão. Ela nem protestou por eu tê-la trazido para a minha cama, deitando-a no meu espaço quando eu podia tê-la levado para o quarto dela. Teria sido mais fácil afinal. Sua cama ficava bem mais perto das salas do tribunal do que a minha, mas eu precisava que ela ficasse na minha cama para isso. Precisava que ela ficasse no meu espaço para eu poder ficar de olho enquanto ela se recuperava.

Ela tocou na camisa, puxando o tecido para libertá-lo da cintura alta da saia. Eu ajudei, as mãos frenéticas arrancando a camisa da saia e puxando até arrancar os botões do centro. Eles voaram pelo ar, e ela não lutou quando a renda preta do seu sutiã apareceu.

Não havia muito sentido, já que eu tinha visto tudo na noite anterior. E tocado.

Empurrei o tecido para o lado, passando a mão por cima do hematoma que se formava aos poucos na lateral do seu corpo.

— Não coloque a mão! — gritou ela, tirando minha mão com um movimento brusco — Eu só preciso de terra. Você devia ter me levado para o pátio.

— O que está querendo fazer? Comer terra? Seus machucados são internos, Bruxinha — falei, ríspido, me inclinando para a frente para tocar de leve no inchaço com meus lábios.

Willow ficou imóvel, me encarando enquanto eu me levantava e levava meu pulso à minha boca. Enterrei os caninos nele, estendendo o pulso para ela, que o fitou. A indecisão permeou seu rosto, não deixando dúvidas de que sua dor era real.

Eu suspeitava que ela tinha deslocado ou quebrado uma costela, e ela sabia muito bem quanto tempo demoraria para ficar boa de outra maneira.

— Você já é minha, Bruxinha. Você bem que poderia aproveitar o máximo possível — aleguei, abrindo um sorriso malicioso para ela conforme seu olhar ficava cada vez mais furioso. Se ela não tomasse meu sangue, minha coerção acabaria sendo eliminada do seu sistema.

Mas aí a dor persistiria.

Ela estendeu a mão com uma careta, enroscando seus dedos finos e delicados em volta do meu antebraço e da minha mão. Puxando em sua direção, inspirou fundo algumas vezes enquanto mantinha os olhos fixos no sangue se empoçando na picada.

— Beba, Willow. Posso ser um babaca, e sem dúvida vou me aproveitar de você — falei, dando uma risadinha quando seu olhar voltou para o meu de repente. — Mas você está segura comigo. Já com a sua própria espécie, não posso dizer o mesmo.

Ela engoliu em seco, concordando de leve e levando meu pulso até sua boca. O seu calor envolveu minha pele, inundando minhas veias quando ela sugou com força. Senti o sangue sair do meu corpo; senti quando deslizou para a sua boca e ela engoliu.

Willow segurou com mais força, me puxando para ela com mais intensidade e joguei a cabeça para trás com um gemido. Ela bebeu com vontade, tomando mais do que precisava. Eu duvidava que fosse sem querer.

A Bruxinha era inteligente o suficiente para saber que, quanto mais sangue meu ela bebesse, mais forte ela ficaria. Eu tinha a clara sensação de que a única coisa que ela não queria jamais era ser fraca. Ela nunca se permitiria ser vulnerável, e embora ela tivesse que aceitar que estaria comigo agora, ela podia declarar guerra aos outros e não se preocupar tanto.

Se ela fosse dar uma parte do seu poder, ela certamente tomaria parte do meu.

— Bruxinha esperta — murmurei com uma risada enquanto ela enterrava seus dentinhos na minha pele em volta das feridas. Ela passou a língua por eles, estimulando-os a continuar sangrando e deixou seus olhos se fecharem.

Seu corpo se mexeu, sua costela se movimentando embaixo da pele e voltando para o lugar com um estalo. Ela soltou um gemido agudo e continuou a beber de mim no seu momento de dor. Com seu corpo curado, eu sabia o que viria a seguir.

Euforia.

O gemido seguinte de Willow foi longo e baixo, seus quadris se movimentando na cama conforme ela sugava o meu pulso.

— Já chega — determinei, puxando meu braço. Ela tentou se agarrar a ele, tentou puxá-lo para ela. Mas havia um risco de se tomar demais, de se tornar viciada nele.

Eu não podia arriscar que ela precisasse do meu sangue para sobreviver. Esse era um compromisso no qual eu não estava interessado.

— Aquiete-se — comandei, deixando minha voz coagi-la a se deitar de volta na cama.

O que eu mais queria era satisfazer o desejo que consumia o seu corpo, lhe dar o que eu sabia que ela precisava com tanto desespero. Ainda mais depois de tê-la deixado molhada e excitada na noite passada.

— Durma, Willow — falei, ao invés disso, tirando o cabelo dos seus olhos.

O pânico preencheu seus olhos por um momento antes de eles começarem a se fechar. Ela balançou a cabeça, tentando lutar com a coerção.

— Não. Por favor — implorou ela quando passei os dedos suavemente pela sua testa.

— Shhh — sibilei, me inclinando para a frente para tocar meus lábios nos seus com delicadeza. — Você vai acordar em algumas horas. Eu prometo, amor.

O gemido que ela soltou destruiu alguma coisa dentro de mim. Minha vontade era matar aquela maldita por fazê-la ter medo de dormir.

Como se seus pesadelos com Ele já não fossem ruins o suficiente.

*

KAIROS ENTROU NO QUARTO, levando alguns dos outros Hospedeiros à minha sala. Puxei a porta do quarto para fechá-la, protegendo o sono de Willow de olhos curiosos. Ele levantou as sobrancelhas para mim ao captar um vislumbre de quem dormia na minha cama, mas não ousou perguntar nada.

— Você nos convocou? — perguntou Juliet, cruzando os braços. Da sua posição no sofá, eu não tinha dúvidas de que ela tinha dado uma boa olhada em Willow e na maneira como eu a cobrira cuidadosamente.

Fui até o armário de bebidas e me servi de um copo de whisky.

— Invoquei *Dominium* — informei, o olhar fixo no de Juliet.

Ela sorriu, a expressão felina no seu rosto, pura travessura.

— Na garota Madizza? — perguntou ela, franzindo os lábios quando olhei de cara feia para ela.

— Sim — confirmei, cerrando os dentes. Eu detestava ser previsível, mas eles todos sabiam tão bem quanto eu o papel importante que ela teria no futuro do Vale do Cristal.

Como última da sua linhagem, ela ia liderar a próxima geração ao tribunal, e se nós conseguíssemos nos livrar da Aliança...

Eles precisariam de uma nova Rainha.

Tê-la do nosso lado seria vantajoso para nós no conflito que estava em curso havia séculos.

— Certo, então ela está proibida para a Extração — concluiu Kairos, sorrindo e enfiando as mãos nos bolsos. A lembrança de Willow tocando nele do banco de trás do carro era como uma chama ardente no meu sangue, só me fazendo querer rasgar a garganta dele.

Até eu sabia que provavelmente aquilo era irracional, já que foi Willow que tocou nele.

Eu colocaria um fim naquilo agora que ela tinha mais do meu sangue correndo nas veias dela.

— Nenhum dos bruxos deve saber disso — decretei, tomando um gole do meu whisky e observando seus olhares confusos. Eu os entendia, afinal qual era o sentido de reivindicar como minha uma bruxa se eu não queria que o mundo soubesse que ela era minha?

— Por que não? — perguntou Juliet, avançando e pegando a bebida da minha mão. Ela tomou um gole, olhos fixos nos meus e me devolveu o copo.

— Ela gosta de joguinhos — afirmei, encolhendo os ombros. — E quero assistir enquanto ela sofre um pouco, só para variar.

Juliet deu uma risada, balançando a cabeça e voltando para o sofá.

— Isso pode ser interessante.

— Quem quer apostar quanto tempo ela leva para rasgar a garganta dele? — perguntou Kairos, olhando para os outros Hospedeiros na sala. Enquanto Kairos e Juliet eram meus amigos mais próximos, os outros eram meu povo assim como os bruxos pertenciam à Aliança.

Eles eram minha responsabilidade, meu dever. Mas, embora Susannah Madizza estivesse mais do que disposta a deixar os seus morrerem, eu faria qualquer coisa para proteger os meus.

Até mesmo arriscar a cólera da pequena bruxinha esperando na minha cama.

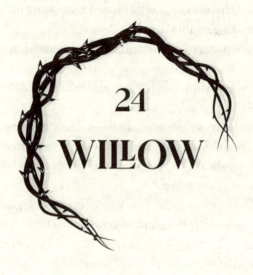

24
WILLOW

Acordei devagar, dando um impulso para me sentar. Meu corpo estava bem aquecido enquanto eu dava uma olhada pelo quarto vazio. A porta estava fechada, o quarto não era familiar exceto pela lembrança confusa de ser trazida para cá quando estava com dor.

Toquei nas minhas costelas, não encontrando nada além de pele macia e intacta quando me virei para olhar. A lembrança do sangue de Gray me atingiu em cheio, me deixando enjoada com a realidade do que aquilo podia significar.

A área entre minhas pernas pulsava de necessidade, como se o sangue que ele tinha me dado só tivesse ampliado o desejo que ele criara antes em mim. Eu queria dilacerar sua garganta. Queria despedaçar suas roupas.

O fato de eu nem saber qual das duas coisas eu queria mais me apavorava.

Balancei as pernas por cima da beirada da cama, parando por um momento para olhar minha camisa destruída. Os botões estavam faltando, e encontrei um no chão quando olhei em volta. Com um riso de escárnio, tirei a camisa e a joguei em cima da cama atrás de mim. Caminhando até o armário dele, peguei uma das suas camisas sociais, deslizando-a pelos meus ombros e abotoando-a devagar.

Era tão comprida que cobriu toda a minha saia, então abri o zíper do tecido verde engomado e a empurrei pelas minhas coxas. Não suportava usar as cores da casa de Susannah por nem mais um momento. A saia ficou aos meus pés, e dei um passo para fora dela, jogando-a na cama com a camisa destruída. Usando apenas minhas meias sete oitavos e a camisa de Gray, engoli em seco indo para a porta, e a abri para espiar lá fora.

A área de estar estava vazia, então abri mais a porta e saí. Passei os dedos por cima das costas do sofá enquanto me movia, olhando para os livros cobrindo a mesa de centro. Não me passou pela cabeça que aquele ser imortal gostava de ler, mas não havia como negar pela maneira como eles estavam espalhados pelo seu espaço.

— Procurando alguma coisa em particular, Bruxinha? — perguntou ele, sua voz vinda do recanto onde eu sabia que sua mesa ficava. Eu me movi devagar em direção a ela, um rubor subindo pela minha nuca enquanto eu tentava fazer o desejo que me percorria sumir de vez. O tom de voz grave de Gray mexia comigo, mandando uma pontada de volúpia pelo meu corpo, que me tomava a cada passo.

— Alguma coisa afiada e pontiaguda de preferência — respondi, andando até o recanto. Toquei na parede contornando-a e sentindo o momento em que o olhar dele pousou em mim.

Ele soltou a caneta na mesa, se recostando na cadeira e me fitando.

— Tem certeza? Pegando uma camisa minha, mais parece que você está procurando uma coisa para chupar.

Fiquei boquiaberta, uma risada incrédula saindo da minha garganta. De todas as coisas que ele podia ter dito...

Essa era a última que eu esperava.

Ele sorriu e se levantou, dando a volta pelo canto da mesa para se aproximar de mim. Parou na minha frente, não fazendo nenhuma menção de me tocar.

— Como está se sentindo? — perguntou, sua testa enrugando como se ele estivesse realmente preocupado.

Engoli em seco, meu desconforto crescendo sob o peso daquele olhar. É só o pacto, lembrei a mim mesma. Ele precisava que eu ficasse viva e tinha que fazer o seu trabalho de me manter segura, ou haveria consequências para ele.

Não era nada além do pacto.

— Melhor — sussurrei, a voz áspera.

Ele estendeu o braço atrás de si, pegando um copo na mesa e o entregando a mim. Tomei um gole suave de um líquido âmbar, tentando fazê-lo me estimular.

— Água teria sido melhor se você está cuidando da minha saúde.

Gray deu de ombros, pegando o copo e virando-o. Ele fez questão de tomar do mesmo exato lugar onde eu tomara, a intimidade da intenção por trás daquilo me fazendo me contorcer.

— Você parece estar bem saudável para mim — comentou ele, sorrindo e colocando o copo em cima da mesa.

Apoiei o peso do corpo no outro pé, me sentindo desconfortável.

— Obrigada. Por aparecer para me ajudar. Por não deixar Susannah... — parei de falar, sem conseguir terminar a frase. Era horrível pensar no que ela podia ter feito se Gray não tivesse chegado na hora.

— Eu sempre vou aparecer para te ajudar, Bruxinha — disse ele, seu olhar fixo no meu por um instante.

Aqueles olhos azuis brilharam indicando algo mais, roubando o ar dos meus pulmões por um momento suspenso no tempo. O dourado pareceu piscar; a conexão doentia entre nós ficando tensa.

Então ele estragou o momento, desviando o olhar e me tocando sob o queixo.

— Não posso admitir você me dando ordens a torto e a direito, não é?

Fiz uma careta, a lembrança cumprindo seu papel e me fazendo voltar à realidade.

Amor não fazia parte do meu destino. Não com um bruxo, e menos ainda com um Hospedeiro. Nós podíamos trabalhar juntos, e íamos, mas isso não era nada mais do que um acordo de negócios entre duas pessoas que se detestavam.

Mesmo que quiséssemos arrancar as roupas um do outro.

Eu me movi em volta dele, me aproximando da mesa e o deixando atrás de mim. Respirei fundo algumas vezes para me controlar sem aquele olhar penetrante no meu e mexi no peso de papel na mesa. A pedra preta era de alguma forma translúcida, e o rosto de uma mulher me fitou de volta quando o levantei.

Seu rosto estava borrado, e não pude ver os detalhes pois Gray estendeu o braço em torno de mim e colocou o peso de volta na mesa. Me virei, andando ao redor dele e enxotando o pavor que a imagem daquela mulher me passou. A coroa improvisada na sua cabeça era retorcida e deformada, com galhos de bétula erguendo-se na sua cabeça como chifres.

— Susannah não vai me permitir nos levar de volta às antigas maneiras sem partir para a briga. Vamos precisar evitar sua atenção por um tempo — admiti, pensando em até onde Gray estaria disposto a ir para me proteger. A indecisão guerreava dentro de mim, fazendo com que eu me sentisse *errada* em não compartilhar com ele os planos dela de erradicar os Hospedeiros. Era irônico, considerando que isso fazia parte dos meus propósitos ao vir para cá, mas por alguma razão a ideia de que outra pessoa pudesse ter o mesmo objetivo me encheu de pavor.

Não queria pensar no que isso significava para os sentimentos que estavam se formando dentro de mim, complicando o que eu precisava fazer, sob a forma de um Hospedeiro irritante do qual eu aparentemente não conseguia me afastar.

152

— Isso soa familiar — disse ele, cruzando os braços. Ele me fitou com uma sobrancelha erguida, me lembrando do aviso que tinha dado no cemitério.

— Você estava certo, tá bem? Devia ter te escutado. Conhece ela melhor do que eu — murmurei, torcendo os lábios.

— Isso pareceu ter doído bastante — resmungou ele, revirando os olhos. — Mas fico feliz que, pelo menos, agora estamos entendidos. Faça o que tiver que fazer para alcançar o que quer, mas não se arrisque no processo.

— Devíamos discutir uma estratégia. Tenho certeza de que você tem ideias de qual seria a melhor forma de lidar com isso — mencionei, observando enquanto ele dava a volta na mesa e me deixava ali. Ele se inclinou sobre um pedaço de papel, pegando uma caneta e escrevendo um bilhete para si mesmo como se eu fosse um incômodo.

— Amor, eu não estou nem aí para as políticas do coven. Não me interessa como eles escolhem fazer magia. Se querem desperdiçar o dom que receberam, então merecem perdê-lo — disse ele, um sorriso se espalhando devagar pelo seu rosto enquanto meu estômago afundava. Eu o senti revirar de enjoo e virei a cabeça de lado, fechando os olhos, confusa.

— Mas nosso acordo... — falei de repente, soltando um arquejo trêmulo ao abrir os olhos e encontrar seu olhar metálico. — Você nunca se importou com a magia, não é?

O branco dos seus dentes brilhou quando ele passou a língua nos caninos.

— Eu consegui o que queria do nosso pacto — disse ele, fugindo completamente da pergunta. Seus olhos desceram para o meu corpo, aquela sensação de náusea no meu estômago tão em desacordo com a pressão entre as minhas pernas. Nem mesmo agora, com a raiva implacável crescendo dentro de mim, eu conseguia me livrar daquilo.

— Seu babaca maldito! — gritei, pegando o peso de papel preto na sua mesa. Eu o atirei, mirando no seu rosto idiota e lindo. Meu corpo se moveu com mais velocidade do que eu esperava e o peso de papel voou rápido demais para eu controlar.

Eu só tive um momento de choque quando o peso seguiu a toda velocidade em direção ao seu rosto; Gray desviou do trajeto do objeto no exato instante em que passou raspando pelo seu ombro, atingindo o quadro de Lúcifer atrás dele. O peso se estilhaçou em cacos de vidro no aparador embaixo do quadro, deixando um corte no meio da tela.

Por um momento, tudo ficou estático. A atenção de Gray ficou presa no peso de papel no chão, fixa lá enquanto eu pensava no que fazer. No que falar. Eu não me desculparia depois de ele ter me manipulado tanto.

Porém, no lugar dele eu não faria o mesmo? Eu estava tão convencida de estar em vantagem que não tinha pensado direito. Eu não tinha considerado que ele podia não ter os mesmos objetivos que eu. A culpa era toda minha, mas eu ainda o detestava por isso.

Ele se virou para me encarar, seu corpo se movendo de uma forma tão dolorosamente lenta que contei minhas respirações antes de o seu olhar pousar em mim de novo. A expressão no rosto dele estava bem controlada, e de alguma forma, achei que aquilo podia ser pior do que sua raiva.

Pisquei.

Ele tinha sumido.

Minha respiração ficou agitada nos meus pulmões, e apertei os lábios enquanto virava a cabeça devagar. Olhando para trás. Eu não ousei me mexer, não ousei lhe dar nenhuma razão para pensar que eu fugiria. Os pelos da minha nuca se arrepiaram e, nesse momento, eu soube que ele era o predador e eu era a presa.

A mão dele envolveu minha nuca, me empurrando para a frente na hora em que ele apareceu do meu lado. Sua outra mão varreu tudo da mesa com um grunhido, mandando os objetos para o chão com um estrondo tão forte que suspeitei que toda a Bosque do Vale tivesse escutado.

Ele me lançou em direção à mesa, me dobrando para a frente com tanta violência que só consegui me apoiar nas mãos e impedir meu rosto de bater na madeira.

— Thorne! — exclamei, me encolhendo quando ele me empurrou com ainda mais força e pressionou meu rosto na mesa. Ele me manteve presa lá, um ronco baixo vibrando no seu peito.

— Esse não é o meu nome. Não para você — avisou ele, me segurando imóvel enquanto eu lutava, tentando me desvencilhar.

Ele inclinou o corpo por cima do meu, o tecido da sua calça roçando na pele nua das minhas coxas e da minha bunda onde a camisa tinha subido durante a luta. Seus lábios tocaram na minha bochecha, seus olhos tão perto dos meus que parecia que nada mais existia além dele. Sua boca roçou na minha pele na hora em que ele falou, mandando um arrepio pelo meu corpo.

— Acho que você se esqueceu do que eu sou, Bruxinha.

— Um erro que não vou cometer de novo, seu babaca de... — rosnei, olhando furiosa para ele, minhas narinas dilatadas de raiva. Aquele maldito era forte demais, me mantendo presa imóvel sem nenhum esforço. Eu podia me exaurir, e ele nem começaria a suar.

— Tolero sua boca porque você me entretém, Willow. Tenha cuidado, ou pode acabar deixando de ser divertida — repreendeu ele, sua voz severa quando ele recuou um pouco. Ele me encarou, me mantendo presa enquanto eu engolia minha resposta. — Sou um demônio — rosnou ele, com seus olhos azuis que pareciam brilhar por dentro, fixos nos meus. — Posso estar preso em um corpo semelhante ao de um homem, mas você seria uma tola se me confundisse com um. Eu não sou humano, e não vou me comportar como se fosse humano.

— Existe uma diferença entre esperar que você seja humano e esperar que você não minta para mim — retruquei, enterrando os dentes na parte interior da minha bochecha em uma tentativa de controlar a raiva no meu tom de voz.

— Quando eu menti para você? — perguntou ele, a cabeça inclinando para o lado com uma curiosidade genuína.

— Quando disse que eu estaria segura com você! — sibilei, lutando contra a força dele para mostrar do que eu estava falando.

— Você está machucada? — perguntou ele, sua voz um murmúrio suave.

Avaliei suas palavras, analisando meu corpo a partir dos dedos das mãos e dos pés. Apesar do seu tratamento violento e da velocidade com a qual ele me colocou na sua mesa, eu não cheguei a bater contra ela. Duvidava muito que ficasse com um hematoma sequer no dia seguinte.

— Ou você está molhada? — indagou, e a mão que não prendia minha nuca tocou no meu quadril nu. Dei um salto contra a mesa, estremecendo quando seus dedos deslizaram por cima da ondulação da minha bunda.

Ele envolveu um lado com a palma da mão, agarrando e enterrando a ponta dos dedos na carne enquanto eu continha um gemido abafado.

— Vá se foder.

— Acho que é isso que você quer — rebateu ele, sua gargalhada deslizando pela minha pele e me fazendo sentir muito quente. A mistura de desejo e raiva ardendo dentro de mim era quase demais para suportar, me deixando arfante na sua mesa enquanto ele se inclinava sobre mim mais uma vez. — Você quer gozar, Bruxinha?

— Quero que você me solte — rosnei, fazendo força contra a sua mão. Eu mal consegui me empurrar para cima antes de ele me lançar para baixo de novo, achatando meu rosto na superfície de madeira.

— Isso não vai acontecer — disse ele, o sorriso presunçoso na sua voz me fazendo ferver de raiva. Procurei por plantas na sua sala, por qualquer coisa que eu pudesse usar para me defender dele. Algo me dizia que aquilo não terminaria bem, mas isso não importava.

Não havia nenhuma planta.

Ergui o pé, batendo-o embaixo contra a pedra com um grunhido. Ela quebrou com a força do meu calcanhar, minha magia ecoando por ela enquanto o chão embaixo de nós balançava.

Ele deu um tapa de leve na minha bunda, mandando uma pequena onda de calor intenso pelo meu corpo. Minha nádega oscilou ligeiramente quando ele bateu.

— Aquilo era caro.

— Claro que você saberia quanto custou. Você é mais velho que a terra! — zombei.

— Diga que não me quer, e eu deixo você ir — murmurou ele, levando a mão da minha bunda para onde meu quadril se curvava na mesa. Ele a deslizou para o meio das minhas pernas, roçando o polegar por cima da renda da minha calcinha na parte que cobria minha boceta.

Gemi, meus quadris se movendo em busca de mais pressão. Era impossível controlar, conter a onda de prazer que espiralou por mim. Ele tinha me levado ao limite tão bem e me deixado com desejo por dias. Meu corpo queria o alívio merecido.

— Vou cortar seu pau e fazer você comê-lo — ameacei quando ele parou, levando a mão dele para dentro da minha coxa mais uma vez. Fiquei horrorizada ao sentir como minha pele estava escorregadia, como eu tinha ficado molhada quando ele me tocou.

Tinha alguma coisa muito errada comigo.

— Isso seria uma grande tolice, já que meu pau é o único com o qual sua bocetinha linda pode encontrar prazer — objetou ele, sua risada cobrindo minha pele quando ele ergueu o tecido da camisa que eu usava. Inclinando-se para a frente, ele tracejou a boca na pele nua da minha coluna, traçando o tronco da minha tatuagem de árvore com sua língua.

— O que você quer de mim? — choraminguei, cada toque dos seus lábios ou da sua língua mandando uma pulsação de desejo direto para a minha boceta.

Ele soltou mais uma risada ainda grudado à minha espinha, escorregando sua mão livre entre minhas pernas mais uma vez e puxando minha calcinha para o lado de forma que ele pudesse tocar na pele nua. Um único dedo encontrou minha abertura, deslizando para dentro de mim devagar e atingindo um ponto no meu interior que fez meus olhos revirarem. Sorrindo nas minhas costas, ele passou o canino por cima da curva do meu quadril.

— Implore.

— O quê? — perguntei, minha boca ficando seca. Só podia ser brincadeira.

— Implore para eu fazer você gozar. Se você espera que eu fique de joelhos por você, então é melhor estar pronta para me pedir, Bruxinha — grunhiu ele, acariciando meu clitóris com o polegar enquanto seu dedo escorregava devagar e suavemente para dentro e para fora de mim.

— Gray — murmurei, me recusando a dizer qualquer outra palavra. Eu não podia lhe dar aquilo. Por mais desesperada que estivesse, mesmo sabendo que era isso o que eu *deveria* estar fazendo. Os Hospedeiros não podiam amar, mas eles podiam sentir desejo. Eles podiam sentir atração e satisfação.

Eles podiam confiar na mulher que fodiam e a deixar sozinha na sua sala.

— Me fale as palavras — ordenou ele.

— Por favor, me solte, e eu mesma faço — rosnei contra a minha vontade.

A risada dele não era por achar aquilo divertido. Era a confirmação brutal de que ele não tinha a intenção de me soltar. Mesmo quando tivesse terminado o que queria comigo, provavelmente manteria a coerção em mim por uma satisfação doentia de eu nunca mais conseguir encontrar prazer.

Comigo mesma. Com ninguém.

E seria ele que preencheria minhas fantasias. O único homem que podia me fazer gozar.

— Onde está a diversão nisso? — perguntou ele, apertando a mão na minha nuca. — Me implore para fazer você gozar.

Gemi quando ele enfiou um segundo dedo em mim, o giro lento dos dedos uma enorme tortura. Ele me dava apenas o suficiente para me atormentar, seu controle cuidadoso tanto admirável quanto assustador.

— Por favor — sussurrei, detestando essas palavras na hora em que saíram da minha boca.

— Por favor o quê, Bruxinha? Por favor, pare? — debochou ele, arrancando um soluço abafado de mim.

— Por favor, me faça gozar, Gray — gemi, meu corpo amolecendo contra a mesa. Desisti, tendo dado a única coisa que eu não queria sacrificar.

Ele ficou em silêncio por um momento, sua mão parada entre as minhas pernas antes de soltar meu pescoço, e eu recuperar de repente a possibilidade de me mexer. Ergui o torso da mesa, sentindo sua mão deslizar para baixo na minha espinha para pressionar a base da minha coluna.

— Deite-se e segure na ponta da mesa. Agora, Willow — ordenou ele, e seu corpo se afastou do meu. O ar parecia quente demais na ausência do seu toque, mas eu fiz como ele mandou.

Abaixando na mesa, apoiei minha bochecha contra ela da maneira que ele havia me segurado antes. Me estiquei com as duas mãos e agarrei a ponta da mesa do outro lado. Os dedos dele engancharam no tecido da minha calcinha de cada lado, arrastando-a para baixo pela minha bunda e minhas coxas e me ajudando a tirá-la. Ele bateu com a palma da mão na parte de dentro da minha coxa, me dando um sobressalto.

— Abra as pernas para mim.

Engoli em seco, deixando que meus olhos se fechassem enquanto eu obedecia. Observei de canto do olho sua forma borrada, agachando no chão atrás de mim.

— Ah, meu Deus — gemi quando o calor do seu olhar pousou na carne nua entre as minhas pernas.

Ele deslizou uma única mão contra mim, agarrando minha boceta e trabalhando com seu polegar dentro e fora de mim.

— Deus não tem nada a ver com as coisas que vou fazer com você, Bruxinha — disse ele, se inclinando para a frente.

Sua respiração tocou na minha pele aquecida, mandando uma onda de prazer pelo meu corpo. Esperei o momento em que sua boca me tocou, esperei que ele cumprisse a promessa.

Em vez disso, ele se moveu para a parte interna da minha coxa, plantando um beijo delicado ali. Seus lábios se abriram, seus dentes se enterraram na minha pele na parte de trás da coxa, e eu arfei.

A dor foi instantânea e atroz, prolongando o prazer com que ele tinha me atormentado. A mordida afiada só durou um instante, e então outra coisa tomou seu lugar.

Gemi, me empurrando para trás contra sua boca enquanto o fogo ia direto para o meu baixo-ventre. Enquanto se ondulava e se contorcia dentro de mim, encontrando abrigo. Seu gemido entrecortado me levou além, meus dedos agarrando a borda da mesa como se minha vida dependesse daquilo. Mergulhei na névoa do prazer, perdendo noção do espaço à minha volta enquanto ele bebia de mim.

— Gray — gemi, sentindo alguma coisa quebrando nas minhas mãos.

Ele libertou seus caninos, o calor úmido da sua boca cobrindo minha pele. No momento em que seus lábios tocaram em mim, eu me perdi.

Não existia mais nada além do rastro da sua boca em mim. Nada além do calor da sua língua deslizando por mim. Ele pressionou o rosto na minha carne, e não havia provocação na maneira como ele me devorou. Foi como se estivesse passando fome, como se eu fosse sua última refeição na terra.

— Porra — gemi, resistindo ao desejo de me contorcer na sua língua. — Não pare. Por favor, não pare.

Gemendo dentro de mim, ele continuou me dando o que eu queria. Sua língua encontrou meu clitóris, fazendo círculos devagar e me levando ao limite. Ele me manteve lá, suas carícias cuidadosas e magistrais me levando à loucura.

— Gray! — gritei, me perdendo no prazer que estava prestes a alcançar. Estava tão perto que eu podia sentir seu gosto.

Ele aumentou a pressão da língua contra mim, seus movimentos firmes e rasos finalmente me levando além. Amoleci em cima da mesa e a soltei enquanto gritava. Um lampejo branco encheu minha visão quando fechei os olhos, uma luz tão brilhante que achei que talvez nunca fosse ver o escuro de novo.

Minha inspiração foi profunda, trêmula e ofegante quando voltei de repente à realidade, sentindo a mesa dura contra mim. Gray se levantou atrás de mim, me ajudando a me retirar da mesa. Ele não disse nada, só me virou para me sentar na ponta, me encarando como se pudesse ver dentro da minha alma.

Ele não podia, porque se pudesse, já teria me matado. Os Hospedeiros podiam ter gostado de Charlotte, mas eles não gostariam de uma bruxa qualquer que podia desfazê-los e tinha sido criada para detestar todos eles.

— Você quebrou a minha mesa — anunciou ele, por fim, sua risada me fazendo abrir um sorriso.

Eu voltei o olhar para a madeira quebrada onde eu tinha agarrado, encolhendo os ombros quando pensei que outras habilidades o sangue dele poderia me dar.

— Fique feliz por não ter sido sua cara.

Ele sorriu, passando o polegar pelo meu lábio. Senti meu gosto na sua pele, ainda tentando recuperar o fôlego.

— Vá descansar — disse ele, dando um passo para trás e indo para a sua cadeira. Eu me afastei, aproveitando o alívio para me recompor. — Mas, Willow? — chamou ele quando me aproximei da porta. Eu me virei para fitá-lo, fingindo que meu coração não estava aos pulos no meu peito. — Da próxima vez que nos virmos, você é que vai ficar de joelhos.

Continuei o encarando, tentando me agarrar ao prazer que me deixou saciada.

— Não estrague o momento, demônio — eu disse, me virando e saindo da sala.

Aquilo soou como um problema que podia ser deixado para depois.

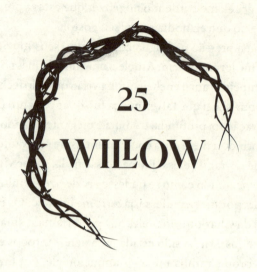

25
WILLOW

Eu o estava evitando.

Ele sabia. Eu sabia. Eu tinha quase certeza de que a escola inteira sabia àquela altura. Dois dias haviam se passado desde que ele acabara com meu sofrimento na sua sala, e eu me recusava a sequer pensar nele.

Em como era sentir a respiração dele dentro de mim.

— Amanhã à noite, vamos ter nossa primeira Extração — informou Susannah caminhando na frente da sala. Iban estava sentado do meu lado, e seu sorriso sedutor não estava adiantando nada para abrandar o pânico crescente dentro de mim.

De todas as coisas que eu sabia sobre a Bosque do Vale antes de vir para cá, a Extração era a que mais me apavorava. Não devia importar agora que Gray já tinha se alimentado de mim diversas vezes, mas de alguma maneira, me assustava. Eu não poderia evitá-lo se ele fosse para o meu quarto à noite.

— Como parte do acordo entre nossas espécies, foi exigido aos bruxos que forneçam sangue para sustentar nossas formas físicas. Esse é um ponto que tem sido nutrido e considerado sagrado ao longo de todos os séculos de dificuldades entre nós — disse Gray, as mãos enfiadas nos bolsos enquanto ele se apoiava na porta atrás de nós. A sala de aula que eles tinham escolhido era maior do que o normal, acomodando todos os aproximadamente setenta alunos presentes.

Engoli em seco quando Iban achou que meu medo crescente de não poder evitar Gray fosse um desconforto pela alimentação em si. Ele colocou a mão no meu joelho, apertando-o de uma forma tranquilizadora.

— Não é tão ruim assim — sussurrou ele, sem me dar escolha a não ser sorrir para ele. Ignorei quando o olhar bravo de Gray pousou no meu rosto, fingindo que ele não existia.

Aquilo parecia fazer parte da minha rotina agora.

— Quer dizer que eles se alimentam dos alunos? Eu achei que eles se alimentassem das pessoas na cidade — expressou uma das outras bruxas. Eu a reconheci como um dos onze novos alunos restantes, alguém em quem eu prestei atenção depois do enterro da bruxa que morreu.

— Os Hospedeiros que você vê na Bosque do Vale são encarregados da escola. Eles ficam aqui e, assim, se alimentam de quem desejam enquanto estão cercados por estas paredes. Apenas os menores de idade são proibidos, de acordo com o pacto — explicou Susannah.

— Se um Hospedeiro tiver sido designado a você para essa Extração, você vai encontrar uma marca vermelha na porta do quarto quando voltar das aulas amanhã à noite. Se não, vai ser pedido que você permaneça no seu quarto mesmo assim a partir das oito. Se você nunca participou de uma Extração, alguém vai ajudá-lo com os preparativos se você for escolhido — continuou George, a voz bem mais empática enquanto os novos alunos trocavam olhares preocupados. — Não há nada para temer. Se desejarem, a alimentação pode ser bem rápida e indolor.

Engoli em seco olhando para Iban.

— Quando vão nos contar quais serão as duplas? — perguntei, vendo os lábios dele enrugando.

— O que quer dizer? — perguntou ele, inclinando a cabeça para o lado.

— O Hospedeiro que nos escolheu como fonte de alimentação do ano. Quando descobrimos quem vai ser?

O choque no rosto de Iban não ajudou em nada para reduzir meu pânico crescente.

— Não existe par fixo há décadas, Willow. Pararam de fazer isso depois do massacre há cinquenta anos. Eles fizeram isso para evitar que bruxos e Hospedeiros formassem relacionamentos antinaturais um com o outro. Certamente sua mãe sabia disso — sussurrou ele, se inclinando para o meu lado ao falar.

Senti o olhar de Gray nas minhas costas, como se o imbecil não estivesse satisfeito em saber que eu nunca seria capaz de aproveitar estar com Iban. A distância seria a única maneira de acalmá-lo, mas nem morta eu lhe daria essa satisfação.

— Do que você está falando? — Minha mãe tinha frequentado a Universidade depois do massacre. Ela nunca deu nenhuma pista de que não era mais assim, de que eles mudaram a antiga maneira de lidar com a Extração. — Uma vez por semana, o Hospedeiro que nos escolhe vem se alimentar.

— Uma vez por semana, o Hospedeiro que é designado para nós se alimenta, mas é um diferente a cada vez — explicou ele, dando de ombros.

Minha mãe *saberia* disso, mas foi meu pai o responsável por essa parte do meu treinamento. Minha mãe não sabia da minha intenção de seduzir um Hospedeiro para atingir meu objetivo. Já meu pai...

Seu último informante a respeito das práticas do coven havia morrido naquele massacre.

— Um diferente a cada semana? — perguntei, me sentindo como se eu tivesse ficado sem ar. Aquilo não deveria me importar. Se um Hospedeiro se alimentasse de mim, isso com certeza seria suficiente. Eles eram todos iguais, todos monstros escondidos em pele humana criada da terra.

Só que isso dificultaria muito mais usar a possessividade de Gray ao meu favor. Seria menos tempo que eu gastaria deixando-o viciado em mim, no meu sangue, no meu corpo. Sem mencionar que significava que Gray estaria se alimentando de outra bruxa. Rosnei baixo, balançando a cabeça e sorrindo quando Iban olhou para mim em choque.

Merda.

*

A MARCA VERMELHA NA minha porta me deixou sem ar. Devia ter antecipado que teria o azar de ser escolhida na primeira semana, mas eu esperava...

Eu não sabia o que esperava.

— Não é tão ruim — afirmou Della, entrando no quarto. Ela foi até a cama e pegou a combinação longa e cinza-claro que havia sido deixada em cima da colcha. — E pode ser prazeroso se você quiser.

Ela levou a seda fina para um dos lados, revelando uma combinação curta de renda.

— Para que duas? — perguntei, me sentando na beirada da cama.

— Você usa essa — disse ela, pegando a de renda e segurando na frente do corpo quando virou. — Se você estiver aberta a alimentar desejos mais carnais.

— Se eu estiver aberta a deixar o Hospedeiro me foder? — perguntei, bufando. Eu nem sabia quem seria.

Della encolheu os ombros, pegando a camisola de seda e entregando-a para mim com o que quer que tenha visto no meu rosto.

— Não precisa amar alguém para transar com ele. Não precisa nem gostar dele.

— Como vou decidir se eu quero o Hospedeiro ou não? Nem sei quem vai entrar por aquela porta — falei, suspirando ao me levantar e tirar o blazer do meu ombro. Eu o dobrei e o coloquei em cima da minha cômoda, trazendo meus dedos para o laço na minha garganta enquanto eu o desatava.

— Nunca vai saber quem ele era, e acho que esse é o atrativo. É uma noite de diversão, sem consequências amanhã porque você nem sabe o nome dele — disse ela com uma risada. — Você sente mais atração por mulheres? Eu simplesmente presumi que você gostava de homens por causa da maneira como flertou com Iban. Se você gosta de mulheres também, posso falar com o Reitor Thorne. Algumas Hospedeiras mulheres preferem a companhia feminina.

— Não, não é isso. Mas os bruxos detestam os Hospedeiros, então por que permitiriam que os Hospedeiros tocassem neles? — perguntei, pensando em como eu queria evitar a todo custo aquela questão proibida. Como eu teria medo do julgamento se tivesse permitido a um Hospedeiro me tocar intimamente.

Pelo visto havia mais bruxas querendo permitir isso do que eu esperava, só que na penumbra da escuridão e sob o sigilo da Extração.

— Falou como uma mulher que nunca fez sexo com alguém que odeia — riu ela, parada me ajudando a desabotoar a camisa. Eu não protestei com a estranha intimidade daquilo ou o fato de que ela podia ver meu sutiã quando terminou. Parecia que aquilo estava tomando conta de mim, como o mais próximo que eu já tivera de uma amizade, quando ela enfiou uma mecha de cabelo atrás da minha orelha.

A sensação me fez sentir mais jovem do que eu era, do que eu jamais pude ser.

Pensei nas mãos de Gray em mim, na sua boca me devorando como se ele não pudesse decidir se me detestava ou queria viver com o rosto entre minhas pernas.

Eu tinha minhas suspeitas de que talvez esse conceito de sexo com alguém que se odiava tinha lá seu mérito.

— Não bem o sexo em si — respondi quando minha ficha caiu.

Della sorriu, seu rosto se iluminando quando entendeu. Nós duas sabíamos que alguém tinha tocado em mim e não tinha sido lá com boas intenções, que ele tinha tomado mais do que eu devia ter permitido.

E que eu gostei.

— Ninguém além de nós precisa saber. Vou ajudar você a se arrumar, e não vou contar para ninguém se escolher colocar a renda. Não há garantia de que ele vá tomar o que você ofereceu, mas de qualquer maneira, continua sendo segredo — avisou ela, se afastando enquanto eu tirava a camisa e a jogava no cesto no canto. Minha saia e minhas meias seguiram quando eu as desci pelas pernas, ficando de calcinha e sutiã, e alcancei a camisola de seda.

Por mais tentador que fosse dar a outro Hospedeiro o que Gray achava que era dele, aquilo desfaria anos de preparação. Anos da insistência do meu pai de que me manter intocada levaria um Hospedeiro a um ponto de obsessão.

Principalmente se eu sangrasse na primeira vez.

Fiquei paralisada, e fechei a mão com força, amassando o tecido.

— Os Hospedeiros costumam rejeitar as ofertas? — perguntei, o pavor crescendo na minha garganta. Tentei engolir apesar dele, como uma sensação de que terra de cemitério tinha enchido meus pulmões de repente.

— Não que eu saiba — respondeu ela, examinando meu rosto bem de perto.

Todos os Hospedeiros se alimentavam na Extração. Isso eu sabia. Se não havia pares fixos — se não era Gray que viria para mim naquela noite — ele estaria com outra? Só de pensar nele se alimentando de outra pessoa me fazia querer rasgar sua garganta.

Merda.

Eu não devia me importar com isso. Ele não era meu, e nunca seria.

Inferno. Inferno. Inferno.

Larguei a camisola de seda, minha mão hesitando por cima da combinação de renda por um momento enquanto eu refletia. A minha parte mesquinha e vingativa queria deixar quem passasse por aquela porta fazer tudo. Queria entregar o que deveria ser do Gray, mostrar que ele não era nada para mim.

Os bruxos podem nunca saber, mas eu não tinha dúvidas de que o Gray seria capaz de sentir o cheiro de outro homem em mim. Ele saberia exatamente o que tinha acontecido, e seria bem feito para ele.

Engoli em seco, enxotando esse pensamento, e peguei a camisola de seda.

— Talvez da próxima vez — disse Della, abrindo um sorriso amável. — A primeira vez é intensa. Acho que foi a escolha certa para esta noite.

Puxei o tecido, vestindo a camisola por cima e a deixando se assentar nas minhas curvas. Ela abraçou cada linha e curva do meu corpo, me servindo como uma segunda pele que tivesse sido feita para mim.

— Vou ter muito tempo para participar dos outros prazeres — repliquei, enxotando a parte de mim que se importava.

— Sem calcinha e sutiã — comunicou ela, torcendo os lábios e enrugando o nariz. — Essas são as regras. Não importa qual roupa...

— Isso é nojento — murmurei, mas estendi o braço atrás das costas e abri o sutiã.

Meus seios pularam sem o suporte, o tecido se agarrando a eles e não deixando *nada* para a imaginação na seda, que era semitransparente. Fazendo a calcinha descer pelas pernas, eu a joguei de lado e fui para o meio do quarto quando fiquei pronta.

— Você tem duas opções. Eu posso prender você tanto na cama quanto no gancho — anunciou ela, apontando para cima da minha cabeça. E tinha mesmo um gancho bem pequeno pendurado no teto que eu não havia reparado antes.

— Me prender? — perguntei, observando-a ir até o armário. Ela puxou um par de algemas acolchoadas da prateleira de cima, vindo na minha direção e pegando as minhas mãos. Colocando uma algema em cada pulso meu, ela se moveu devagar, dando tempo para eu me ajustar à sensação do couro almofadado na minha pele.

Quando meus dois pulsos estavam envolvidos, ela enganchou uma algema na outra com pequenas travas, de forma que ficassem presas juntas na minha frente.

— Não é possível que isso seja necessário — afirmei, meus olhos se arregalando quando ela foi para o armário de novo. Ela voltou com uma corrente, e a passou entre as laçadas de couro até envolvê-la nos meus pulsos.

— Não é permitido que você veja o Hospedeiro — informou ela, deixando a corrente cair no chão. Ela segurou um pedaço de tecido na frente do meu rosto, o propósito claro, e eu engoli em seco.

— Não — protestei, balançando a cabeça. — Eu me recuso a ser amarrada e vendada.

Ela suspirou, segurando minhas mãos presas. O calor da sua pele penetrou no arrepio inesperado que havia tomado o meu corpo, me levando de volta ao único lugar para o qual eu não queria ir.

O único lugar que eu jurei que faria de tudo para evitar.

Meu peito arfou, o pânico me atingindo rápido e súbito. Eu não conseguia respirar. A escuridão se fechou nas bordas da minha visão.

— Por favor. Por favor, não — implorei, balançando a cabeça de um lado para o outro.

Della congelou, seu rosto enrugando quando ela percebeu que havia alguma coisa errada.

— Willow, não tenho escolha. Se eu não fizer isso, eles vão fazer à força. Entende? Isso não é uma opção. A maioria de nós encontra uma forma de aproveitar, e até sentir prazer nisso. Não precisa ser um tormento, mas todos nós temos que fazer nossa parte, seja como for. Caso contrário, alguns irão carregar o fardo do coven, enquanto outros não fazem nada.

Soltei um gemido, pensando nas minhas duas opções enquanto lutava tentando respirar.

— Eu não consigo...

— Vou chamar o reitor Thorne — ela falou de repente, suspirando ao olhar para mim. — Talvez ele possa fazer uma acomodação especial se ele vir como você está.

— Não! — gritei, deixando-a paralisada. — O gancho. Prenda logo — decidi, tentando controlar meus dedos trêmulos. Minha mandíbula doía por causa da força com que eu tinha cerrado os dentes, pela maneira como a apertei para tentar controlar o pânico.

A dor ajudava. Ela sempre me trazia de volta ao presente.

Della pegou um controle no armário e pressionou um botão até o gancho abaixar na minha frente. Eu o fitei enquanto ela torcia o tecido vermelho, dobrando e fazendo camadas até eu ter certeza de que não seria capaz de ver através dele. Até eu saber que só o que restaria era a escuridão que parecia nunca terminar.

— Tem certeza? — perguntou ela, alcançando o gancho com uma das mãos.

Eu não tinha percebido que estava chorando até o dedo dela deslizar na umidade da minha bochecha, secando minhas lágrimas com uma delicadeza que eu não merecia. Sufoquei as outras, deixando de lado a vergonha.

Confirmei, deixando meus olhos se fecharem enquanto ela os cobria com o tecido. No momento em que ele tocou na minha pele, abri os olhos. Eles não encontraram nada além de preto total e sem fim. Nada além de vazio de toda luz e vida.

Foi como ser enterrada viva.

Soltei um gemido, fechando os olhos de novo e tentando me convencer de que era apenas o fundo das minhas pálpebras. De que eu não estava lá de novo.

Eu estava na Bosque do Vale. Meu pai não podia me tocar.

Não podia me punir quando eu o desobedecesse nos fins de semana que ele me levava para a sua cabana.

Della ergueu meus pulsos até o gancho, enrolando a corrente nele. Apenas o seu tilintar encheu meus ouvidos mais alto do que o som da minha própria respiração difícil e irregular.

Senti quando ela se afastou. A corrente foi erguida, me levando a ficar na ponta dos pés enquanto meus braços se esticavam acima da minha cabeça.

— Vai terminar logo, Willow — disse ela, seus passos desaparecendo.

Então ela foi embora, e eu fiquei sozinha de novo.

Sozinha no meu próprio Inferno pessoal.

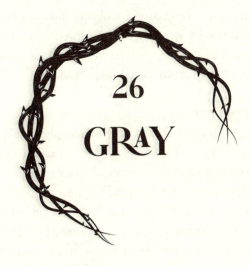

26
GRAY

Ela esperava, suspensa no teto.

Uma única inspiração. Uma única expiração.

Eu só conseguia escutar seu coração disparado ressoando pelo quarto. Entrei, observando quando ela se encolheu com o som dos meus passos. Galhos arranharam a janela do lado de fora, fazendo-a virar a cabeça na outra direção.

Ela se contorceu de onde a outra bruxa a tinha ajudado a se pendurar, e eu só podia imaginar a dor que ela sentia nos ombros. Eu a manteria lá esperando, querendo que seu medo e sua ansiedade fervessem no seu sangue antes de ir até ela.

Isso tornava o sangue mais doce.

Pela primeira vez, a Bruxinha não estava no controle. Não estava usando sua máscara cuidadosamente composta, que mantinha muito bem escondidos os seus receios, mas sim suspensa para o meu prazer, cada movimento denunciando o seu nervosismo. Me agradava vê-la lutando, *finalmente* poder testemunhar sua compostura ruindo. Ela não tinha feito nada além de me levar à beira da loucura e me destituir de toda a serenidade desde que havia chegado.

Parecia justo que eu fizesse o mesmo com ela.

Willow tinha esquecido o que os Hospedeiros eram, quem nós deveríamos ser. Ela precisava de um lembrete do que eu era capaz e do que eu não era. Um Hospedeiro nunca poderia amá-la. Ela nunca seria nada mais do que uma mera conveniência ou um brinquedo.

Ela engoliu em seco ruidosamente, lutando com os dedos dos pés que escapuliam do chão embaixo dela. Ela arfou, sua respiração profunda e trêmula enquanto sua boca se abria de pânico.

Que Diabos?

Dei mais um passo na sua direção, observando seu corpo ficar completamente imóvel. Resisti à vontade de falar, me mantendo em silêncio por saber que ela iria reconhecer a minha voz. Embora quisesse confortá-la, acalmar seu coração disparado, eu sabia que uma vez que eu falasse, o jogo estaria terminado.

E eu queria tanto brincar.

A venda continuava amarrada em volta da sua cabeça apesar dela ter tentado de tudo para tirá-la. Fui me posicionar atrás dela, deixando-a sentir o peso da minha presença. Ela conseguiu ajeitar os pés embaixo de si mais uma vez, se pressionando para cima apenas um pouco e tirando algum peso dos ombros.

Pousei a mão no seu quadril, meus dedos acariciando delicadamente o tecido de seda, e ela ficou estática. Eu estava satisfeito por ela não ter escolhido a camisola de renda, se recusando a permitir que um estranho tomasse o que era meu. Não me importava que seria eu que iria fodê-la, apesar da intenção dela.

Seu plano de dar seu corpo para outro teria sido suficiente para me fazer puni-la.

Queria que ela ficasse tão obcecada comigo quanto eu estava por ela. Seria o carma perfeito por ela ter se infiltrado no âmago do meu ser e se alojado na minha alma.

A respiração dela acelerou, chiando ao sair dos seus pulmões enquanto ela ficava à beira de ter um ataque de pânico.

— Acabe com isso logo — rosnou ela, tentando nesse momento recuperar um tanto do controle que eu havia tomado. Seu coração martelou no mesmo ritmo que suas palavras, batendo tão rápido e forte que senti no quadril dela.

Envolvi a frente do seu corpo com a minha mão, pressionando a palma na pele nua do seu peito e sentindo sua pulsação. As batidas do seu coração.

Seu corpo sacudiu, tremendo de medo do que ela não podia ver.

Desde que eu conheci Willow, eu só a tinha visto com medo nos momentos em que a Aliança ameaçou colocá-la em sono profundo. O que quer que tenha provocado esse medo, eu jurei descobrir sua causa.

Uma mulher como Willow não deveria sentir medo de ninguém além de mim.

Minha outra mão subiu do seu quadril quando me movimentei do lado dela, me inclinando para o seu braço e, com os dedos, subindo delicadamente pela sua espinha. Tracejei a tatuagem viciante de árvore, passando por cima do tronco através da seda até o tecido terminar. Meu toque alcançou a sua pele nua, seu calor se infiltrando para dentro de mim apesar dos seus nítidos calafrios.

Ela suspirou, soltando o ar devagar. Sua inspiração seguinte foi trêmula, seus pulmões enfim se enchendo por completo. Colocando seu cabelo para o lado, revelei um ombro e a nuca quando curvei meu corpo em volta das costas dela e tirei minha mão do seu peito.

Enterrei os dedos no seu cabelo, puxando sua cabeça para trás com firmeza quando ela arfou. Tracejei sua mandíbula com meu nariz por um momento, lhe oferecendo um único momento de afeição e tentando afastar o que restava do seu pânico.

Do medo que eu não entendia.

Ela já tinha servido como alimentação antes. Ela já tinha dado sangue antes.

Nada daquilo fazia sentido, mas eu sabia, sem sombra de dúvida, que faria de tudo para compreender aquilo.

Com a mão no seu cabelo, guiei sua cabeça para o lado, a virando de forma a me dar um ângulo melhor para alcançar seu pescoço. Minha respiração soprou por cima da sua pele, mandando um arrepio pelo seu corpo. Meus caninos fizeram um rastro na sua pele por um instante.

Provocando. Instigando.

Enterrei os caninos nela, o gosto doce de Willow cobrindo minha língua. Bebi enquanto ela amolecia nas minhas mãos, gemendo de prazer.

Prazer que eu não deixaria que ela alcançasse quando ela achava que eu era outra pessoa. Mordi com mais força, incapaz de controlar minha raiva ao vê-la excitada por outra pessoa. Esse era o *lembrete* que eu queria.

Por mais que eu afirmasse que o lembrete era para Willow, no fim das contas era para nós dois. Todos os bruxos são iguais, e só são bons para uma coisa.

Quanto mais o sangue dela me enchia, mais eu me sentia renovado.

Desperto, de alguma forma, e eu não queria que terminasse nunca.

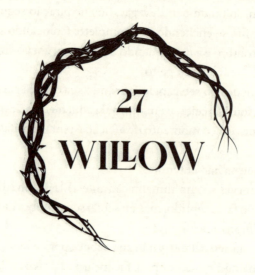

27
WILLOW

Ele soltou meus braços do gancho antes de sair, seus movimentos rápidos demais. Caí de joelhos, me sentando ao ouvir o estalido suave da porta se fechando atrás dele. Afundei sob o meu peso, a perda de sangue me atingindo de uma forma que me pareceu muito mais uma violação do que quando o entreguei voluntariamente à terra ao meu redor.

As plantas cuidaram de mim em retorno. Se importaram até mesmo quando dei tudo de mim. O Hospedeiro que se alimentou de mim não hesitou em me abandonar, se retirando do quarto sem se importar.

Levei minhas mãos trêmulas ao rosto, as algemas tilintando nos meus pulsos enquanto eu tirava a venda dos olhos. Ela deslizou pelo meu nariz, tocando minha boca quando a puxei para baixo até a minha garganta. Abrindo os olhos, pisquei na luz fraca do cômodo. A pele do meu rosto parecia esticada, o traço distinto de lágrimas que haviam secado ali me forçando a me pôr de pé.

A sombra de uma alma passou por mim enquanto eu lutava para me levantar, usando as minhas mãos algemadas como apoio quando as minhas pernas não quiseram cooperar. Elas tremiam sob o meu corpo enquanto eu as forçava a se firmarem, oscilando de um lado para o outro.

A exaustão que embalaria meu sono estava apenas a um sopro de distância, me puxando em direção à barreira entre a vida e a morte. O véu se tornava mais fino quando eu estava neste estado, pairando à beira da morte como eu estava. Mais um minuto de alimentação, e eu poderia mesmo ter atravessado para o outro lado.

Cambaleei até o armário, a reluzente chave de prata que Della tinha colocado na prateleira, fora do meu alcance. Suspirando de alívio quando finalmente a agarrei e a coloquei na posição correta, abri a algema. Eu não tinha certeza se deveria esperar que alguém viesse me libertar, mas nem ferrando eu passaria mais um segundo sequer me sentindo uma prisioneira no meu próprio corpo.

Fui até a minha cômoda enquanto sacudia as algemas, deixando que caíssem no chão. Procurei as lembranças que tinha trazido da casa da minha mãe. Precisava das flores secas que guardava ali para evitar que as feridas no meu pescoço formassem uma cicatriz. Ele tinha sido brutal, mais cruel do que o necessário durante a alimentação.

Parecia haver uma ferida profunda no meu pescoço, a ardência me afligindo através do estranho peso que vinha da pressão dos mortos, que esperavam me alcançar e me levar com eles.

Tropecei no canto da minha cama, batendo na beirada e amaldiçoando o hematoma inevitável que eu sabia que se formaria na parte externa do meu joelho. Um gemido estrangulado escapou quando caí, mal me agarrando ao colchão para conseguir me deitar com suavidade.

Apoiando minha cabeça nas minhas mãos, eu sentia falta de Ash mais do que nunca. Eu quase conseguia imaginá-lo entrando no meu quarto depois de uma sessão brutal do meu treinamento, trazendo as ervas de que eu precisava para me curar de quaisquer danos que meu pai havia causado.

Seus olhos castanhos estariam calorosos e solidários, compreensivos mesmo não fazendo ideia do que acontecia nos meus finais de semana fora de casa. Fechei meus olhos com força, me levantando mais uma vez, ignorando a forma como meu corpo oscilou e a vertigem que ameaçava me consumir. A pressão da escuridão que vinha do banheiro, me levou a buscar, na direção oposta, a luz da qual eu tinha sido privada.

Eu dormiria com a luz acesa esta noite, para que eu soubesse, quando acordasse dos pesadelos inescapáveis, que não estava sepultada na terra outra vez.

— Controle-se — sussurrei para mim mesma, estendendo a mão trêmula para o puxador da gaveta da cômoda. Eu a abri totalmente, tirando dali uma foto minha com Ash que ficava logo na frente.

Ele estava a salvo. Nada mais importava.

Colocando a foto em cima da cômoda, olhei dentro da gaveta, buscando o jarro de flores secas. Tateei lá dentro quando não o encontrei, enfiando minha mão na escuridão só para cortar meu dedo em algo pontiagudo.

Estremeci, agarrando o objeto desconhecido. Puxando-o para fora da gaveta devagar, encarei a parte de trás de um espelho. A moldura de prata era entalhada com trepadeiras intrincadas, um detalhe delicado que envolvia o cabo branco de osso humano. Olhei em torno do quarto de repente, atônita ao perceber que alguém tinha colocado ali um espelho feito de *osso*.

A mensagem não passou despercebida, e minha mão tremia quando o virei. Havia uma figura no topo do vidro do espelho, uma pessoa, obscurecida pelo tempo. Eu não conseguia distinguir as feições, apenas o comprimento do cabelo e o formato do rosto, que me dizia que uma pessoa tinha sido esculpida ali. Ossos de dedos rodeavam a superfície refletora, dispostos de maneira organizada em círculo.

Senti os mortos se agarrando ao espelho, senti seus murmúrios na minha pele. Soltei uma respiração trêmula, erguendo e analisando o espelho mais uma vez. Guardando sua imagem na memória, sabendo que nunca mais iria segurá-lo. Não com a maneira como parecia zumbir ao longo da minha pele, trazendo aquele lado da minha magia à superfície de uma forma que eu não podia negar.

Eu o ergui para olhar meu reflexo, apavorada com o ferimento que veria no meu pescoço, mas ainda não estava pronta para ir até o banheiro também. A escuridão lá era muito densa para eu arriscar me aproximar. A ferida no meu pescoço estava aberta, vermelha e dilacerada, me levando a erguer a mão e tocá-la consternada.

Algo se moveu atrás de mim quando fiz isso, a figura da mulher surgindo enquanto eu assistia horrorizada. Metade do seu rosto e seu corpo havia desaparecido, deixando à vista somente os ossos do crânio e do esqueleto na lateral, mostrando os sinais da sua decomposição. A outra metade estava inteira, como se intocada pelo tempo, exceto pela transparência característica dos fantasmas. Sabia quem ela era por apenas um vislumbre, sabia que os olhos violeta pálidos que me encaravam de volta só poderiam pertencer a uma bruxa da linhagem de Hecate. Todos nós nos parecíamos, mas algo em sua postura firme me disse que ela era a original.

— Você não é real — afirmei, repetindo o mantra que usei por muitos anos de terror, quando meus poderes começaram a se manifestar e os ossos começaram a chamar por mim. O terror que senti naqueles primeiros momentos em que vi os mortos tentarem me tocar foi inconcebível, e tudo o que eu podia fazer era fechar os olhos e fingir que eles não existiam. Ela não poderia me tocar, não até que eu tivesse os ossos.

Fechei meus olhos, me convencendo de que ela já teria ido e teria desistido no momento em que eu os abrisse de novo. Contei o número de respirações trêmulas ao inspirar e exalar bem devagar.

A pressão fria dos ossos arranhou a pele do meu pulso, envolvendo o dorso da minha mão enquanto eu apertava ainda mais meu olhos fechados.

A pele da outra mão dela tocou o meu ombro, o toque gélido se infiltrando pela minha pele, da mesma forma que o da minha mãe havia feito. Pensei que ela pudesse me tocar por ser quem ela era para mim, mas forcei a minha respiração a se acalmar quando Charlotte se apoiou nas minhas costas.

Se ela quisesse me machucar, já teria feito.

— Abra os olhos — murmurou ela, sua voz soando mais baixa ao final, como se estivesse perdida no vento. Forcei meus olhos a se abrirem, absorvendo a visão de seu rosto coberto por carne onde ela se encostava no meu ombro. Sua bochecha tocava a minha, as semelhanças entre nós impressionantes.

Com seus olhos cor de violeta próximos ao meu, seu cabelo do mesmo tom e caimento. Sua boca estava contraída na mesma expressão sombria que a minha, tanto que era como olhar no espelho. Ela virou a cabeça para me fitar, como se fosse falar novamente, apertando minha mão com força, enquanto eu tentava soltar o espelho.

— *Apage!* — comandei, a palavra estalando entre nós. O quarto ficou tenso, um sopro de ar afastou o meu cabelo dos ombros. A sua mão soltou a minha, me permitindo finalmente soltar o espelho, enquanto ela desaparecia de vista.

Ele caiu aos meus pés, se estilhaçando em caquinhos, que cobriram o chão. Arfei profundamente, encarando horrorizada o artefato inestimável que quebrei por medo. Eu me virei para pegar uma camisa suja para recolher o espelho, passei por cima dos cacos com o máximo de cuidado possível.

Meu cesto estava do outro lado do quarto, o que me forçou a dar as costas ao objeto que suspeitava que assombraria mais de um dos meus sonhos naquela noite.

Algo tilintou atrás de mim quando dei um passo, me levando a me virar devagar e olhar para trás. O vidro deslizou pelo chão, se ajustando na superfície do espelho e se restaurando.

A escuridão o envolveu, se agitando à sua volta por um breve momento.

Quando se dissipou, o espelho estava inteiro outra vez.

28
GRAY

A bruxa torcia as mãos ao passar pela porta aberta. Ela estendeu o braço, batendo no batente como se eu já não estivesse olhando para ela.

— Você me chamou, Reitor? — perguntou Della, os nervos à flor da pele.

— Feche a porta e sente-se, Srta. Tethys — solicitei, voltando minha atenção para o papel à minha frente. A conversa a seguir exigiria delicadeza, e eu sabia que precisava agir com cuidado se eu quisesse ter alguma chance de não me revelar para os bruxos.

Apenas Susannah sabia do meu *Dominium* sobre Willow e do fato de que nenhum dos outros se alimentaria dela até que eu renunciasse meu direito sobre ela. Eu esperava assistir a Willow se contorcer, atormentá-la e fazê-la perceber que não estava imune a sentir prazer com as mesmas criaturas que ela odiava.

Eu queria saber se eu era o único a fazê-la reagir tão visceralmente ou se ela tinha apenas uma grande necessidade de sexo e precisava de contato.

— Quero que me conte o que aconteceu na noite passada.

A bruxa se sentou, seu rosto empalidecendo, enquanto ela olhava para o colo e continuava a torcer as mãos.

— Eu... Eu cumpri meu dever na Extração, reitor. Juro, eu fiz o que era esperado de mim.

— Não com você. Com a Srta. Madizza. O Hospedeiro que se alimentou dela informou que ela estava mais nervosa do que ele considerava normal para a primeira Extração — expliquei, largando a caneta e me recostando na cadeira. Della engoliu em seco, e fechou os olhos com força. — Como reitor, é meu dever garantir que ele não tenha feito nada que ultrapasse qualquer limite. Se ele a assustou...

— Não. Não, eu não acho mesmo que foi o Hospedeiro — replicou ela, se sentando mais ereta. Notei a indecisão no seu rosto, observei sua dúvida se devia ou não relatar o que sabia. — Ela me pediu para não falar nada, mas Willow ficou nervosa quando viu as algemas, mais ainda quando percebeu que seria vendada.

— Você explicou o processo para ela? Certamente se ela entendesse... — Parei de falar, deixando minhas palavras subentendidas.

— Expliquei. Ela sabia o que ia acontecer. Acho que não havia nada que ninguém pudesse fazer para acalmá-la, Reitor — disse ela, desviando o olhar. Ela enterrou os dentes no lábio inferior. — Nunca vi ninguém com tanto medo.

Tudo dentro de mim ficou paralisado. Na hora em que cheguei até ela, o quarto estava envolto em seu medo. O cômodo estava mergulhado naquele frio característico, como se Willow tivesse tentado invocar a cova para engoli-la inteira. Tais coisas eram impossíveis, mas aquilo não me impediu de parar antes de eu entrar no quarto.

O claro toque de magia no ar era inequívoco, mas havia muito pouca vida vegetal de onde Willow pudesse invocar ajuda.

— Willow Madizza? — perguntei, fingindo ignorância para fazê-la me contar mais.

— Eu sei. Ela é sempre destemida. Vê-la daquele jeito... — Ela se interrompeu, se voltando para me encarar devagar. — Acho que aconteceu alguma coisa com ela. Alguma coisa horrível.

A caneta se partiu na minha mão, e os olhos de Della se arregalaram quando a tinta espirrou nas páginas em cima da mesa.

— Veja o que você consegue descobrir para mim.

— Eu... O quê? — perguntou ela, a boca abrindo em choque. — O senhor com certeza não pode estar me pedindo para espionar minha amiga e depois te contar? Se alguma coisa realmente aconteceu, é ela que tem que contar o seu trauma.

— Os alunos dessa escola são minha responsabilidade, Srta. Tethys. Se existe alguma coisa que eu precise saber sobre como fazer ajustes especiais para as futuras Extrações com a Srta. Madizza, então eu gostaria de ser informado, e não acho que posso confiar na franqueza dela — argumentei, me levantando da mesa. Caminhei em direção à porta, observando Della pegar sua bolsa de livros e a pendurar no ombro.

— O senhor sabe que ela não gosta de escuro e não gosta de ser contida. Isso não é suficiente? — perguntou ela, estendendo o braço para tocar no meu antebraço. — Por favor. Deixe que ela guarde seus segredos. — O fato de ela ousar me tocar demonstrava seu desespero para ajudar Willow, e percebi que não foi só na minha cabeça que a Bruxinha tinha entrado.

Ela havia encontrado uma amiga em potencial, uma amiga verdadeira ao que tudo indicava, quando eu achava que coisas assim seriam impossíveis na Bosque do Vale.

Eu me desvencilhei do seu toque, me encaminhando de volta para a minha mesa antes de dispensá-la.

— Não podem haver segredos no Vale do Cristal.

29
WILLOW

Dobrei meu dedo duas vezes, chamando Iban para a frente. Ele balançou a cabeça de um lado para o outro, um sorriso juvenil e descrente me lembrando de como ele era jovem.

Como *nós* éramos jovens, e a Escolha que ele tinha sido forçado a fazer antes de ter idade suficiente para entender suas implicações.

— Alguma vez já se arrependeu? — perguntei, me esquivando para trás quando ele se lançou sobre mim. Suas mãos envolveram o ar, encontrando o lugar onde eu estava parada apenas um momento antes completamente vazio. Batendo a lateral do meu braço nas costas dele, usei seu impulso contra ele.

Meu empurrão o fez girar, seus braços balançando um pouco enquanto ele lutava para se equilibrar; e ele virou para me olhar. Por todo o terreno na frente da escola, outros alunos faziam o mesmo. Bruxos emparelhando com bruxos, Hospedeiros observando primeiro, mas interagindo quando achavam que seriam bem recebidos.

— Às vezes — disse ele, encolhendo os ombros como se não importasse.

Acho que de certa maneira não importava mesmo, já que nada que ninguém fizesse jamais podia mudar aquilo. Eu esperava que ele pelo menos encontrasse o que estava procurando algum dia, mas o fato de ele ter escolhido procriar em vez de ter magia quando Susannah pretendia deixar que todos morressem de qualquer forma...

Suspirei, girando e mirando um chute bem no seu rosto quando ele me atacou. Ele parou bem a tempo, minha perna no ar de uma maneira que a sola do meu tênis ficou a apenas alguns centímetros do seu nariz. Ele sorriu, tocando na pele nua do meu tornozelo que aparecia embaixo da calça legging preta que eu vestia.

O tecido era fino, abraçando perfeitamente minhas curvas. Não havia espaço entre minhas pernas, e eu me deliciei com a sensação de vestir calças que tinham me negado desde minha chegada no Vale do Cristal. Eu tinha me acostumado a passar desodorante na parte interna das minhas coxas toda manhã para prevenir a assadura que sempre surgia quando eu tinha que andar de um lado ao outro da escola muitas vezes em um dia.

Puxei meu pé que ele estava segurando, inclinei a cabeça para o lado e lhe dei um olhar que comunicava que ele precisava se concentrar. Ele sorriu sem pedir desculpas quando dei um passo para trás, ajeitando minha postura e me preparando para o próximo ataque simulado.

— Você acha que está fazendo algum favor para ela? — perguntou Gray, parando do lado de Iban.

— Pare — falei rispidamente, olhando com raiva para ele do canto do meu olho.

Ele ergueu uma sobrancelha para mim com uma condescendência zombeteira, e simplesmente esperei que ele pronunciasse as palavras que fizeram seus lábios virarem um sorriso malicioso.

Eu podia ouvi-las como se ele as tivesse falado; senti-las pairando entre nós. *Não era isso que você dizia quando minha boca estava na sua boceta.*

Engoli em seco, desviando o olhar e levantando as mãos fechadas. Esperei Iban se recompor depois da interrupção, levantando suas próprias mãos e vindo na minha direção. Ele se moveu mais devagar do que eu sabia que era capaz, os olhos supervisionando cada movimento que ele fazia me deixando nervosa.

— Tem um assassino nessa universidade — enunciou Gray, a voz passando para um tom baixo de raiva, ao colocar a mão no ombro de Iban e o afastar. A maneira como os outros em volta de nós pararam com a lembrança daquela palavra, com a lembrança de que havia doze de nós que eram muito vulneráveis. — Se você não vai levar a segurança dela a sério, então deixe-a lutar com alguém que vai.

— Você? — perguntou Iban, e o desafio na sua palavra não me passou despercebido. Era uma confirmação de tudo o que Gray devia ter trabalhado com mais afinco para esconder, sabendo que um relacionamento entre nós devia ser mantido em segredo.

Gray ignorou Iban, se virando mais para mim e afastando os pés até eles emparelharem com os ombros. Era a primeira vez que eu o via sem terno à luz do dia. Sua calça de moletom preta insinuava as linhas acentuadas dos músculos nas suas coxas, e sua camiseta preta era tão justa que dava para todos verem como seus ombros e seu peito eram largos.

Ele não apenas levantou a mão como também franziu a testa, esperando o meu golpe.

— Não é provável que seja eu que inicie o ataque — murmurei, assistindo à sua risada que começou no estômago. O peito dele balançou com a força da gargalhada e ele inclinou a cabeça para a frente, fechando os olhos.

— Será que você se conhece mesmo? — perguntou ele, sua respiração um ronco profundo que arrancou uma gargalhada até mesmo de Iban que assistia à nossa interação.

— Grosso — falei, ríspida, cruzando os braços. Eu estava ciente demais do olhar bem curioso do outro homem que queria me comer, sem confiar em absolutamente ninguém nessa faculdade. Iban era doce, e eu achava que ele tinha a melhor das intenções afinal.

Mas isso não significava que Susannah não o tivesse na palma de sua mão ossuda.

Eu não tinha conseguido esquecer suas palavras quando ela estava pronta para me colocar em sono profundo, de que ela poderia convencer Iban a me visitar. Eu não tinha tanta certeza disso, porque, no fim das contas, eu suspeitava que a visão dele de família envolvia uma esposa e não alguém que dormisse eternamente e o deixasse para criar um filho sozinho.

Gray se moveu rápido, se aproximando de mim. Eu mal tive tempo de descruzar os braços antes da palma da mão dele bater no meu peito.

Caí para trás, perdendo o fôlego, e me forcei a me apoiar nas mãos e me impulsionar para cima em um salto rápido.

— De novo, *seu grosso* — disse, virando o pescoço de um lado para o outro e tentando fazer meu corpo se soltar.

Eu não podia me distrair pelo olhar atento de Iban, não se eu quisesse sobreviver a uma luta contra um Hospedeiro quase sem nenhum arranhão.

— Essa é a minha bruxinha preferida — murmurou Gray, e aquela aprovação acendeu um calor em mim.

— Devo me sentir lisonjeada? — Indaguei, olhando para ele com irritação, apesar da maneira com que meu corpo reagiu. Meu estômago se revirou, me fazendo sentir vulnerável e exposta por um momento. Enxotei essa sensação quando Gray deslizou uma perna sob os meus pés, me dando apenas tempo suficiente para pular sobre ela antes de o seu pulso mirar no meu rosto.

Passou rente pela minha face quando virei a cabeça, evitando por pouco o golpe. Olhei com raiva para ele quando me movi, me aproximando dele. Meus braços eram muito mais curtos do que os dele, que pareciam sem fim, me forçando a me aproximar mais dele.

Ele podia e ia me segurar, mas ele não teria a habilidade de dar um golpe ao mesmo tempo. Seus braços balançaram na minha direção, tentando envolver minhas costas, e eu respirei fundo e caí de joelhos.

Eu poderia ter feito algum comentário sarcástico sobre como ele estava certo que eu estaria de joelhos da próxima vez se eu não tivesse precisado me apressar. Levantei os braços para trás, dando um soco certeiro no seu estômago e mirando seu baço. Eu não tinha nem certeza se Hospedeiros tinham órgãos, mas me pareceu que valia a pena arriscar.

Meus joelhos caíram na terra, e juntei as mãos espalmadas. Depois de deslizá-las entre as pernas de Gray, estendi bastante as mãos e enfiei-as atrás dos joelhos dele, depois *puxei*. As pernas de Gray se dobraram para a frente. Eu me apressei para livrar minhas mãos antes de elas ficarem presas, girando para ficar de pé e levantando uma perna.

O chute circular se conectou com a lateral do seu rosto, jogando sua cabeça para o lado. Ele pegou meu tornozelo e o usou para girar meu corpo. Minha outra perna saiu do chão, me fazendo girar no ar enquanto eu caía no chão. No momento em que minhas costas atingiram a terra, sibilei e tentei me levantar mais uma vez.

— Caralho — gemi, pressionando a mão no peito.

Gray se aproximou, engatinhando por cima do meu corpo deitado, montou nos meus quadris e olhou furioso para mim. Jorrava sangue do canto da sua boca, e tive um momento de orgulho por saber que pelo menos eu o tinha machucado antes de ele me derrubar.

— Agora não, Bruxinha. Não precisamos de plateia quando tiver com isso na boca — comentou ele, sua voz baixa o bastante para ser dirigida apenas a mim.

Ele me fitou, parecendo não se preocupar nem um pouco com a maneira como os outros em volta de nós sussurravam quando ele alcançou meus pulsos. Dei um soco no rosto dele, abrindo mais o corte no seu lábio enquanto ele sorria e finalmente me imobilizava, prendendo minhas mãos no chão perto da cabeça.

Quase não resisti à vontade de cuspir no rosto dele.

— Me odeie o quanto quiser, Bruxinha. Estou tentando manter você viva — disse ele, interrompendo minhas palavras ao se inclinar para a frente. — Você não é humana. Então pare de lutar como se fosse.

Engoli em seco, sem ter lançado mão da minha magia nem uma vez durante a luta. Presumi que fosse normal, mas quando olhei em volta, os outros alunos pareciam usar as suas para ajudá-los enquanto se moviam.

Meu pai tinha me ensinado a lutar. Meu pai — que não possuía nem mesmo um indício de magia nas veias.

Engoli em seco, concordando com a cabeça pelo menos dessa vez. Eu não podia argumentar com o que nós dois sabíamos que era verdade. Ele finalmente me soltou, se levantando e me deixando jogada no chão.

— Fique de pé — murmurou ele, se ajeitando mais uma vez.

Eu me levantei muito mais devagar, me concentrando na respiração e caindo no lugar onde minha mãe tinha me ensinado a tocar. Acariciar e nutrir. A magia da terra fluiu nas minhas veias. A sua voz soou no meu ouvido; tudo o que eu tinha que fazer era escutar.

Meus olhos se fecharam lentamente quando toquei no que restava de vida em volta de mim. Gray me fitou quando abri os olhos, me dando o momento que eu precisava para me preparar.

Eu me lancei primeiro dessa vez, indo na direção dele e mirando o seu rosto. Ele se esquivou quando incitei a grama com a minha magia, encorajando-a a crescer e aumentar. Quando ele se moveu, a grama se enrolou nos seus pés, imobilizando-o enquanto ele tentava de novo.

Ele desviou mais uma vez, sua velocidade tão rápida que eu nem tinha como pensar em acompanhar. Era impossível chegar a ele em um contra um, e minha frustração cresceu.

— Você é uma bruxa, Willow. Então haja como uma e trabalhe com sua magia.

Rosnei, alcançando a terra quando ele se libertou das lâminas de grama e me pegou pela cintura. Suas mãos apertaram minha barriga, me levantando do chão ao mesmo tempo em que me atiravam para trás. A terra se levantou para me encontrar dessa vez, me pegando e me aninhando quando eu caí esparramada de costas.

O imbecil sacudiu um pouquinho de terra da camisa, me encarando e fazendo meu sangue ferver.

— *De novo.*

Fui de novo.

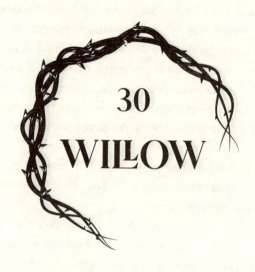

30
WILLOW

Eu ia matar ele. Enquanto estivesse dormindo, de preferência, quando ele não pudesse reagir. Me abaixei na banheira mais tarde naquela noite, estremecendo quando a água escaldante tocou meus músculos doloridos. Tudo doía, numa extensão profunda e latejante que eu não sentia havia anos.

Por mais que meu pai tentasse, seus treinamentos deixaram de ser produtivos quando cheguei à adolescência, rapidamente o derrotando, e ele precisou mudar o foco para me preparar de outras maneiras. Com outros oponentes, presa em um ringue onde ele pudesse apostar se eu ia vencer ou perder, e ganhar dinheiro com as minhas tentativas.

Ele apostava contra mim com mais frequência do que a favor. Algumas das maiores alegrias na minha vida vieram daqueles dias quando rastejei para fora do ringue, meu corpo quebrado e sangrando, a tempo de vê-lo entregar um maço de dinheiro para o homem que organizava aquelas lutas.

Naquela altura, a terra respondia ao meu chamado quando eu precisava me curar. Minha magia não estava totalmente desperta até eu ter dezesseis anos, mas ela já me reconhecia e ao sangue que pingava na terra quando eu cambaleava em direção ao carro do meu pai.

Minhas feridas desapareciam; não sobrava nada para minha mãe ver. As ameaças do meu pai ao meu irmão sempre reverberavam no meu ouvido quando eu não contava a ela exatamente o que tinha acontecido, me mantendo em silêncio. Ela nunca soube até onde ele iria com a sua vingança, nunca soube exatamente o que ele tinha planejado.

Ela previu uma busca quieta pelos ossos. Uma rebelião silenciosa que terminaria tão rápido quanto começara, e então eu poderia ir para casa depois de reivindicar o que era meu.

Ela amara o meu pai, mesmo ele nunca tendo se importado com ela.

Apoiei a cabeça na parte de trás da banheira, minhas mãos brincando suavemente com a superfície da água. Bolhas correram pela minha pele, a sensação de tê-las vibrando e estourando foi quase o suficiente para me distrair da sensação de ter alguém me vigiando quando fechei os olhos.

Abri os olhos de repente, e me sentei ereta na banheira. Não havia nenhum sinal de alguém no banheiro comigo, e engoli em seco ao afundar para dentro da água mais uma vez.

Willlloooowwwwwwww.

Me ergui e sentei de novo, a água espirrando quando segurei na borda da banheira. Galhos bateram na janela pelo lado de fora, me assustando, e me virei para olhar para eles. O silêncio reinava, tomando o banheiro enquanto eu continuava parada ali.

Willlllooowwwwwwww.

Engoli em seco, levantando a mão para segurar o amuleto da minha mãe. A voz continuou, um murmúrio vagaroso e prolongado que mal soava como palavras. Havia alguma coisa ardilosa nesse murmúrio, alguma coisa rastejante que se infiltrava em mim. Começou nos dedos dos meus pés, um arrepio subindo por mim como a carícia de um amante.

Coloquei a mão livre dentro da água, entrando em pânico enquanto tateava minhas pernas e tentava encontrar de onde vinha aquele toque. Mas eu estava sozinha, nada na banheira além do meu corpo e as bolhas na superfície.

Venha para mim, bruxaaaaa.

Fechei e apertei os olhos, me recostando contra a banheira conforme a força daquela voz atingia a minha barriga. Ela rastejou por mim, e eu podia jurar que, se eu permitisse que meus olhos abrissem, ficaria de cara com um monstro.

Minha outra mão cobria meu amuleto, focando minha vontade no cristal que me protegia da coerção. Que me protegia do chamado de qualquer que fosse a criatura que estivesse tentando me invocar do banho.

— Não é real — declarei, tentando me tranquilizar enquanto apertava o amuleto.

A voz parou, me dando o alívio do silêncio. Esperei algum tempo que ela voltasse, que mergulhasse na minha cabeça mais uma vez.

Nada aconteceu.

Abri um dos olhos devagar, espiando com cuidado. O banheiro continuava vazio, e meus pulmões arfaram de alívio quando meu outro olho abriu. Continuei sentada na quietude da banheira, pensando se eu tinha imaginado aquilo tudo. Se aquilo tinha sido causado pela minha exaustão ou se era só a faculdade.

Se os fantasmas da Bosque do Vale tinham vindo me levar para o túmulo.

Engoli em seco, peguei o sabonete e fiz espuma. Sussurrei palavras em latim, aquecendo a lavanda dentro do sabonete para me ajudar a acalmar o medo que havia coberto minha pele com arrepios, apesar da água quente.

A porta do banheiro se escancarou, o rosto desesperado de Gray preencheu minha visão e gritei. Mergulhei para dentro da água, mantendo apenas a cabeça acima da superfície.

— O que deu em você?!

— Está ferida? — perguntou ele, seu suspiro de alívio fazendo meus dedos se contorcerem.

— Só estou dolorida de mais cedo — respondi, franzindo a testa. Eu não queria pensar no que o tinha mandado correndo para dentro do meu quarto a essa hora da noite. — O que houve?

— Saia! — exclamou ele, pegando a toalha na prateleira do lado da banheira. Ele a jogou na bancada da pia, estendendo as mãos para dentro da banheira e me puxando por baixo dos meus braços quando eu não me mexi rápido o suficiente.

— Gray! — protestei, batendo nas mãos dele para afastá-las quando ele me colocou de pé no chão. Ele fez uma pausa, olhando para o meu corpo e absorvendo o que não tinha visto. Ele já tinha visto algumas partes, principalmente a parte principal, mas eu me recusei a me encolher ou me esconder quando seu olhar varreu meu corpo.

— Inferno — resmungou ele, balançando a cabeça e pegando a toalha, me dando outra para o cabelo.

Usei a toalha para secar todo o comprimento do cabelo, balançando-o e estremecendo com a bagunça que ele estaria no dia seguinte com um tratamento tão pouco delicado.

Ele passava a toalha pelos meus ombros com batidas apressadas, arrastando-a pelo resto do meu corpo enquanto eu tentava não focar no fato de que eu estava nua com ele.

Nua, e nós nem estávamos...

Engoli em seco.

— O que houve?

— Aconteceu outro assassinato — respondeu Gray, me encarando e mantendo a toalha parada na minha pele. Meu coração martelava, pulsando no peito enquanto eu pensava na voz que ouvi.

Me chamando.

— Gray — sussurrei, pegando o seu braço quando ele se virou. Abri a boca em silêncio, as palavras presas na garganta. Eu não podia arriscar contar a ele da voz. E se tivesse alguma coisa a ver com a minha linhagem?

Ele se afastou quando não falei mais nada, se encaminhando para a porta do meu quarto. Enrolei a toalha no corpo e o segui, enfiando o short e a camiseta do pijama que ele tinha pego para mim.

— Tem uma coisa que precisa ver— explicou ele, pegando minha mão e me guiando para os corredores do lado de fora do quarto.

Seguindo atrás dele, tentei engolir meu medo crescente. Os alunos perambulavam no corredor, me fitando e desviando rápido o olhar quando Gray lhes lançava um olhar raivoso. Descemos apressados a escada, o mais rápido que eu ousava ir sem arriscar cair de cara no chão.

Meu cabelo molhado estava grudado dos dois lados do meu rosto, me fazendo sentir um frio de doer os ossos, enquanto Gray me guiava até as portas. A multidão que cercava o corpo dele tinha se formado no ponto exato onde Gray e eu tínhamos lutado naquele dia mais cedo, onde tanto meu sangue quanto o dele tinham espirrado no chão no fim da sessão de treinamento.

Não reconheci o bruxo no chão, mas quem quer que o tivesse matado tinha cortado sua garganta. A grama estava coberta de sangue. As plantas o ignoravam, já que o sangue não tinha sido dado espontaneamente. Engoli em seco quando a multidão se abriu, revelando o muro de pedra da escola atrás.

A pedra estava coberta de sangue, incrustado nas fendas e escorrendo para as partes mais lisas da superfície.

Dois.

Fiquei perplexa, fitando aquela palavra enquanto meu pavor se instalava. Gray queria que eu visse; ele tinha me arrastado para lá para eu poder ver a mensagem escrita com sangue.

— Estão contando as vítimas? — perguntei, afastando o pânico e tentando me manter racional.

Qualquer pessoa normal precisaria de respostas. Era uma suposição natural, e ainda podia ter sido exata. Engoli em seco, esperando que fosse o caso. Meu olhar se afastou do corpo, varrendo a multidão de espectadores avaliando não o corpo, mas a mim. Olhando para as minhas mãos como eu fosse a pessoa que tivesse cortado sua garganta.

— Antes de Charlotte Hecate ser esquartejada e seus pedaços espalhados, ela fez uma profecia da filha de dois — disse Susannah, indo para o meu lado. Ela me encarou fixamente, e senti a avaliação arrebatadora daquele olhar.

Eu não conseguia respirar direito, e fiquei lá parada, me obrigando a continuar encarando Susannah. Eu não chegava perto da Aliança desde que ela tentara me forçar a entrar em um sono profundo, e eu esperava que a última interação fosse superar qualquer nervosismo em relação a esta conversa.

Isso parecia familiar demais.

— Que tipo de profecia? — perguntei.

Eu não sabia quase nada daquilo e entendia muito pouco do que eu supostamente estava destinada a fazer. Tudo o que meu pai tinha dito era que eu precisava dos ossos, que eles precisavam ser levados de volta à nossa linhagem.

O que aconteceria depois que eu os encontrasse era um mistério. Um mistério que eu esperava que se revelasse quando eu me conectasse com a outra parte da minha magia.

— Acho que isso não é relevante hoje. A Aliança fez tudo ao seu alcance para impedir que ela se realizasse — interrompeu Gray, com um tom sarcástico enquanto meu sangue gelava.

— Que eu saiba você contribuiu para isso — Susannah falou com rispidez, finalmente desviando a atenção de mim.

Suspirei, sentindo só um pouquinho de alívio, deixando Gray tirar o foco de mim.

— Claro. Cacei cada bruxo que tentou escapar de fazer a Escolha em seu nome, Aliança. — Ele mexia nas unhas como se assassinar bruxos homens não fosse nada para ele.

Engoli em seco.

Nem todos.

Passando as mãos pelo rosto, tentei me afastar dessa conversa. Mas havia uma coisa que eu não podia ignorar.

A oportunidade de descobrir a informação que me negaram a vida toda.

— Que tipo de profecia? — repeti a pergunta.

— Charlotte previu que uma bruxa nascida de duas linhagens restauraria o que havia sido perdido com o passar do tempo — disse Susannah, juntando as mãos na frente do corpo.

— O que isso quer dizer? — perguntei, olhando para Gray.

Ele encolheu os ombros.

— Muita coisa foi perdida com o passar do tempo. Pode ser qualquer coisa. Charlotte estava... confusa no fim da vida. A maneira como as coisas eram com frequência a desestabilizavam profundamente — respondeu ele, pegando meu braço apesar do olhar atento da Aliança. Ela não pareceu surpresa pelo toque de intimidade quando ele me afastou dali, se encaminhando de volta para a universidade.

Passamos por uma das seis portas, meus pés de alguma forma funcionando mesmo eu me sentindo como se o mundo tivesse saído do eixo.

— Willow, espere! — chamou Della, nos seguindo. Ela nos alcançou e caminhou do nosso lado enquanto Gray me levava para o meu quarto. Ela engoliu em seco ao se colocar na nossa frente, olhou para Gray e pareceu ponderar se devia ou não continuar. — Você ouviu?

— Ouvi o quê? — perguntei, fechando as mãos.

Não me passou despercebida a maneira como o olhar de Gray foi para onde meu braço estava enganchado no dele, avaliando a tensão do meu corpo. Ele era observador demais para o meu gosto e, se eu não precisasse dele para encontrar os ossos, eu ficaria bem melhor se ele simplesmente deixasse de existir.

Mesmo que esse pensamento fizesse meu coração se partir de uma maneira que eu me recusava a reconhecer. Ele era meu inimigo e, quando eu encontrasse os ossos, eu mandaria sua alma de volta ao Inferno a que ela pertencia.

Era assim que tinha que ser.

— Escutei alguma coisa chamando o seu nome — disse ela, arquejando ao olhar para Gray. — Acho que ela queria que você fosse a próxima.

Enterrei minhas unhas na pele de Gray, forçando um sorriso.

— Achei que eu estivesse ouvindo coisas — assumi quando não tive outra escolha. Negar seria simplesmente estranho, só aumentaria as suspeitas dele, já que eu não tinha sido a única a ouvir o chamado. — Parecia coerção.

Gray ficou tenso, um rosnado baixo retumbando no seu peito.

Della concordou, segurando seu próprio amuleto ao olhar para Gray.

— Parecia... Segui a voz. Fiquei preocupada... — Ela engoliu em seco, baixando a cabeça. — Eu o encontrei, mas quem quer que tenha matado esse bruxo, já tinha ido embora quando cheguei.

— Quem mais ouviu essa voz? — perguntou Gray, olhando para trás para o pequeno grupo que me fitava com atenção. Engoli em seco, com medo do que estava por vir.

— Não sei — admitiu Della, mas eu não tinha dúvida de que outros haviam escutado a voz chamando o meu nome. A maneira como eles me olhavam... Sabiam que era para ser o meu corpo estirado na terra.

— Pelo menos eles não vão achar que eu sou a assassina agora — falei, tentando ver o lado bom.

— Não conte a ninguém sobre isso, por via das dúvidas, Srta. Tethys — disse Gray, olhando fixamente para ela. — Até sabermos em quem podemos confiar, precisamos manter isso em segredo.

— Você suspeita de alguém? — indagou ela.

— Nenhum dos Hospedeiros faria nada sem o meu conhecimento. Posso confirmar o paradeiro de cada um deles essa noite.

— Então não foi um deles. Mas quem mais poderia usar coerção? — perguntou ela.

— A profecia se referia à filha de dois. Se uma dessas linhagens por acaso for a Hecate... essa bruxa poderia coagir se ela conseguisse o impossível e encontrasse os ossos de Charlotte — explicou ele, mas eu franzi a testa.

Isso não era possível. Porque certamente não fui eu que atraí o bruxo para fora da sua cama.

Não falei uma palavra sequer.

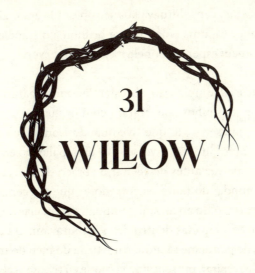

31
WILLOW

Andei pelos corredores, sem conseguir dormir de jeito nenhum apesar de passar da meia-noite. Não tinha a menor dúvida de que era muito provável que não fosse nada seguro eu caminhar por aqueles corredores abandonados, mas enquanto eu passava a mão pelas paredes de pedra da universidade, não conseguia me convencer de que deveria me importar.

Havia algo tão sereno naqueles corredores vazios, algo tranquilizante e calmante sobre pensar na minha tia fazendo aquele mesmo percurso tantos anos atrás.

Será que o meu sonho com ela era real? Será que foi no momento exato da sua morte que eu de alguma forma entrei através do sonho?

A linhagem Hecate era conhecida por profecias e magia metafísica muito mais elusivas do que as magias mais tangíveis dos elementos que as outras linhagens controlavam. Os bruxos cósmicos se concentravam em adivinhação com ainda mais intensidade, mas as maneiras como eles canalizavam as estrelas para lhes contar sobre o futuro eram bem diferentes da maneira Hecate de escutar sussurros dos fantasmas dos nossos ancestrais.

Dos próprios ossos de Charlotte.

Porém, eu ainda não tinha os ossos, não tinha nenhuma conexão com Charlotte a não ser pelo meu sangue distante e afastado, que estava tão longe quanto a Aliança. Mas se, por um lado, a minha conexão com Susannah me enchia de certa vergonha, por outro, a conexão com a corajosa bruxa que havia começado tudo isso era minha fonte de orgulho.

A imagem de Charlotte andando pela floresta à noite me enchia de uma adrenalina repentina, seu cabelo castanho-avermelhado escuro balançando ao vento enquanto sua capa flutuava aos seus pés. Ela era mais jovem do que eu tinha imaginado. Alguma coisa escura brilhou à distância na frente dela. A figura de um homem esperava por ela na beira das árvores, e a magia pulsando dele era sombria.

Sujo de morte e decomposição, ele estendeu a mão para a jovem bruxa.

Ela se virou, e seus olhos conectaram com os meus em um momento de choque. Era a mesma sensação que tive quando Loralei me encarou e falou comigo. Embora Charlotte não tivesse dito uma palavra sequer, ela concordou brevemente uma vez antes de aceitar o abraço da escuridão eterna, que bloqueou a luz, inundando tanto os corredores que me cercavam quanto os que não me cercavam, tudo ao mesmo tempo. As arandelas alinhadas nos corredores piscaram, as lâmpadas dentro delas estouravam. O barulho do vidro atingindo o chão de pedra me sacudiu e me tirou do meu delírio.

Arfei tentando respirar, me sentindo como se eu tivesse acabado de voltar ao meu corpo. Minha pele parecia estranha, como se de repente não fosse minha, em vez de ser a morada que tinha abrigado minha alma por toda a minha existência.

Por um momento, fiquei completamente leve. Flutuante e livre, separada da carne e dos ossos que me prendiam a esse plano.

Algumas figuras, virando no fim do corredor, apareceram, e senti um momento de pânico de que o diabo da minha visão tivesse me encontrado. De que ele tivesse me seguido através da memória de Charlotte e tivesse vindo me pegar, reivindicar o que ele marcou como posse sua. Estendi o braço para trás, tocando com dedos delicados nas marcas do meu ombro por cima da camiseta que eu tinha colocado antes de sair do meu quarto.

Embora eu não confiasse em Gray, eu estava muito melhor com a certeza de que ele era o único que sabia daquilo. Ninguém mais precisava saber que o olho do diabo tinha marcado meu ombro.

— Madizza? — um dos homens disse dando um passo para a frente.

Eu não o reconheci como um dos herdeiros com os quais eu passava a maior parte do tempo durante as aulas, e uma rápida olhadela nas duas garotas e nos dois garotos que o acompanhavam confirmaram que eu não conhecia nenhum deles também. O que falou olhava intensamente para mim, e engoli em seco me preparando para qualquer discussão que viesse.

Um dos outros rapazes sussurrou, sua voz baixa, arrastada e irônica.

— Oláááá, Willowwww.

— Sou eu — falei, forçando um sorriso mesmo com o desconforto crescente. Eles se espalharam pelo corredor, me cercando enquanto se moviam, e um arrepio subiu pela minha espinha.

— Procurando sua próxima vítima? — uma das garotas perguntou.

Eu me virei para encará-la, franzindo a testa e os lábios.

— Ela não é a assassina, Demi. É ela que devia estar morta. Não Shawn — o primeiro bruxo falou.

— Ou talvez ela só esteja tentando nos despistar — objetou Demi, levantando uma sobrancelha e me olhando com desprezo.

— Não sou eu que estou fazendo isso. Só porque eu sou uma Madizza, isso não significa que eu esteja a salvo do que quer que esteja acontecendo. Eu sou uma dos treze, igual a vocês — respondi, pensando nos corpos dos dois alunos que já tinham morrido. Eu desejava mais do que qualquer coisa que houvesse algo que eu pudesse fazer para impedir essas mortes, e talvez a melhor maneira de eu seguir adiante fosse me concentrar novamente em encontrar os ossos.

Parar de adiar o que eu precisava fazer. Parar de antagonizar o reitor e me tornar maleável.

Tornar-me o que quer que ele quisesse que eu fosse.

— Acha mesmo que vamos acreditar que você não tem nada a ver com isso? Seu sangue rejuvenesceu o pátio, e o primeiro corpo foi encontrado lá em dias. Você sangrou no chão do lado de fora hoje e agora Bash também está morto; o corpo dele foi apenas convenientemente deixado lá? Você é o centro de toda essa merda que está acontecendo aqui — proferiu ela, sua voz se elevando, enquanto a palma da sua mão me atingia na bochecha.

Meu rosto se virou com a força do tapa, e ergui a mão para tocar no sangue que jorrou no canto do meu lábio.

— Não vou brigar com você — asseverei, balançando a cabeça quando um dos seus amigos ergueu as mãos, pronto para defendê-la.

— Ah, é? Está com medo? — a outra garota perguntou.

— Estou — confirmei, minha respiração normal. — Mas não de vocês.

O amigo dela deu um passo à frente, enterrando o punho no meu estômago e me deixando sem ar.

— Então lute, sua vaca.

— Acho que o que quis dizer era bruxa — argumentei, forçando minhas mãos a ficarem imóveis do meu lado.

Minha magia tentou crescer dentro de mim, mas virei o pescoço para o lado e inspirei, mantendo-a trancada dentro do peito e me recusando a deixá-la rachar as pedras da universidade com minha raiva.

— Estou com medo do que está nos matando. É por isso que eu não vou brigar com vocês.

Mais um soco no estômago, seguido por outro que atingiu meu nariz. Esmagou meu rosto. O sangue jorrou, e escorreu pelos meus lábios. A dor fez minha cabeça latejar, mas não era nada comparado ao que eu já tinha suportado de mãos muito mais violentas.

— Porque você só vai nos matar em vez de brigar? — zombou ele.

— Porque sei que estão assustados — respondi, minha voz mais anasalada do que o normal. Meu sangue sujou meu dente quando falei, o gosto metálico enchendo minha boca. — E eu entendo o que o medo pode nos levar a fazer.

Alguém me deu um soco na lombar, me deixando esparramada de quatro, uma dor intensa rasgando o meu tórax. Um pé chegou às minhas costelas, entrando em mim tão rápido que engasguei, arfando para respirar enquanto desmoronava no chão.

Pior. Eu já tinha passado por coisa pior, lembrei a mim mesma. Apertando os olhos e me encolhendo de lado, puxei as pernas para o peito para proteger o máximo de órgãos vitais que eu conseguisse.

Um dos homens se abaixou, me pegando pelo cabelo.

— Você devia ir embora antes de ele descobrir o que você fez — aconselhei, engolindo a bile enquanto ele me encarava com raiva.

— Vaca que gosta de Hospedeiro — rosnou ele. — É tão leal a ele e ele te segue igual a um cachorrinho, né? Mas onde é que ele estava na Extração, Willow?

— Já terminou? — perguntei, fingindo desinteresse, embora a lembrança daquilo tenha sido uma facada no meu peito. Doía mais do que qualquer machucado físico que eles conseguiram causar, servindo como a lembrança que eu precisava.

Gray podia e iria ter o meu corpo. Mas ele nunca teria meu coração.

Porque ele não tinha nenhum coração para me dar em troca.

— Sim, terminamos — retrucou ele, puxando minha cabeça do chão pelo meu cabelo. Ele bateu minha cabeça na pedra, fazendo minha visão rodar por um momento.

Então ficou tudo escuro.

*

SUBI A ESCADA RASTEJANDO, subindo um degrau de cada vez enquanto meu corpo lutava para levantar. Eu não conseguia ficar de pé direito, e usei o corrimão ao lado até enfim chegar ao topo. O quarto dele era mais perto do que a terra embaixo, e eu sabia que ia me arrepender da escolha quando ele os caçasse e os matasse no dia seguinte.

Por que ele ia se importar? Aquela porcaria de voz insistente no fundo da minha cabeça precisava se calar, precisava me deixar em paz.

Soltei o corrimão, me jogando no chão na frente da porta dele. Fiquei chocada ao perceber que ele ainda não tinha sentido minha dor, que seu sangue em mim não tinha sido o suficiente para alertá-lo do que havia acontecido. Talvez ele esperasse que eles terminariam o trabalho e ele não teria que lidar com a responsabilidade por causa do nosso pacto. Mesmo com aquele pensamento condenatório dançando na minha cabeça, eu me impulsionei na direção do quarto dele, procurando o único lugar onde eu me sentia pelo menos um pouco segura.

Eu não queria pensar naquilo.

Eu me empurrei para a sua porta, tombando contra a madeira e levantando o braço apenas o suficiente para bater com o máximo de firmeza de que fui capaz. O sono pulsava no canto da minha visão, tentando me puxar enquanto eu esperava.

— Willow — disse ele, mas sua voz não veio de detrás da porta. Veio de trás de mim, seus passos apressados enquanto ele descia a escada que se curvava para os andares superiores. — Estive procurando você por toda parte.

Ele se ajoelhou na minha frente, tocando os dedos no meu nariz e estremecendo. Fechei os olhos, a escuridão tentando me engolir inteira mais uma vez. Seu suspiro profundo foi meio um ronco, um rosnado que pareceu um eco pelas paredes.

— Puta merda — murmurou ele, abaixando os braços e me envolvendo.

— Não tinha outro lugar para ir — murmurei, me inclinando contra o seu peito enquanto ele me puxava para me levantar, tempo suficiente para abrir a porta. Ele me arrastou para dentro, fechando a porta antes de me pegar no colo com delicadeza. — Acho que já estivemos assim antes. — Minha risada não tinha humor quando ele me levou para a sua cama, me deitando em cima dela.

Ele não respondeu, levando o pulso para a boca e dando uma mordida enquanto a sua imagem surgia e sumia em um círculo confuso.

— Beba — ordenou ele, me oferecendo. Hesitei, e pude vê-lo apenas o suficiente para observá-lo revirando os olhos. — Acho que é hora de você reconhecer que é tarde demais para se salvar de mim, amor.

Cedi, a náusea revirando as minhas entranhas, enquanto ele pressionava o pulso com firmeza na minha boca. Ele mudou de posição, levando-o para mim e deixando seu sangue jorrar. Gritei quando meu nariz se movimentou, consertando-se com um estalo.

— Quem? — perguntou ele, me encarando enquanto eu bebia.

A névoa começou a diminuir, me deixando consciente demais da raiva fervilhando por trás daqueles olhos metálicos. Engoli mais do seu sangue, gemendo quando ele se tornou outra coisa. Ele puxou o pulso para trás, me impedindo de tomar mais e mais, até eu não conseguir mais diferenciar o sangue dele do meu.

— Não importa — repliquei, balançando a cabeça enquanto o agarrava pela frente da sua camisa preta. Eu o puxei na minha direção, deixando-o sentir o gosto da mistura do seu sangue com o meu. Ele gemeu e se afastou balançando a cabeça.

— Importa para mim. Quem fez isso? Foi a Susannah? — perguntou ele, me ajudando a me sentar. Ele me guiou para fora da cama, me levando para o banheiro enquanto tirava minha camiseta por cima da cabeça.

Dei uma risadinha, meus membros parecendo bem mais leves em consequência do sangue dele. Levantei o braço para tocar no nariz dele, dando uma cutucada para provocar.

— Você vai me foder, Reitor?

— Puta merda, Willow — grunhiu ele, puxando meu short pelas minhas coxas. Fiquei completamente nua sem ele, e fiquei despida na frente dele pela segunda vez em uma noite. — Alguém acabou de tentar matar você.

— Se fosse isso que eles quisessem, eu estaria morta — constatei, me inclinando para ele. Meus seios nus pressionados contra sua camisa, o tecido macio fazendo meus mamilos endurecerem. Ele grunhiu como se tivesse sentido, um sinal dos caninos aparecendo. — Você me teve nua duas vezes e, de alguma maneira, eu ainda estou intocada.

— Intocada? — perguntou ele, o mais leve vislumbre de um sorriso se espalhando nos seus lábios quando ele alcançou a torneira do chuveiro e ligou a água. Ele me virou de frente para o box, me guiando até eu estar embaixo dos jatos d'água.

A água ficou rosa enquanto eu a deixava lavar meu rosto, correndo pelo ralo com uma cor que eu não queria examinar.

— Humm — murmurei, passando as mãos pelo meu corpo enquanto ele assistia. Sorri quando seus olhos seguiram minhas mãos conforme eu passava o sabonete e fazia espuma esfregando os meus seios.

— Limpe-se — disse ele, a voz ficando mais grave. — Você vai ficar segura aqui até eu voltar.

— Aonde vai? — perguntei, tentando não pensar em como era real minha decepção por ele sair. Eu detestava a ideia de ser ignorada, de não ter a atenção que eu queria quando eu tão raramente queria alguma coisa.

Era mais fácil não querer, mas eu queria *ele*.

— Procurar qualquer um que pareça ter entrado em uma guerra com uma fera — respondeu ele, virando para a porta do banheiro.

— Você não vai encontrar — garanti, às costas dele.

Ele ficou imóvel, então se virou para me olhar fixamente.

— Por que não? Acho que você vai descobrir que eu sou bem astuto e não existe um canto desta universidade que eu não conheça.

Dei uma pausa, passando condicionador no cabelo antes de responder.

— Você não vai encontrar nenhum deles porque eu não lutei.

— Eles? Mais de uma pessoa meteu a porrada em você e você não se defendeu? — perguntou Gray, seu corpo de repente paralisado foi o suficiente para espantar os resquícios de estar embriagada pelo sangue dele.

— Nem toda briga vale a pena — sussurrei, embaixo do chuveiro, passando os dedos pelo cabelo.

— Você podia ter morrido — rebateu ele, seu rosto se contorcendo com alguma coisa que parecia muito com o de alguém que se importa.

Eu me virei de costas, fitando a parede azulejada me preparando para mostrar a parte mais sombria de mim nua e crua. Era uma escolha calculada, uma estratégia. Fechei bem os olhos.

Porém, isso não tornava nem um pouco menos verdadeiro.

— E se eu tivesse morrido? Que diferença teria feito? — O silêncio se alastrou entre nós quando abri os olhos devagar e, com lábios trêmulos, como se estivesse me esforçando para conter as lágrimas, percebi a tempestade se formando nos olhos dele. — A única pessoa que se importaria é...

Gray se aproximou de mim, entrando no chuveiro e me prensando na parede. A água batia na sua cabeça, grudando seu cabelo escuro na pele enquanto seus olhos cintilavam de raiva.

— *Eu. Me. Importaria.*

Meu coração pulou no peito, a convicção naquelas palavras quase suficiente para me fazer acreditar nelas. Se pelo menos fosse possível.

— Gray — murmurei, balançando a cabeça quando ele segurou meu queixo e me fez olhar de volta para ele.

A mão dele deslizou para pegar meu rosto, seus dedos roçando na lateral do meu pescoço.

— Lute. Em todos os momentos de cada dia, lute. Porque é assim que você é — sussurrou ele, encostando a testa na minha.

— O que acontece se eu me cansar de lutar? — perguntei, tentando ignorar a poça de lágrimas ameaçando cair. Esperando que a água do chuveiro as lavasse antes que ele percebesse.

Seu rosto se abrandou, seus lábios tocando nos meus em um beijo que foi muito mais delicado do que qualquer outro.

— Então você deixa que eu lute por você.

32
WILLOW

Gray me deitou na cama, suas roupas pingando por todo o chão, já que ele cuidou de mim primeiro. Me ajudando a entrar embaixo das cobertas, ele não pareceu se importar com o fato de que eu estava nua nos seus lençóis quando se virou e se encaminhou para o banheiro.

Fitei o teto enquanto meus dedos seguravam o cobertor no peito, me sentindo mais exposta do que eu permitia... fazia tanto tempo que eu nem me lembrava. Eu já tinha tido Ash antes, tinha tido o amor inocente do meu irmãozinho para me manter motivada.

Eu ainda tinha, de certa maneira. Ainda tinha o conhecimento de que o que fiz lhe daria uma vida melhor no final para me fazer seguir adiante. Mas eu não conseguia afastar a sensação de aperto no estômago. A que questionava se eu era realmente melhor do que qualquer das pessoas do coven que eu alegava odiar.

Gray era um babaca. Ele era irritante e despertava o absoluto pior de mim.

Porém, ele também era a primeira pessoa para quem eu me voltava quando estava machucada, e nem mesmo eu podia me convencer de que tinha sido por causa do pacto entre nós.

Meu cabelo estava úmido no travesseiro, os lençóis macios na minha pele. Eu estava deitada na cama de um homem que deveria ser meu inimigo; que, de acordo com o plano que meu pai havia traçado para mim antes de eu nascer, eu mandaria de volta para o Inferno e nunca mais veria depois de encontrar os ossos.

Minhas narinas dilataram quando joguei os cobertores para trás, balançando as pernas para fora da cama. Corri até o armário dele, peguei uma das suas camisas e enfiei por cima da minha cabeça com pressa. Ela caiu em volta dos meus quadris, me abraçando de uma maneira que eu não me deixei parar para apreciar.

Agarrei a maçaneta da porta do quarto dele, virando-a e deixando a porta aberta na minha pressa de ir embora. Eu não conseguia respirar, o súbito sufocamento de todos os meus sentimentos conflitantes me atingindo direto no peito.

Minha cabeça girava, minha respiração fraquejava. A porta saiu da minha mão com um puxão, batendo quando virei para encarar o homem que havia acabado de sair do banheiro e me encontrou tentando fugir. Ele tinha tirado a roupa, as linhas dos seus músculos malhados e bem-definidos tensionando e relaxando quando ele deixou cair no chão a toalha que estava usando para secar o cabelo. Outra toalha estava amarrada em volta da cintura dele, e engoli em seco, pressionando as costas na porta atrás de mim.

— Indo a algum lugar, amor? — perguntou ele, dando passos lentos e calculados na minha direção. Apesar da maneira predatória com a qual ele me olhava, mantinha a mão junto ao corpo.

— Como você fez isso? — perguntei, os olhos arregalados com a percepção do que tinha acontecido. Nós ainda estávamos sozinhos no quarto, nenhum sinal de bruxas que eu não tivesse visto antes para fechar a porta.

Ele sorriu devagar, seus caninos brilhando no canto da boca.

— Um dos motivos pelos quais a Aliança decidiu que não podia mais haver pares fixos com bruxos foi por causa do vício que criava e das relações secretas que isso encorajava entre nossas espécies — disse ele, reiterando as palavras que Iban já tinha me dito. — Mas essa não foi a única razão.

— Por que mais eles pararam com os pares fixos? — questionei, nervosa quando ele finalmente me alcançou.

Ele tirou uma mecha molhada de cabelo do lugar onde estava grudada no meu rosto, me encarando fixamente.

— Porque se um Hospedeiro se alimenta do mesmo bruxo várias vezes seguidas, se tiver apenas o sangue daquele bruxo correndo nas suas veias, obtemos magia que vem junto. Não a mesma que o bruxo tem, mas o suficiente para pequenos truques. É por isso que mantiveram essa regra implícita, impondo limitações à alimentação e à Extração, exigidas pelo tribunal, que conhece a verdade. É proibido mencionar isso, já que alguns podem tentar tirar alguma vantagem.

— Mas durante a Extração... — Suspirei, franzindo a testa, confusa. Ele havia se alimentado de outra pessoa, enquanto outro Hospedeiro se alimentou do meu sangue.

— Você acha que eu permitiria que outra pessoa que não fosse eu tocasse em você? — perguntou ele, rindo enquanto deslizava a mão para a minha nuca. Ele correu os dedos por cima da árvore, o toque tão parecido com o do homem que havia se alimentado de mim que a ficha caiu.

— Seu babaca! — gritei com a voz aguda, colocando as mãos no peito dele e o empurrando para trás.

A malícia fria da sua gargalhada se espalhou pelo quarto, arrepiando os pelos dos meus braços enquanto ele se inclinava se afastando de mim e segurava meu queixo com dois dedos.

— Cuidado, amor. Pode acabar prestes a admitir que queria que fosse eu.

— Vá se foder — falei ríspida, me encostando contra a porta. Eu estava entrando em pânico, lutando contra meus sentimentos por ele, e ele estava brincando comigo o tempo todo.

— Você estava tão focada na Extração que nem parou para pensar na preocupação maior, não é? — perguntou ele, se inclinando para baixo para tocar a boca na minha. Ele ficou ali parado, os olhos metálicos me encarando enquanto seu canino tocava no meu lábio, e ele abriu um sorriso malicioso. — Posso sentir sua magia fluindo por mim. Até mesmo o mais leve sussurro daquilo que você não pode tocar.

Congelei, meu corpo ficando imóvel enquanto eu o encarava com pavor. Engoli em seco, e ele colocou a palma da mão em volta da minha garganta — me arrastando para a porta e me prendendo lá. Lutei contra ele, o terror crescendo em mim e me deixando desesperada enquanto eu arranhava seus braços com minhas unhas.

— Gray, por favor...

Ele estendeu o braço para cima, enxugando uma lágrima apavorada do meu rosto e ignorando a maneira como eu lutava contra ele.

— Sei exatamente o que você é há algum tempo já, Bruxinha.

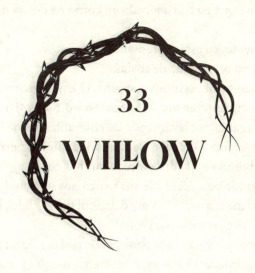

33
WILLOW

Eu não conseguia respirar. Embora ele não estivesse apertando minha garganta com força, não havia ar nos meus pulmões. Em pânico, estiquei os braços com minha magia, buscando as árvores do lado de fora da janela.

— Não — disse Gray, o simples comando vibrando por mim enquanto ele me forçava a manter os olhos fixos nos dele. A coerção deslizava dentro de mim, bloqueando o fluxo de magia onde ele começava.

— Me mate e acabe logo com isso, então — falei ofegante, enterrando as unhas na sua pele. Seu sangue jorrou embaixo delas, sujando a ponta dos meus dedos. Ele inclinou a cabeça para o lado e mostrou os dentes para mim, mas não imprimiu força nenhuma nesse gesto.

Se eu não o conhecesse, eu teria pensado que ele *gostava* quando eu o fazia sangrar.

— Se quisesse você morta, eu já teria feito isso — afirmou ele, se inclinando para a frente para roçar o nariz pelo meu pescoço. A afeição daquele momento enquanto ele me prensava na porta era demais, expulsando aquele torpor horrível que tinha surgido com a percepção de que eu tinha falhado antes até mesmo de começar.

Eu não teria nenhuma chance de encontrar os ossos agora.

Levantei a perna, batendo com o calcanhar no seu pé descalço com raiva.

— Isso doeu — grunhiu ele, olhando sério para mim e ajeitando sua posição. Ao encará-lo, cuspi no rosto dele.

Um esguicho de saliva atingiu a sua bochecha, e ele fechou os olhos, enquanto seu corpo todo ficou paralisado. Ele estendeu a mão livre para cima, agarrando a camisa que eu tinha jogado no corpo na pressa de fugir, e a usou para limpar o rosto.

Em um momento, eu estava prensada na porta.

No outro, eu estava deitada de costas.

Senti o colchão firme na minha espinha. O enjoo revirou meu estômago com a grande velocidade com que Gray nos moveu. Só senti uma névoa — sua mão na minha garganta, me levantando do chão antes de me jogar na cama.

— Isso foi grosseiro — rosnou ele, afastando minhas pernas enquanto eu o chutava. Manobrando o quadril entre as minhas coxas, agradeci a tudo que havia de mais sagrado pelo tecido de sua toalha nos separando.

— Se não vai me matar, então me deixe em paz — falei, ríspida, lutando embaixo dele. — Você mentiu para mim!

— Eu não acho que você tenha nenhuma moral para fazer julgamentos sobre minha desonestidade. O que exatamente você tinha planejado para mim depois de encontrar os ossos, amor? — perguntou ele, os dedos apertando minha garganta como se ele precisasse de ajuda para chamar minha atenção.

Deixei meus olhos fecharem, minha testa franzida de dor por ter que admitir algo sobre o qual jamais quis pensar.

— Eu não queria fazer isso — anunciei, minha voz soando muito mais cínica do que eu queria.

— Fazer o que exatamente, Bruxinha? Qual era o seu plano para mim? — perguntou ele, me sacudindo pela mão agarrada na minha garganta.

Abri os olhos apenas o suficiente para espiar seus olhos ardentes metálicos, a tempestade de raiva dentro deles.

— Eu ia Desfazer você. Todos vocês — admiti, meu lábio inferior tremendo.

Gray soltou minha garganta, se apoiando nos joelhos e montando na minha cintura. Alguma coisa no seu rosto me lembrava desolação e, se ele fosse capaz de sentir uma coisa assim, eu podia ter acreditado.

— Mas você não queria — murmurou ele.

Eu não conseguia decidir se sua raiva ainda existia, logo abaixo da superfície, ou se sua incredulidade era tamanha, que nem mesmo raiva poderia nos atingir.

— Eu não teria hesitado com nenhum dos outros — admiti, encolhendo os ombros. Livrar-me deles era um meio para atingir o fim, uma maneira de libertar o coven do pacto que ele tinha feito e dos Hospedeiros que nos aprisionaram dentro dele. — Mas você...

— Espera que eu acredite nisso? — zombou ele, me encarando como se estivesse me vendo pela primeira vez. — Você está atrás do meu pau desde que chegou aqui. Achou que eu estava escondendo os ossos aqui?

Eu me apoiei nos cotovelos, fitando-o e balançando a cabeça.

— Isso não... Pode ter começado assim, mas não foi. *Merda* — resmunguei, levando as mãos no rosto.

— Você não consegue nem dizer, não é? — perguntou ele, colocando a mão na cama do lado da minha cabeça. Ele se inclinou sobre mim, curvando os dedos dentro da gola da camiseta que eu usava. — Está apaixonada por mim, Willow Hecate. *Diga.*

O nome que eu nunca tive permissão de usar bateu fundo dentro de mim, a sensação de que aquilo era correto fervilhando no meu sangue.

— Seu narcisismo está transparecendo, Gray. Você é mesmo tão arrogante a ponto de pensar que eu poderia sentir qualquer coisa além de *ódio* por você? — rosnei em vez de lhe dar a resposta que ele queria. Seu sangue lhe deixava com mais capacidade de acessar meus sentimentos, mas ele estava errado.

Ele tinha que estar *errado*. A luxúria que corria pelo meu sangue não podia ser equiparada a *amor*. A conexão incontestável que ecoava entre nós era o resultado da luxúria e da partilha de sangue, nada mais.

Seu grunhido reverberou dentro de mim, trazendo meu corpo à vida enquanto sua boca desabava na minha. Foi uma batalha de lábios e língua, de dentes e violência, enquanto ele devorava minha boca como se fosse o sangue de que ele precisava para sobreviver. Os caninos dele cortaram meu lábio, oferecendo a ele exatamente o alimento um instante depois.

— Minta para si mesma o quanto quiser — murmurou ele contra minha boca. — Vou ajudar você a encontrar os ossos, mas eu espero alguma coisa em troca.

Sua outra mão pegou a gola da camisa, e ele a rasgou no meio, e o ar frio soprou pela minha carne. Arfei quando ele pressionou seu corpo nu e toda extensão de sua pele contra a minha, esticando o braço entre nós para desenrolar a toalha em volta da sua cintura e tirá-la do caminho.

Gemi no momento em que o pau dele tocou em mim, deslizando por mim e arrancando um gemido dele também.

— Porra, você já está molhada. Pelo menos sua bocetinha gulosa está pronta para admitir que me quer.

Ele recuou devagar, deslizando pela minha carne e tornando tudo dentro de mim tenso.

— Gray — murmurei. Não consegui encontrar palavras para fazê-lo parar sem me envergonhar.

A cabeça dele entalhou minha abertura, e ele enfiou com um movimento rápido e intenso que me fez sentir como se tivesse sido partida ao meio. Eu me curvei para a frente, encostando a minha testa na dele enquanto meus quadris tentavam recuar. Uma dor quente se espalhou pelo meu corpo, provocando em mim um gemido abafado, e Gray ficou paralisado.

Ele afastou a cabeça da minha, fitando meu rosto contraído pela dor quando a ficha caiu.

— Por que você não me contou? — perguntou ele.

Porque essa teria sido uma conversa divertida. Meu pai achou que eu teria mais chance de seduzir você se eu fosse virgem.

Tudo bem.

— Está tudo certo — eu disse com uma respiração difícil, me abaixando de novo na cama e tentando ignorar a maneira como meu corpo se contorcia em torno dele, tentando expulsá-lo. — Só me dê um minuto para...

Ele deslizou para fora. O súbito vazio no meu corpo veio como um choque. Ele segurou uma coxa em cada mão, os dedos pressionando a carne macia e abrindo bem minhas pernas, olhando com atenção o espaço entre elas. Eu o analisei, a reverência no seu rosto enquanto me examinava.

— Você está sangrando — disse ele, deslizando para baixo na cama até o rosto estar centralizado bem acima da minha boceta. Ele deitou de bruços, seu lindo rosto me encarando enquanto ele tocava com a língua no meu centro e a arrastava pela minha carne.

Ele gemeu dentro de mim, a vibração daquele som fazendo uma onda de calor se espalhar pelo meu corpo.

— Sabe o que acontece a uma bruxa do coven no seu aniversário de dezesseis anos? — perguntou ele, fechando os olhos ao deslizar a língua dentro da minha abertura e me foder com ela.

Encontrando qualquer traço do sangue da perda da minha virgindade.

— Não — respondi, mas algo me dizia que não iria gostar. Algo me dizia que meu pai tinha consciente ou inconscientemente armado alguma coisa para mim que seria mais perigosa do que eu achava.

— Há magia em sangue e sexo, uma das mais potentes que existe. No seu aniversário de dezesseis anos, uma bruxa é forçada a escolher um parceiro para se entregar. Uma bruxa não arriscaria sua primeira vez com um Hospedeiro — contou ele, arrastando a língua em outro movimento lento e torturante em mim.

Congelei quando ele se arrastou subindo pelo meu corpo, pairando por cima de mim. Ele deslizou para dentro de mim em um movimento suave, sem pressa e se movendo devagar enquanto recuperava o espaço que ele tinha tomado como seu. Ele recuou devagar quando encontrou resistência, enfiando seu membro novamente dentro de mim pouco a pouco.

— Por que não? — perguntei, levando minhas mãos até as costas dele.

Estremeci quando ele encontrou o tecido sensível, abrindo caminho por ele enquanto eu arfava.

— Se há magia no sangue, imagine que tipo de magia reside no sangue que só pode ser dado *uma vez*? Ele forma uma ligação, uma obsessão, entre o Hospedeiro e sua bruxa — disse ele, empurrando com força o quadril para a frente e se enterrando até o fim.

Gemi, meu corpo parecendo repleto demais enquanto ele se prolongava lá. Uma das minhas mãos caiu entre nós, empurrando os seus quadris de leve para fazê-lo se afastar apenas um pouco até eu me ajustar ao desconforto.

Ele não se afastou.

— Você cometeu um erro, Willow — declarou ele, finalmente se afastando para me diminuir um pouco o incômodo. Ele penetrou devagar em seguida, acabando com o breve alívio. — Eu *nunca mais* vou querer parar de ficar dentro de você agora.

Gemi, enterrando as unhas na pele nua do seu quadril. Ele estava totalmente firme contra a minha mão, todo músculos esbeltos e sólidos que contraíam e relaxavam a cada movimento que fazia. Seu suspiro ressoou no meu ouvido enquanto ele deixava seu peso cair sobre mim, se apoiando apenas o suficiente para não me esmagar.

Um tipo distante de prazer permaneceu fora do alcance, a sensação desconfortável dentro de mim como uma distração forte demais para eu tomar posse dele.

Os olhos de Gray encontraram os meus enquanto ele continuava deslizando devagar e sem parar para dentro e para fora de mim. Eu sabia que ele estava se prolongando, me tomando com mais tempo do que pretendia quando se enfiou dentro de mim com fúria.

— Relaxe — murmurou ele, a coerção nas suas palavras se infiltrando pela minha pele. Meu corpo reagiu logo em seguida, meus músculos se soltando. Ele parecia ir ainda mais fundo dentro de mim, outra pequena pressão enquanto ele gemia. — Assim. Você vai se acostumar a me sentir dentro de você.

Gemi e ele se inclinou para a frente, arrastando os caninos no meu pescoço. Ele os enterrou em mim, tirando meu sangue em uma alimentação que eu suspeitava que era mais para o meu benefício do que para o dele. A dor da sua mordida passou rápido, permitindo que aquele prazer intenso e pulsante se espalhasse pelo meu pescoço e descesse pelo meu tronco. Chegou até dentro de mim, atingindo aquele lugar distante de prazer aonde eu não conseguia chegar e o trazendo à superfície.

— Gray — murmurei, minha voz diminuindo enquanto o prazer engolia minhas palavras.

Ele mordeu com mais força. Minhas pernas ficaram mais firmes em volta dos seus quadris, abraçando-o mais apertado contra mim conforme meu orgasmo crescia e inflava, me tirando da superfície enquanto ele continuava a me foder. O calor do seu gozo me encheu quando ele gemeu no meu pescoço, libertando os caninos e lambendo o sangue da minha pele.

Caí na escuridão que se seguiu àquela luz ofuscante, o sono me puxando enquanto Gray ainda estava dentro de mim.

34
GRAY

Balancei a cabeça olhando o terreno do lado de fora da janela lá embaixo, mantendo os olhos fixos no sangue que escorria da palma da mão de Willow. Ela segurava uma faca com a outra mão, pressionando os dedos no corte que tinha feito para que o sangue fluísse livre para as plantas moribundas.

Aquilo fora tudo o que consegui fazer para controlar meus instintos e permitir que ela saísse do meu quarto. Eu tinha deixado Willow descansar e depois a tinha acordado com meu pau entre suas pernas. Qualquer dor que ela estivesse sentindo da noite anterior era aplacada facilmente com uma única mordida, até ela estar se contorcendo toda no meu colo quando eu a trouxe para a área do escritório e a guiei para sentar em mim no sofá.

Eu queria que seu cheiro enchesse toda a minha sala. Queria que todos que entrassem aqui sentissem o cheiro dela em mim e ao meu redor.

Queria que todos soubessem que ela era minha agora que a própria Willow sabia que eu havia me alimentado dela na noite da primeira Extração. Ela podia não saber que eu já tinha reivindicado *Dominium* sobre ela, mas isso não importava.

A bruxinha curiosa nem saberia o que era isso, apesar do conhecimento que sua mãe tinha incutido nela.

Kairos entrou no meu espaço.

— Você me chamou? — perguntou ele, me forçando a enfim desviar meu olhar da janela para fitá-lo.

— Preciso ir até a cidade hoje — informei, chamando-o até a janela com um gesto do dedo indicador. — Quero que fique de olho nela. Mas para o seu bem, eu sugiro que você não deixe ela saber que está fazendo isso.

— Ela já está com os ossos? — perguntou ele, sua expressão chocada se virando na minha direção. Nós não falávamos deles com frequência, exceto quando eu informara ao meu povo que uma bruxa Hecate tinha voltado ao Vale do Cristal.

— Ainda não — respondi, soltando o ar e considerando os esforços que ela estaria disposta a fazer para encontrá-los. O que ela ainda estava disposta a fazer. — Isso não significa que ela não vai nos mutilar se achar que eu arrumei uma babá para ela.

Ele deu uma risada abafada, e tive a clara sensação de que ele não estava me levando a sério o suficiente. Ele descobriria logo se não acreditasse em mim.

Willow faria picadinho dele se Kairos a subestimasse, mas eu achava que ele não duvidava das habilidades dela. Não depois do que ele a vira fazer no dia em que fomos buscá-la.

— Quanto tempo você acha que vai ficar fora? — perguntou Kairos enquanto eu observava Willow pela janela de novo.

Eu não devia me enfurecer por ela pressionar a faca na ferida aberta, tirando o sangue seco que tinha diminuído o fluxo. Eu podia tê-la curado do ataque na noite anterior, mas também me alimentei dela.

Mais do que eu devia, para falar a verdade.

— Poucas horas no máximo — respondi.

Willow tropeçou na raiz de uma árvore deixando seu sangue pingar no chão, movendo os lábios recitando um feitiço baixinho enquanto ela seguia. As plantas atrás dela floresciam, folhagens novas germinando e flores desabrochando em uma onda de vida. Ela parou, enfiando a faca na bainha que tinha amarrado na coxa em algum momento depois de me deixar uma hora atrás. Ajoelhando-se ao lado da passagem, esticou a palma da mão e permitiu que uma pequena poça de sangue se formasse.

Assisti quando as plantas balançaram na direção dela, uma única folha tocando na superfície do sangue e bebendo. Willow passou um dedo delicadamente no botão de rosa que florescia enquanto ela observava, e pensei na ironia daquilo.

Willow era a última das bruxas Hecate — a destinada a ser a guardiã dos ossos e uma necromante de grande poder se pudesse encontrá-los. Mas a vida a seguia para onde quer que ela fosse, atraída por ela de uma maneira que eu não conseguia me lembrar de qualquer uma das Madizzas antes dela incitarem.

— É fascinante, de verdade. Observar a maneira como ela interage com as plantas — comentou Kairos, a cabeça pendendo para o lado. Soltei um grunhido, desviando minha atenção da minha bruxinha para dar ao Hospedeiro um aviso que nem ele podia ignorar. Ele revirou os olhos. — Não dessa maneira. Ela é vida, mas ela também é morte. Nunca houve uma bruxa como ela. As coisas das quais ela é capaz...

Ele engoliu em seco, e percebi que esse homem não subestimaria Willow. O medo que ele tinha dela faria bem a ele, e seus olhos se arregalaram quando Willow levantou a mão e a roseira cresceu. As trepadeiras se estenderam, crescendo enquanto a planta disparava em direção ao prédio e subia pelas treliças abandonadas. Willow se levantou, levando o olhar à janela de onde nós a observávamos, e as rosas chegaram logo abaixo do peitoril da janela e pararam.

Entendi.

Virei de costas para a janela, guiando Kairos para dar a ela a distância de que precisava. Ela podia ter a privacidade que queria agora.

Levaria tempo para Willow chegar a um acordo sobre o que éramos um para o outro, para perceber a profundidade da obsessão que ela só intensificara ao me dar sua virgindade. Quando ela compreendesse, seria tarde demais para ela.

— Alguém machucou a Willow na noite passada. Espero que Juliet tenha alguma resposta para mim quando eu voltar — requisitei, aceitando seu movimento de cabeça como confirmação. Willow pode não querer condenar os que fizeram isso.

Mas eu sem sombra de dúvida condenaria.

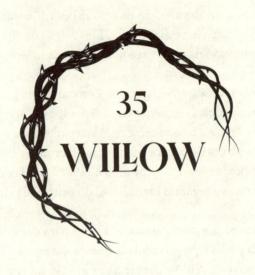

35
WILLOW

Gray finalmente se afastou da janela, me dando um alívio da sensação de ter seus olhos grudados em mim. Saí para o jardim para ficar sozinha por alguns momentos, para mergulhar na única coisa que fazia sentido para mim.

A natureza era constante. Ela tinha altos e baixos, mas a sua força permanecia sempre na terra, esperando alguma coisa para levá-la à superfície.

Esperando por alguém para amá-la de forma que ela chegasse ao seu potencial total.

A roseira enterrou um caule na terra, uma única folha formando um copo enquanto ela pegava um pouco de terra. Levando-a até minha mão, ela deixou cair um pouco na minha palma aberta e deixou que ela curasse a ferida que eu tinha criado para lhe dar nova vida.

— *Bene facis* — murmurei, passando a ponta do meu dedo indicador pela extremidade afiada do folíolo.

Fiquei de pé, sorrindo ao me afastar da parte do jardim que eu já tinha trazido de volta. Eu não permitiria que as maquinações de Susannah para poluir a terra continuassem. Eu faria qualquer coisa que pudesse para preservar o que era realmente inocente dos seus crimes. Caminhei pelo jardim, perdendo a noção do tempo e permitindo que meus pensamentos vagassem. Eu não sabia o que a noite passada significava para o futuro da minha missão, se eu seria capaz de encontrar os ossos com a ajuda de Gray como ele disse que faria.

E se ele fizesse? Eu daria as costas para ele e depois iria Desfazê-lo?

Olhei para a universidade, cambaleando na direção das pedras do edifício e passando os dedos pela superfície abrasiva. Havia maldade e podridão dentro daquelas paredes. Isso não se podia negar.

Porém, também havia Della, com a gentileza e a compaixão que ela havia me demonstrado quando eu fiquei apavorada na noite da Extração. Ela havia sido muito mais paciente do que precisava, sem me pressionar para saber mais informações para satisfazer sua curiosidade.

Ela foi uma amiga na hora em que eu mais precisei de uma.

Havia Iban, seus flertes e sua estabilidade tranquila. Iban, que estava tão determinado a encontrar o amor da sua vida que havia aberto mão de uma parte imensa de quem ele era.

Margot, que havia sofrido e não gostava de ser tocada, mas ninguém nunca lhe ensinara que só porque sua magia era enraizada no desejo, não significava que ela tinha que participar disso.

Havia corrupção, mas também havia pessoas decentes que não sabiam direito nem entendiam as consequências do que o coven causaria.

Meu pescoço se arrepiou, me forçando a me virar para encarar o caminho. Os pelos dos meus braços se eriçaram, me alertando para alguma coisa se aproximando que eu não compreendia. Eu nunca tinha tido aquelas sensações antes de vir ao Vale do Cristal.

Nunca tinha sentido coisas que estavam por acontecer ou visto o passado nos meus sonhos. Imaginei se era a proximidade dos ossos, se até mesmo eles estando em algum lugar mais perto era o suficiente para trazer minhas habilidades à tona de certo modo.

Não a física, mas a magia interna.

Os ossos de metade da Aliança se aproximaram como se eu a tivesse invocado pelos meus pensamentos. Havia algo tão tenso na sua mandíbula que minha pele formigou.

— Susannah — falei com cautela. Eu não tinha esquecido do que ela tinha feito na última vez em que estivemos juntas só nós duas.

Do que ela havia ameaçado fazer.

Contudo, esses jardins eram o meu território, e as rosas balançaram em direção ao caminho e a impediram de me alcançar.

— Não tenho nenhuma intenção de machucar você hoje, Willow — garantiu Susannah, como se eu fosse um problema insuportável do qual ela quisesse se livrar.

— Então o que você quer? — perguntei, fazendo um gesto com a mão.

As rosas recuaram de volta aos seus canteiros no jardim, prontas para agir se Susannah resolvesse mudar de ideia. Meu sangue aqui estava tão fresco que elas me defenderiam mesmo sem eu pedir.

— Eu sabia que havia alguma coisa errada com você desde a primeira vez que te vi — censurou ela, o olhar descendo para os machucados de furos frescos no meu pescoço. Havia um par de cada lado, um da noite passada e um dessa manhã, e ela enfiou as mãos no bolso dando um suspiro de repugnância.

— Idem — rebati, dando um sorriso doce. — Embora eu ache que o seu é provavelmente um pouco mais óbvio. Um saco de ossos e tal.

— Levei tempo demais para descobrir por que você me parecia tão familiar, embora você não se pareça nada com a Flora — afirmou ela, tirando a mão do bolso devagar.

Engoli em seco, desviando o olhar para a foto que ela tinha nas mãos. Era em preto e branco, mas o rosto de uma mulher me fitava de volta, e ela esticou o braço para me entregar. Era um rosto que eu tinha visto muitas vezes na cabana do meu pai.

Um rosto que eu tinha visto no meu sonho.

Um rosto que meu pai detestava ver encarando-o de volta quando ele olhava para mim.

— Você é a cara da Loralei, garota — lançou ela, abaixando a voz ao pronunciar essas palavras. — Sua tia, se inferi certo?

— Não sei do que você está falando — eu disse, balançando a cabeça para negar. — Nunca conheci essa mulher.

— Claro que não — zombou Susannah. — Ela foi morta dentro desses muros muito antes de você nascer. Isso não significa que você não saiba exatamente o que ela é.

Abaixei a mão, deixando a foto cair do meu lado enquanto considerava minhas opções. Não seria difícil encontrar meu pai agora que ela sabia o que estava procurando. Certamente havia registros do nascimento dele em algum lugar, e todas as coisas escondidas podiam ser encontradas uma vez que alguém soubesse o que procurar.

— E o que você pretende fazer agora que sabe disso? Me matar? — perguntei, encarando a minha possível morte nos olhos. Desenhei um círculo com o dedo, levantando as plantas do meu lado. Elas recuaram, se preparando para dar um golpe se precisassem me defender.

— Você é a última da minha linhagem. Claro que você sabe que eu faria qualquer coisa para preservar isso — declarou Susannah, pendendo a cabeça para a frente e pinçando a testa com dois ossos dos dedos. — Vá embora. Vá embora desse lugar e não volte nunca mais. Se proteja de uma maneira que nem a Aliança nem Alaric possam encontrar você. Vou permitir que você viva por causa da lealdade ao sangue que compartilhamos, mas você não pode ficar aqui.

Algumas semanas antes, a oferta teria sido tudo o que eu queria. Eu tinha tentado cumprir minha missão e tinha falhado, mas eu tinha feito o que eu podia. Ela tinha me dado permissão para ir embora, para ir até Ash e viver nossa vida livre do coven.

E ainda assim...

— Onde estão os ossos, Susannah? — perguntei, encarando-a. Era o mais perto de uma confissão minha que ela teria, a confirmação de que eu estava procurando por uma coisa com a qual só um Hecate se importaria.

Susannah riu, o som vibrando contra os ossos das suas costelas de uma forma esquisita. Um arrepio percorreu minha espinha. Não queria nem pensar no que ela tinha achado divertido naquilo tudo. Olhei para a roseira do meu lado, engolindo em seco enquanto ela se aproximava de mim.

— Garota boba, o seu amante estava com eles esse tempo todo. Claro que sabe disso e é por isso que permitiu que ele tocasse em você. Por isso você deixou ele tomar essas liberdades.

Meu coração deu um salto pela certeza na voz dela. Pela maneira como não havia nenhuma dúvida na sua afirmação. Eu não tinha como garantir se ela estava mentindo para me enganar, mas parecia que eu não conseguia respirar com a súbita pressão no meu peito.

— Você está errada — retruquei, me forçando a rir para afastar a dor. — Gray sabe o que eu sou. Ele disse que me ajudaria a encontrar os ossos. Ele teria me dado se estivessem com ele.

Susannah ficou imóvel, seu crânio ficando frouxo quando seus ossos não mostravam mais nenhum sinal de que estavam achando graça.

— Ele sabe? — O mais próximo possível de medo que eu já tinha presenciado nela provocou um tremor na sua voz enquanto ela se aproximava de mim, pegando minhas mãos. — Pelos sete Infernos, Willow. Me escute. Se você alguma vez ouvir pelo menos uma coisa que eu falo, que seja essa. Fuja. Fuja e não volte nunca mais — ordenou ela, estremecendo quando as trepadeiras espinhentas das rosas se enrolaram nos seus ossos e puxaram seu braço para longe de mim.

— Por que eu fugiria? Os Hospedeiros amavam a Charlotte pelo que ela era para eles — falei, rindo em face do pavor dela. Não conseguia me livrar daquela sensação de aperto no peito, não importava o quanto eu tentasse, nem mesmo quando as rosas se enrolaram em volta da cintura de Susannah e ela não lutou contra elas.

— Tudo o que eu fiz, a escolha que os bruxos homens são forçados a fazer, tem sido para impedir que ele ponha as mãos em *você* — bradou ela enquanto a roseira a arrastava para o chão.

Eu não ordenei que parassem; não podia. Não quando eu achava que ela não ia me permitir viver.

Não quando ela sabia quem eu era.

— O que você está falando não faz nenhum sentido — repliquei, balançando a cabeça em negação.

— Aqueles ossos não valem o que você vai desencadear se ficar aqui. Você não conhece o Gray, Willow. O pacto obrigou aqueles que o firmaram a se comprometerem a um voto de silêncio — explicou ela, emitindo um som que lembrava um soluço abafado enquanto a roseira a arrastava para a terra fresca no canteiro do jardim. A planta arrastou para a superfície, estalando os ossos dela, e eu estremeci. Ela jazia, uma pilha de ossos, e as flores e os espinhos se enrolaram em volta dela, puxando-a para dentro da terra.

Susannah desapareceu pouco a pouco, as plantas levando-a para baixo.

— Eu não vou desencadear nada. Eu só quero fazer o que é certo.

— Seu destino não é fazer o que é certo. Seu destino é destruir a todos nós. — Susannah me deu uma última olhadela apavorada antes do seu crânio começar a desaparecer na terra.

O arbusto de rosas se movimentou para cobrir a cova onde ele tinha enterrado viva a Aliança, me deixando em estado de choque. Meu lábio inferior tremeu e fiquei lá estática, olhando de novo na direção das portas da escola.

Dei um passo, determinada a perguntar a Gray o que ela quis dizer.

Parei.

Ela não tinha lutado. Ela era a *Aliança* e, plantas ou não, ela podia ter facilmente escapado. Ela não quis, não se...

Fuja.

Desviei o olhar da escola, voltando meu corpo na direção da floresta que cercava a Bosque do Vale.

Lançando uma última olhada para trás e respirando fundo para acalmar meu pânico, corri.

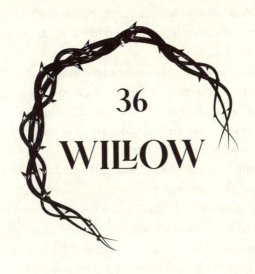

36
WILLOW

Merda.

Eu detestava correr.

Estava ofegante quando me inclinei para a frente, colocando as mãos nos joelhos e tentando inspirar profundamente. Eu não conseguia funcionar com tão pouco oxigênio.

Não conseguia *pensar*.

O que Gray esperava conseguir mentindo para mim sobre os ossos? Escondendo-os de mim? Se Susannah estava me dizendo para fugir, tinha que ter mais coisa envolvida do que apenas o simples fato de ele querer me impedir de encontrá-los. Aquele medo na voz dela tinha se enterrado na minha pele, rastejando por baixo da superfície como uma ameaça insidiosa.

Porém, em vez de duvidar do que ela tinha dito, eu fui deixada com a percepção que surgiu e ia aumentando de que alguma coisa estava errada. De que eu havia deixado passar alguma coisa que estava bem na minha cara.

Um uivo cortou a floresta, arrepiando os pelos dos meus braços. Susannah estava querendo me deixar fugir, me deixar tentar escapar do destino que me aguardava no Vale do Cristal.

Porque ela sabia que as chances de eu sobreviver eram mínimas. *Criaturas muito piores do que bruxos rondam esta floresta.*

Engoli em seco, soltando o ar e afastando os pés em paralelo aos ombros. Deixar minha magia livre era sempre como soltar uma expiração, como soltar um mínimo suspiro daquele poder para o mundo e moldá-lo à minha vontade.

Peguei minha faca na bainha, retalhando a palma de cada mão rapidamente e devolvi a lâmina devagar. Meu sangue pingou no chão da floresta, o som dele ecoando no silêncio ao meu redor. Não havia barulho, já que as feras escondidas aqui me caçavam, se mantendo em silêncio enquanto eu ficava atenta a qualquer ruído.

Inspirei, enchendo os pulmões com ar e com a sensação da floresta em volta de mim. Exalei, expirando de forma longa e relaxante para as árvores. Elas responderam, a floresta em si parecendo se mexer enquanto as árvores balançaram para o lado, me mostrando uma passagem até o limite onde a mata encontrava os arredores de Salem.

As feras estavam à minha direita, seus passos batendo no chão e vibrando contra minha alma onde eu estava conectada às arvores. Corri mesmo com minhas panturrilhas queimando, pegando o caminho que a floresta havia revelado e me recusando a olhar para trás para ver se elas me pegariam.

O chão ajudou, subindo e descendo para me dar impulso sob os pés enquanto eu continuava respirando. Cada suspiro soltava um pouco mais daquele poder que eu mantinha preso dentro da pele, até o ar em volta de mim parecer carregado com ele.

Eu nunca tinha me cercado de uma forma tão completa, nunca tinha soltado tanto na terra e no ar. Um riacho apareceu diante de mim, e não havia tempo suficiente para parar ou para diminuir minha velocidade antes de eu cair dentro dele. Uma árvore na minha frente se movimentou, balançando um galho na minha direção bem a tempo de eu agarrá-lo.

A casca se enterrou na minha pele, tirando sangue para eu pagar a dívida entre nós enquanto o galho balançava para a frente, me fazendo flutuar por cima do riacho.

Fui chicoteada no ar, minhas pernas ainda correndo embora não houvesse chão embaixo dos meus pés, suspensos no ar por alguns momentos. Arfei quando atingi o solo, rolando para a frente e já me erguendo sobre as pernas doloridas. Os uivos das feras me caçando se aproximaram ainda mais, e percebi que não seria suficiente.

Mesmo com a floresta me ajudando, eu nunca conseguiria correr mais do que elas. Não com a maneira como elas estavam me alcançando, e me esconder não era uma opção, quando elas podiam seguir rastro do cheiro de sangue que eu deixara para trás. Quando podiam sentir a magia no ar e saber que alguma coisa que não fazia parte da floresta estava lá.

Continuei correndo, tentando chegar na fronteira. Minha única esperança era alcançar o final da floresta por algum milagre.

A criatura que apareceu na minha frente parecia ter saído direto dos meus piores pesadelos. Membros compridos e desengonçados cobertos com uma pele cinza e manchada. Ela andava de quatro, a cabeça de um lobo em cima dos ombros embora seus membros posteriores fossem mais parecidos com pernas humanas do que de animais.

Deslizei até parar na terra, olhando para trás enquanto o resto do grupo emergia das árvores atrás de mim. Tinham o peito musculoso e coberto de pelos, o pelo das suas costas tão comprido que disfarçava a curvatura da sua coluna. Os dedos da criatura eram compridos, as unhas pretas na ponta ainda mais compridas do que os dentes que brilhavam na luz fraca da floresta quando o que estava logo à minha frente abriu sua mandíbula e rosnou ao se levantar totalmente.

Em pé apenas nas pernas traseiras, ele tinha pelo menos trinta centímetros a mais do que eu. Engoli em seco, tirando a faca da bainha e mantendo-a do meu lado.

Esperei, afundando no lugar onde eu sentia a terra se comunicar comigo. Onde eu sentia cada movimento dos pés das criaturas na terra e nas folhas mortas.

O que estava na minha frente deu um salto adiante, pousando nas pernas dianteiras enquanto corria na minha direção. Girei, jogando a faca nele. Não parei para escutar seu gemido de dor antes de me abaixar e me enfiar sob o seu corpo, fazendo um arco e me pondo de pé do outro lado enquanto ele colidia contra os outros.

Juntando minhas mãos ensanguentadas na frente do corpo, observei e esperei que os três que ainda estavam parados se movessem. O que estava com a minha faca cravada no peito jazia no chão. Um dos seus companheiros cheirou o ferimento, depois escancarou os dentes para mim.

O seguinte deu um salto adiante, e empurrei os meus braços na frente do corpo. Entrelaçando-os, murmurei baixo e as árvores me seguiram. Um galho grosso e robusto de cada lado da clareira nos cercando fez o mesmo, cruzando para se enrolar em volta de uma das pernas dianteiras da fera no lado oposto.

Juntei as mãos com força, quando a criatura tropeçou. Os galhos aumentavam a pressão à medida que se enrolavam cada vez mais ao redor dos membros da criatura. Fechei os olhos com força, de pena, no momento em que a fera se aproximou ainda mais, parando exatamente na minha frente, presa com firmeza pelos galhos da árvore.

— *Lacrima* — sussurrei, abrindo os braços.

Os galhos puxaram rápido, descruzando e arrancando as pernas do animal do seu corpo. Seu uivo de dor encheu a floresta.

Meu lábio inferior tremeu, detestando a morte e a violência enquanto o chão ficava ensopado com o sangue do monstro. Tomando o sacrifício que ofereci, mesmo que não fosse meu sangue o alimentando. A fera seguinte atacou em um momento de distração meu, e voei de costas o mais rápido que consegui para evitar que suas garras me acertassem.

Uma dor lancinante cortou meu rosto, passando de raspão pelo meu olho quando três garras rasgaram minha carne. Meus dedos trabalharam na minha frente, dando nós nos galhos como uma teia. Minhas costas finalmente atingiram a terra, a queixada da criatura a apenas alguns centímetros do meu rosto quando os galhos deslizaram entre nós e se conectaram, formando uma barreira e empurrando-a para trás.

Ele saltou rápido, se lançando para os galhos e os rasgando com os dentes e as garras. Eu me virei e disparei para a floresta.

Meu rosto latejava, e minhas mãos começaram a coagular. Eu tinha dado demais, e meu corpo se movia mais devagar do que deveria. A respiração que tinha parecido tão fácil de exalar antes era impossível agora de botar para dentro de novo, a magia querendo a liberdade que lhe havia sido negada por tantos anos.

Arfei tentando puxá-la de volta enquanto corria, precisando da reserva de energia que restava dentro de mim para fazer minhas pernas se mexerem. A magia pinicava na minha pele, um tormento e uma provocação enquanto eu estremecia por causa daquela sensação.

Alguma coisa atingiu minhas costas, me derrubando de cara no chão. Rolei rápido, fitando a fera enquanto ela me circundava e movia seu corpo sobre o meu.

Suas pernas eram tão altas que até mesmo de pé por cima de mim nas quatro patas, não havia contato entre nós. Seus olhos escuros e profundos me olhavam intensamente, seus dentes expostos e pingando saliva no meu rosto enquanto ele aproximava a boca da minha cara. Sua respiração tinha cheiro de carne podre. O fedor piorava quando ele abria sua mandíbula.

Ele jogou a cabeça um pouco para trás, escancarando a boca. Apertei os olhos e esperei pelo fim. Enterrei os dedos na terra embaixo de mim, buscando tranquilidade nos meus últimos momentos e esperei pela dor dos dentes se enterrando no meu rosto.

Uma dor que nunca veio.

A fera ganiu. Abri os olhos de repente. Mãos agarravam a criatura pela boca, uma segurando sua mandíbula superior e a outra segurando a de baixo. Olhei dentro da sua garganta. Ele tinha chegado tão perto de me morder.

As mãos segurando a criatura a puxaram, e um rugido encheu o ar enquanto a mandíbula da fera se separava, estalando ao quebrar. As mãos arrancaram e rasgaram até o sangue romper da criatura como uma explosão. O sangue me cobriu feito chuva. Pisquei no meio do líquido e estremeci no chão.

Apoiei-me nos cotovelos, fitando o que ainda existia da criatura enquanto o homem que a segurava a rasgou bem no meio, cortando seu corpo da cabeça à virilha em duas metades.

Ele descartou as metades no chão em uma pilha de carne mutilada, aqueles olhos azuis metálicos se erguendo para encontrar meu olhar perplexo.

Merda.

37
GRAY

Me virei para longe de Willow na hora em que o último lobo saltou atrás de mim. Arremessando o braço para a frente, atingi o peito da criatura e a contive com minha outra mão na sua boca. Agarrando o seu focinho, eu o prendi com firmeza, eu próprio rugindo enquanto me curvava para mostrar meus dentes.

— Minha — rosnei.

Continuei encarando-o, ao puxar a mão do seu peito, trazendo seu coração comigo e jogando tanto o corpo morto quanto a carne ainda pulsante no chão da floresta. Willow se mexeu atrás de mim e ficou de pé.

Virei bem a tempo de vê-la olhando horrorizada a pilha dos restos do animal no chão. Ela passou por cima do sangue do que eu tinha rasgado ao meio, e não consegui entender se ela estava se aproximando ou se afastando de mim — aumentando a distância entre nós.

O último lobisomem tinha uma faca no peito, mas, assim mesmo, se forçou a se levantar e foi atrás de Willow. Eu o alcancei rapidamente, agarrei-o pela garganta em pleno ar e a rasguei. Os braços de Willow estavam mais cobertos ainda de sangue no momento em que joguei a fera no chão. Levantei a mão para limpar o sangue da criatura do meu rosto.

— Gray — ela murmurou, e eu estreitei os olhos cheios de raiva em sua direção. Ajeitei meu terno, dando mais um passo até ela, enquanto ela recuava devagar.

— O. Que. Você. Estava. Pensando? — perguntei, enunciando as palavras devagar. Estendi a mão, tocando nas feridas na sua bochecha.

— Eu... — Sua voz falhou e, para variar, ela parecia não saber o que dizer.

Willow se desvencilhou de mim devagar, caindo de joelhos e juntando um punhado de terra. Ela a pressionou nos arranhões, deixando sua magia curá-la. Observei enquanto a pele se recompunha.

Algo nessa escolha em usar terra em vez do meu sangue me deixou apreensivo.

— Você podia ter morrido — rosnei, esticando o braço para pegar sua mão. Guiando-a de volta para a escola, observei pelo canto do olho quando Willow deu uma espiada para trás e para a fronteira com Salem.

— Quantas dessas coisas existem? — perguntou ela, olhando para trás. Procurando por mais criaturas, percebi. Um pouco da tensão que consumia o meu peito se aliviou.

— Não é como se tivesse feito um censo — respondi, puxando-a para o meu lado. Seus passos eram lentos e comedidos, como se caminhar tirasse toda a sua energia.

— O que são? — indagou.

Suspirei e a aninhei no meu colo. Ela enroscou os braços em volta do meu pescoço, mas o movimento e o contato eram muito mais hesitantes. Como se ela não tivesse certeza de como me tocar, apesar de ela nunca ter hesitado em colocar as mãos em mim antes.

E me atormentar e provocar.

Salvei a porcaria da vida dela e ela agia como se eu é que fosse o monstro.

— Os Amaldiçoados — repliquei, voltando o meu olhar para os seus olhos estranhos e descombinados. Ela era um enigma e tanto, minha bruxa com duas linhagens.

Alguém por quem eu tenho esperado durante muito, muito tempo.

— Quem os amaldiçoou? — Willow perguntou, arfando e mantendo o olhar fixo no meu. Inclinei-me para a frente, rocei meu nariz pela lateral do nariz dela em um esforço para acalmá-la. Ela estava à flor da pele e deu um tranco para trás com esse contato, em vez de permitir que eu a tranquilizasse.

— Charlotte Hecate — respondi, olhando de cara feia para o que restava dos monstros que ela havia criado nos seus primeiros momentos de poder. — Quando ela fez seu acordo com Ele pela primeira vez, ela não tinha capacidade de controlar a magia que ganhou de repente. Alguns homens da aldeia de Salem perseguiram Charlotte na floresta, tentando caçá-la para prendê-la e depois enforcá-la. Os primeiros Amaldiçoados foram esses homens, e imagino que eles possam sentir o sangue dela em você.

— Nunca entendi como os julgamentos dos bruxos começaram antes do acordo de Charlotte — disse Willow, fitando a floresta enquanto eu a carregava de volta para a Bosque do Vale. Eu nem tinha chegado na cidade quando Kairos me ligou para informar que tinha visto Willow correr para a floresta, como se a vida dela dependesse disso.

— O medo de homens ignorantes é uma coisa poderosa. Charlotte decidiu que, se eles queriam matá-la por praticar bruxaria, mesmo sendo inocente, então ela iria fazer exatamente aquilo de que era acusada — respondi, olhando para a floresta e pensando na forma como Charlotte tinha relembrado suas experiências de vida. — Ela os fez engolir suas palavras e suas convicções.

Willow abriu a boca, preparando-se para fazer a pergunta seguinte, que ela esperava que fosse me distrair.

— Eu...

— Quanto tempo pretende evitar responder as minhas perguntas? Antes de mais nada, o que estava fazendo na floresta, Willow? — questionei, enquanto ela fechava os olhos com força.

Silêncio.

— Susannah me encurralou no jardim. Ela sabe o que eu sou, Gray — Willow enfim falou, e tudo em mim ficou paralisado.

Bom, isso mudava muita coisa. Eu não falei nada enquanto nos aproximávamos dos portões da Bosque do Vale. Eu lhe faria mais perguntas quando minha bruxinha estivesse enfiada na minha sala em segurança, sem nenhuma planta para atender a um chamado seu.

38
WILLOW

Saí do quarto de Gray depois de tomar um banho e me vestir com as roupas que ele tinha ido buscar no meu quarto. Tentei não pensar sobre o tanto de espaço que ele havia aberto em suas gavetas e seu armário para os conjuntos extras de roupas, dando uma pista do número de noites que ele esperava que eu passasse ali.

Captei um vislumbre de mim mesma no espelho ao passar pela cômoda, cutucando as marcas de mordida em cada lado do meu pescoço. O sutiã bralette rendado que eu usava por baixo de um suéter preto caído nos ombros não adiantava para disfarçá-las, deixando-as abertas e visíveis. Tinha a sensação de que foi de propósito, já que Gray tinha escolhido o que deixar para trás e o que trazer.

Ele não estava no quarto, me deixando alguns minutos para pensar no que faria a seguir. Terminar aqui depois de fugir era o pior cenário possível. Gray saberia que alguma coisa estava errada, e eu não sabia o quanto eu poderia mentir e insinuar que eu estava é com medo de Susannah quando ela não apareceu depois da nossa discussão.

Merda. Merda. Merda.

Eu me encaminhei para a porta, abrindo-a com um empurrão e entrando na área de estar. Nem sinal de Gray no sofá e, por isso, abaixei bem a cabeça e mantive o olhar fixo no chão à minha frente. Indo até a porta que dava no corredor, considerei minhas opções de fuga.

A floresta não era uma opção, isso ficou bem claro.

— Para onde você está indo assim de fininho? — perguntou ele, me detendo quando me aproximei da porta.

Puxei de volta a mão que começava a se dirigir até a maçaneta, deixando-a cair ao lado, e dei meia-volta para encará-lo sentado em sua mesa, munida de um sorriso triste e patético que eu sabia que não adiantaria para satisfazer a sua curiosidade.

— Eu só ia pegar alguma coisa para comer — respondi, mexendo os dedos da mão caída do lado do meu corpo. Minha mão roçava no tecido da minha legging, e me esforcei para parar o movimento. — Quer que eu traga alguma coisa?

— Acho que de jeito nenhum você esteja em condições de me dar o único alimento no qual estou interessado no momento — disse ele, abrindo um sorriso malicioso e brincalhão que transformou suas feições. Algo no seu sorriso não atingia os olhos da forma como costumava acontecer, e eu não conseguia decidir se o que havia mudado era ele ou apenas a minha percepção dele. — Sente-se, por favor. Antes eu gostaria de conversar sobre uma coisa com você.

Sorri, franzindo os lábios quando tomei o assento do outro lado da sua mesa. Ele se levantou assim que minha bunda tocou na cadeira, dando a volta até chegar perto de mim e se inclinar na mesa. Ele tinha tirado o paletó, mas sua camisa branca ainda estava manchada com o sangue dos lobisomens que ele havia massacrado. Ele não pareceu se importar com isso quando tirou as abotoaduras e enrolou as mangas, expondo os antebraços.

— Uh... estamos cheios de educação. Devo me preocupar? — perguntei, forçando um sorriso divertido.

Ele me encarou com um sorriso malicioso e breve, exalando um rápido suspiro de quem não achava graça nenhuma quando percebeu o que havia por trás da minha conversa fiada.

— Depende. Quer que eu te castigue, Bruxinha? — perguntou ele, esticando o braço para agarrar a beirada da mesa. Ele apertou tanto que a madeira rangeu, e eu me mexi na cadeira.

— Eu vou gostar? — perguntei, minha respiração estremecendo com uma risada falsa.

Ele inclinou a cabeça para o lado, me observando, e soltou a mão da mesa para pegar a faca que ele devia ter tirado do lobisomem no qual eu a tinha jogado. Ele brincou com a lâmina, usando-a para cutucar o polegar da sua outra mão. O sangue jorrou da ferida, e ele esticou a mão para arrastá-la pelo meu lábio. Engoli em seco, resistindo à ânsia de lamber os lábios.

— Por que não gostaria? — indagou ele.

Engoli minha saliva, engasgando com a minha risada.

— Você está segurando uma faca — falei, ríspida, meu olhar se fixando na coisa afiada e pontiaguda que eu muito temia que logo estivesse apontada para o meu coração.

Ele deu uma risada, colocando a faca na mesa atrás dele e se inclinando para mim.

— Quando foi que eu te machuquei? Nós dois sabemos que é muito mais provável que eu queira vergar você sobre esta mesa e te foder até você não conseguir respirar. Talvez aí você entenda o medo que eu senti quando Kairos me informou que você tinha ido para a floresta — rosnou ele, sua voz ficando mais grave à medida que toda a capa de civilidade sumia do seu rosto. A cuidadosa máscara de humanidade que ele usava com tanta atenção desapareceu, revelando o monstro brutal aguardando por baixo da sua pele.

— É essa a parte que eu ia gostar? — perguntei, pousando as mãos no colo.

Ele analisou o movimento, a atitude reservada que supostamente eu deveria adotar durante toda a nossa sedução. De acordo com o meu pai, os homens preferiam as mulheres caladas e submissas.

E lá estava eu.

Gray suspirou, curvando-se para a frente e colocando uma mão em cada braço da cadeira onde eu estava sentada. Ele se movimentou de um jeito gracioso, o corpo deslizando pelo espaço entre nós, até que se pôs de pé e se inclinou próximo ao meu rosto, enquanto eu estava recostada na cadeira. Ele se curvou, me prendendo no assento, de modo que a única coisa que eu podia ver era ele.

— Gostaria de descobrir, amor?

Engoli em seco, puxando meu lábio inferior com os dentes. Eu não conseguia pensar com ele tão perto, com o modo como seu olhar examinava cada canto do meu rosto, como se ele pudesse me ver por dentro.

Ver a dúvida que Susannah havia plantado.

— O que ela falou para você? — perguntou ele, quando não respondi.

Eu não conseguia encontrar palavras para reagir aos seus avanços sexuais porque, mesmo que aquilo me fizesse sentir um aperto no meu baixo-ventre, meu cérebro não estava exatamente de acordo com a ideia.

— Ela me procurou com um retrato da minha tia. Ela sabia quem eu era — respondi, engolindo em seco e dizendo a ele apenas uma parte da verdade, o suficiente para tentar disfarçar que eu o estava enganando.

— E como isso te levou a tomar a decisão incrivelmente estúpida de entrar na floresta sozinha? — perguntou ele, os olhos metálicos cintilando de frieza.

— Ela me disse que ia permitir que eu continuasse viva se eu deixasse a Bosque do Vale e nunca mais voltasse. Eu nem queria vir para cá mesmo. Por que eu ia hesitar em ir embora? — perguntei.

— Se Susannah quisesse que você deixasse a escola, por que ela não pediu que alguém levasse você até a cidade? — questionou Gray.

Arquejei, tentando pensar em qual resposta dar. Nem me passou pela cabeça que ela poderia ter providenciado transporte para mim se eu não estivesse no processo de enterrá-la viva.

— Talvez ela não quisesse que eu sobrevivesse, e deixar as coisas acontecerem comigo naturalmente na floresta fosse uma maneira de não sujar as mãos — respondi, ecoando as mesmas hipóteses nas quais eu já tinha pensado antes. Havia alguma coisa trágica demais em pensar que a única família que eu tinha se livraria de mim desse jeito.

Trágica, mas não surpreendente.

— Hum. — Gray se endireitou, soltando os braços da cadeira. — Kairos — chamou. A porta da sala de Gray se abriu como se o outro homem estivesse à espreita do outro lado, esperando ser convocado por ele. Kairos entrou e enfiou as mãos nos bolsos, nos observando. — Me diga o que você viu.

Kairos deu uma olhada em mim, e havia um pedido de desculpas em seus olhos; ele estremeceu e se virou para encarar o olhar questionador de Gray.

— Susannah seguiu Willow até o jardim. Alguns minutos depois, Willow correu em direção à floresta.

— E quanto à Susannah? Onde ela está agora? — perguntou Gray, fixando do seu olhar penetrante em mim.

Minha cabeça estava a mil, a palma das minhas mãos suando, meus dedos inquietos no meu colo.

— Por que você estava me espionando? — indaguei, me virando para encarar Kairos com mais atenção.

— Porque eu pedi a ele. Eu protejo o que é meu, mesmo que isso signifique evitar que você tome uma porra de uma decisão estúpida que possa ameaçar a sua própria integridade — Gray falou rispidamente, me lançando um olhar bravo, que eu jurava que poderia fazer qualquer um morrer de medo.

— Traga Susannah aqui. Quero saber exatamente o que ela disse a Willow no jardim. Pelo visto não vou saber a verdade pela minha bruxinha — enunciou ele, dando a ordem a Kairos.

O outro homem mudou o peso do corpo de um pé para o outro, e deixei meus olhos se fecharem. Eu sabia o que viria a seguir.

— Mas esse é o problema. Ninguém sabe onde a Susannah está. Pelo que eu vi, ela não saiu mais do jardim — retorquiu Kairos.

O peso do seu olhar no meu rosto me deu vontade de me encolher para dentro de mim mesma. Houve um momento de silêncio, um pequeno intervalo em que ninguém se atreveu a falar ou se mover.

A gargalhada surpresa de Gray quebrou o silêncio, e ele esticou o braço para roçar as articulações sobre a minha bochecha.

— Bruxinha ardilosa — murmurou, finalmente agarrando o meu queixo e me forçando a fitá-lo. — Porra, você é muito linda mesmo, até quando mente descaradamente.

— Eu não menti — argumentei, dando um solavanco para me desvencilhar dele. — Susannah me disse para ir embora da Bosque do Vale. Eu fui porque fiquei com medo do que ela faria comigo se eu não fosse.

— E você nem considerou me procurar para pedir ajuda. Posso imaginar o motivo — murmurou Gray, deixando a mão cair para longe do meu rosto. — Procure na terra dos canteiros. — A ordem foi dirigida a Kairos, que arregalou os olhos e se retirou da sala.

No momento em que a porta fechou, Gray soltou um suspiro longo e lento. O ar ficou pesado, e senti um calafrio quando ele deu a volta na beirada de sua mesa.

— É uma pena mesmo. Eu esperava mantê-los guardados até que tudo estivesse pronto e fosse menos traumático para você.

Ele se aproximou do retrato de Lúcifer, a estrela da manhã, enfiando os dedos por trás da moldura para puxá-lo da parede. As dobradiças giraram afastando o quadro da parede e revelando o metal de um cofre por trás. Senti todo o meu corpo se eriçando, e minha garganta travou. Gray tocou no cofre, permitindo que a tecnologia de biometria reconhecesse a ponta de todos os seus dedos. A tranca fez um clique, e Gray nem se deu ao trabalho de dar uma espiada em mim quando as runas entalhadas no metal brilharam. Ele agarrou a manivela e abriu a porta.

Eu não conseguia respirar.

Meus pulmões se encheram de um poder bruto e sem filtro no minuto em que o cofre se abriu, e eu quase não conseguia enxergar através da magia Preta, quando ele enfiou a mão no cofre e puxou algo de lá. Eu lutava para respirar e me curvei à medida que a dor rasgava minhas entranhas ao meio, meu estômago contraía e as coisas pareciam mudar de lugar dentro de mim para dar espaço para a nova magia.

Para aquilo que nunca fui capaz de tocar.

Gray se afastou do cofre, segurando a bolsa de veludo de aparência simples na mão. Era de um preto intenso, o tecido macio enquanto ele passava o dedo sobre a superfície.

Os ossos despertaram. Eles acordaram para responder ao chamado de Gray ao mesmo tempo em que as minhas costas se curvaram e depois se endireitaram.

— Você estava com eles o tempo todo — falei arfando e passando a mão no meu braço, enquanto Gray contornava a mesa. Antes eu queria os ossos; achava que eles eram a chave para cumprir o meu destino.

Agora queria ficar longe deles.

Eu me levantei, cambaleando por causa do poder tentando me atrair e me consumir. Contornei o braço da cadeira, e a voz de Gray me atingiu como um chicote.

— Sente-se, Willow — ele ordenou, a coerção em sua voz me forçando a voltar para a cadeira.

Ele estendeu os ossos para mim, observando e aguardando que eu os apanhasse. Apesar de ter treinado a vida inteira para esse momento, eu não os queria.

Eu não queria ajudar em seus planos, fossem quais fossem, e pela maneira como seus olhos azuis me pressionavam, sem dúvida havia alguma coisa ali.

Alguma coisa ruim.

— Pegue os ossos, Bruxinha — demandou ele.

Minha mão se ergueu como se fosse pegá-los apesar da minha vontade, mas forcei meus dedos a se curvarem para dentro. Eu me recusava a tocar nos ossos, a tomá-los nos termos de Gray.

— Não — eu me opus, arfando e lutando contra a coerção exercida por ele, e balancei a cabeça. Tive que usar todas as minhas forças para lutar contra isso, para manter minha mão longe da bolsa. — Não quero fazer parte disso.

— Toda a sua vida foi parte disso — murmurou ele, baixinho, esticando o braço livre para enfiar uma mecha do meu cabelo atrás da orelha. Meu cabelo estava molhado, e foi só então que percebi que era suor pelo esforço de recusar os ossos.

De recusar deixá-los me usarem como abrigo.

— Então, imagino que chegou a hora de eu criar uma vida nova para mim — resmunguei.

Gray sorriu, um sorriso distorcido, sem humor, cheio de pena.

— Esperei muito tempo por você, e minha paciência começou a se esgotar. Você vai aceitar os ossos de uma maneira ou de outra.

— Eu não quero mais os ossos. Não até você me contar a verdade — falei, pousando as mãos em cima dos braços da cadeira. Agarrei-me à madeira, enfiando as unhas nela com a força de resistir ao chamado.

— O que quer não importa. Eles escolheram você — observou ele, abrindo a bolsa e olhando lá dentro. A luz suave e pulsante de um roxo pálido que iluminava o seu rosto viveria em meus pesadelos por uma eternidade.

Ele atirou a mão livre para a frente e me agarrou pelo cabelo, puxando minha cabeça para trás. Meu pescoço arqueou e meus braços se agitaram, tentando encontrar alguma parte dele para arranhar.

— Gray! — protestei, me debatendo enquanto ele colocava o peso de alguma coisa eterna no meu peito.

Arfei, o poder tomando conta do meu peito ao mesmo tempo em que os ossos se erguiam da bolsa. Ele manteve o veludo grudado na minha pele, permitindo que os ossos se mexessem e se moldassem ao subirem em torno do meu pescoço. Fechei os olhos com força, lutando contra a dor ardente que provocavam. Era diferente de tudo o que eu conhecera antes, como ser recriada e renascida, à medida que eles estalavam e rolavam, o *clique-claque* dos ossos batendo uns contra os outros, se acomodando na forma de um colar, e assim permanecendo.

Levei as mãos para cima, puxei os ossos e tentei retirá-los. Minha tia não os usava como um colar quando eu a vi, e minha mãe nunca mencionou nada parecido quando falou da bolsa que as bruxas de Hecate costumavam carregar.

— Por quê? — perguntei, ofegante, quando percebi que os ossos não saíam do lugar. Eu não compreendia.

Gray se inclinou e, delicadamente, tocou com a boca o canto dos meus lábios.

— Porque você vai ser a última da linhagem Hecate e a magia desses ossos vai morrer com você, meu amor.

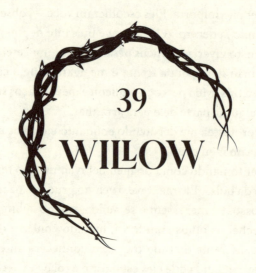

39
WILLOW

Ao abrir a mão que me segurava pelo cabelo, Gray deu um passo para trás e baixou o olhar para o colar que havia me forçado a usar. Hesitante, ergui os dedos para tocar nos ossos, me retraindo diante da sensação que me despertavam. Minha magia da terra parecia viva, como um novo desabrochar e florescer. Já isso parecia o lento declínio do outono, como a morte de toda a natureza.

Eu me pus de pé e me encaminhei para o espelho perto da porta para poder observar todos os ossos pendurados ao redor do meu pescoço. Eram os ossos dos dedos dos meus ancestrais, dos bruxos que vieram antes de mim. Balançavam como se amarrados por uma corrente invisível, pendurados em uma única camada sobre a minha pele.

— Você está linda — disse Gray, se aproximando e ficando ao meu lado na frente do espelho. Não havia nenhum reflexo dele, seu Hospedeiro não existindo mesmo que sua mão estivesse no meu ombro.

O roxo pálido do meu olho parecia brilhar da mesma forma que os ossos quando ele abriu a bolsa. Engoli em seco, agarrando um dos ossos e tentando tirá-lo do pescoço.

Finalmente, Gray se afastou, voltando ao retrato atrás de sua mesa e fechando o cofre. Tentei não pensar em que outros tesouros poderia haver ali dentro, o que ele poderia estar escondendo do mundo.

Kairos abriu a porta com um empurrão e entrou no escritório.

— Nós encontramos ela. As plantas não queriam soltar, mas...

Estendi a mão e a pousei na pele nua do pescoço de Kairos.

A magia dos ossos respondeu imediatamente, se espalhando pelas minhas veias. Ele ficou paralisado e baixou os olhos para mim apavorado, seus olhos arregalados se fixaram nos ossos em volta do meu pescoço.

— Solte ele, Bruxinha — comandou Gray, dando um passo na minha direção. Uma fúria cresceu em mim quando a coerção deslizou pela minha pele, parecendo mergulhar dentro de mim e me forçar a obedecer, e tornei a encará-lo séria.

Nem cheguei a dar uma espiada em Kairos quando deixei a magia se espalhar pelo Hospedeiro, Desfazendo o tecido que o formava. Seu corpo escorregou, derretendo. Gray cerrou a mandíbula.

Quando voltei a olhar para Kairos, tudo o que restava era uma poça de lama no chão, o material que minha ancestral tinha dado para conceder sua criação.

— Isso foi desnecessário. Olhe a bagunça que você fez! — exclamou Gray, apertando a parte superior do nariz.

Ele se aproximou, chegou bem perto de mim e bateu minhas costas contra a porta. Lutei para encontrar um pedaço descoberto de pele, tocando no seu rosto e usando isso para afastá-lo de mim à medida que ele investia em mim com os dentes prontos.

Seu canino perfurou minha mão, mas mentalizei a magia da palma da minha mão com o intuito de desfazê-lo. Sorrindo ao meu toque, Gray passou a língua na ferida que ele tinha criado e sugou o sangue para o seu corpo mais uma vez.

— Tem tanto sangue seu dentro de mim, Bruxinha. Você não é capaz de me destruir, porque esses ossos me reconhecem como uma parte de você.

Minha cabeça rugiu por dentro, como o vento nas árvores, farfalhando os galhos da minha mente à medida que eu repassava tudo. Quando nos conhecemos, ele se alimentou de mim. Ele me consumiu toda vez que tinha uma oportunidade.

— Então era só por causa disso? — perguntei, fazendo um gesto apontando nós dois.

Como se me enganar em relação aos ossos não bastasse, pensar que ele vinha me usando, me deixando pensar que eu o estava seduzindo o tempo todo, apenas para ele conseguir ter o meu sangue em suas veias, de alguma maneira tornou tudo pior.

— Não, Bruxinha — respondeu ele, finalmente levando minha mão para longe do seu rosto. Ele pressionou o corpo no meu, me encarando com um sorriso cínico e cruel. — Você foi uma grata surpresa.

Eu me contraí junto à parede em uma tentativa desesperada de me afastar dele, enquanto ele levantava a mão e brincava com os ossos ao redor do meu pescoço.

— Tire os ossos — ordenei. Uma centelha mínima se estendeu entre ele e o osso, queimando a pele do seu dedo quando ele o puxou.

— Infelizmente acho que não sou capaz de fazer isso mesmo que eu quisesse. Eles estão ligados à sua vida agora, e eu sem dúvida quero que você continue viva — informou Gray. Ele se abaixou na minha frente, deu um passo para trás ao mesmo tempo em que se curvava. Seu ombro pressionou o meu estômago, e ele me suspendeu até me deixar olhando o chão atrás dele.

— Me ponha no chão! — exclamei, com um grito agudo, e o chutei, mas seu braço permaneceu firme na parte posterior das minhas coxas e ele me manteve o mais imóvel possível.

Os ossos chacoalharam em torno do meu pescoço, encostando no meu queixo e me dando a esperança que eles fossem cair de algum jeito, mas a magia que os mantinha presos em mim se recusava a me libertar.

Ele atravessou a porta aberta.

— Sugiro que não deixe que ela te toque a não ser que você queira voltar para a lama de onde veio — advertiu ele, rosnando a ordem para o Hospedeiro que esperava no saguão. — Chame a Susannah para a sala do tribunal e diga a Juliet para pegar as partes que faltam.

— Eu... está bem — balbuciou o outro homem, disparando para obedecer.

Agarrei a camisa de Gray, puxando-a para fora da calça, e enfiei minha mão lá dentro de modo que eu pudesse arrastar as unhas na sua pele enquanto ele descia a escada. Ele me deu um solavanco no ombro, assobiando tranquilamente ao se encaminhar em direção ao tribunal.

— Queria muito que você não tivesse pego a minha faca — murmurei, minha voz destilando ódio. Gray se virou na escada, me ajustando no ombro ao mesmo tempo em que se apressava pelo restante dos degraus. — Você está animado demais para alguém que acabou de ter os planos arruinados.

— Arruinados? — zombou ele, chegando à base da escada. — Tudo o que Susannah fez foi me obrigar a trabalhar com um cronograma mais apertado. Acredite ou não, eu estava tentando ser bonzinho com você.

Ele me colocou de pé, pegando minha mão e me conduzindo por corredores escuros.

— Mentindo para mim? Escondendo meu direito de nascença de mim? — perguntei, tentando me desvencilhar. Ele era implacável, seu aperto de mão como uma gaiola da qual eu não conseguia escapar.

— Sim — retrucou ele, se virando para me encarar, com um olhar metálico que brilhava com algo que parecia ser um prazer doentio. — Estou furioso que as coisas tenham que ser assim, porque você vai sair daqui me odiando pelo que estou prestes a fazer.

Engoli em seco, forçando meus pés a se imobilizarem. Ele me arrastou sobre as pedras e parou, soltando um suspiro enfurecido.

— Então não faça. Ainda dá tempo de decidir fazer a coisa certa.

— A coisa certa — escarneceu Gray, olhando a janela por onde brilhava a luz da lua. O saguão da sala do tribunal estava vazio, as portas escancaradas de um modo que eu nunca tinha visto. — Quer dizer como o plano de Susannah para permitir a extinção dos bruxos e dar lugar para uma nova era?

— Eu nunca disse que isso estava certo — disparei. — E o que acontece com as pessoas do Vale do Cristal e com a determinação de destruir tudo o que você construiu aqui? Poderia ser um refúgio, em vez de uma maldição.

— O Vale do Cristal sempre foi um trampolim para obter o que eu desejava — disse Gray, me conduzindo para a porta do tribunal. George estava caminhando sem parar de um lado para o outro no centro do círculo, balbuciando consigo mesmo.

— Tenho a nítida impressão de que muitas coisas entram nessa categoria — murmurei.

George enfim se virou para nos encarar. Seu queixo caiu quando ele viu os ossos ao redor do meu pescoço, e logo ficou claro que Susannah não tinha compartilhado sua revelação sobre mim.

— Willow...

Gray se aproximou por trás de mim, envolvendo o braço na minha cintura e me puxando para perto de si, enquanto deslizava os nós dos seus dedos ao longo da minha mandíbula e enfiava o nariz no meu cabelo.

— Muitas coisas, sim — concordou ele, suas palavras soando como uma suave carícia, apesar da dor que me causavam. — Mas nunca você, Bruxinha. Você é a chave de tudo. Você é exatamente o que eu estava esperando esses anos todos.

Com a palma da mão, ele tocou nos ossos encostados no meu peito. As pontas se afiaram aos poucos ao serem pressionadas na minha pele, puxando sangue à medida que me arranhavam.

— Willow! — protestou George, dando um único passo na minha direção.

Ele parou e ficou imóvel, e Gray ergueu a outra mão, mostrando a palma para a metade da Aliança. George caiu de joelhos diante do peso do poder puro e sombrio que Gray lançou contra ele.

— Apenas um Hecate pode Desfazer um Hospedeiro, e apenas um descendente de Charlotte pode dar um fim à perversão da Aliança, para quem ela confiou seu povo — enunciou Gray, balançando a mão em direção a George.

A figura esquelética voou batendo de costas na parede, os ossos chacoalhando contra a pedra e ficando ali mesmo depois de Gray me soltar.

— Você tocou na minha magia — sussurrei, levantando a mão para mexer nos ossos.

Eu nunca tinha ouvido falar de alguém ser capaz de canalizar algo que não estava em seu sangue, o que me deixou gaguejando quando Gray assumiu o centro do círculo no tribunal. Porém, minha magia estava no meu sangue — o mesmo sangue que enchia o seu Hospedeiro. Ele levantou uma portinhola no piso, empurrando o chão e revelando algo embaixo.

— De onde você pensa que Charlotte obteve a magia dela? — perguntou, agachando-se para examinar o espelho no chão. Ele refletia o teto, se curvando num círculo com a cabeça de uma mulher em cima. Eu a reconheci na hora.

Do peso de papel que eu havia jogado em Gray.

— O que é isso? — indaguei, olhando o espelho fixamente e tentando decidir qual seria meu movimento seguinte. Eu tinha a nítida impressão de que correr era o melhor a fazer, mas sabia que não iria longe se não houvesse algo para distrair Gray.

O Hospedeiro que Gray tinha enviado para chamar Susannah entrou esbaforido no salão, arrastando consigo os ossos quebrados e lascados da outra metade da Aliança. Ela resmungava e choramingava, sua forma de esqueleto pouco a pouco trabalhando para se recompor.

Algo me dizia que ela estaria melhor enterrada viva.

Engoli em seco, caminhando na sua direção. Gray agarrou meu pulso e se posicionou tranquilamente, mantendo seu olhar no meu. Observei com o canto do olho como ele usava a escuridão, torcendo-a em uma massa de nós e usando-a para reunir os ossos de Susannah. Ele a arremessou para a parede ao lado de George, suspendendo-a do teto ao mesmo tempo em que o Hospedeiro que a havia trazido deixava cair dois objetos no chão perto do espelho. Tentei discernir o que eu estava vendo.

Um coração.

A carne de uma cor roxa-azulada escura já estava apodrecida se aquilo era o que eu desconfiava ser. Engasguei, o horror me tomando quando a ficha caiu. A peça de carne perto do coração era mais difícil de distinguir, mas não consegui conter um tremor na mão no local onde Gray me segurava.

— É um fígado — ele disse, respondendo à minha pergunta silenciosa.

Dois.

Um coração e um fígado.

Senti gosto de bile na boca e o meu sangue rugiu nos meus ouvidos.

— O que foi que você fez?

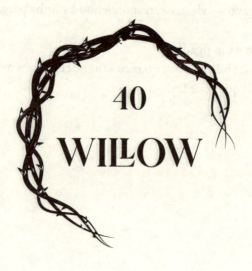

40
WILLOW

Não tinha pensado em perguntar se algo havia sido tirado da segunda vítima. Não me pareceu relevante, afinal ele estava lá, morto, e...

Inferno.

Desviei o olhar dos órgãos jogados no chão, piscando quando Gray enfiou os dedos embaixo do meu queixo e ergueu meu olhar para o dele.

— Por quê? — perguntei, procurando em seus olhos algum sinal de remorso. — Você... naquela noite em que você foi até o meu banheiro. Parecia preocupado comigo.

— Tenho séculos de prática em mentir para mocinhas ingênuas exatamente como você — murmurou ele, as palavras me atingindo no peito e provocando o desabrochar de uma dor mais profunda.

Juliet entrou no salão acompanhada de outro Hospedeiro, os dois trazendo arrastados os dez alunos novos restantes. Em um movimento rápido, Gray se abaixou e pegou os órgãos descartados, colocando-os em cima do espelho no chão. A Hospedeira obrigou os alunos a formarem um círculo ao redor de nós, despertando calafrios por todo o meu corpo.

— O que está fazendo? — perguntei, encarando-a com firmeza.

A mulher divertida que eu tinha conhecido no caminho quando saímos da casa da minha mãe havia desaparecido. Sua boca era uma linha séria, enquanto ela cumpria sua tarefa e mantinha sua coerção.

Gray se afastou de mim e se aproximou da primeira das bruxas. A garota se encolheu, recuando mesmo que seus pés não lhe permitissem se mexer, ao mesmo tempo em que Gray erguia a mão. Juliet parecia satisfeita ao colocar uma faca na mão de Gray, e ele se virou para me encarar enquanto passava a faca devagar pela garganta da jovem bruxa.

— Não! — gritei, correndo para a frente.

Gray levantou a mão, me agarrando pela garganta e me mantendo presa, por mais que eu tentasse me soltar. A força que ele tinha, o poder absoluto nas suas mãos... Ele me fez pensar que eu teria alguma chance.

Meus pés saíram do solo quando ele me levantou e deu um passo para o lado, ao mesmo tempo em que a bruxa caía no chão com um baque seco.

— Cérebro — disse ele de modo insensível e, para meu horror, Juliet concordou e se agachou junto à bruxa caída para coletar aquela parte do corpo.

— Por quê? — perguntei com a voz rouca, agarrando a mão de Gray que me mantinha imóvel. Horrorizada, observei-o deslizar a lâmina em outra garganta, sem se importar com a vida que ele tinha tirado. Eu *senti* aquela alma sair, *senti* a vida terminar e a morte reivindicá-la.

Meus dedos pinicavam, uma magia que eu ainda não sabia como usar fluindo através deles. Gray sentiu a centelha da magia na sua pele e abriu um sorriso malicioso para mim, dando um passo para o lado e se ocupando da bruxa seguinte.

— Você vai sair para brincar comigo, Pequena Necromante? — murmurou ele, com um sorriso cruel.

Seus cortes precisos na garganta dos bruxos deixaram de importar. Pararam de existir quando eu me concentrei naquele olhar inflamado e só consegui sentir ódio por aquele homem que havia me enganado. Pelo assassino que matava quem era da minha espécie.

— Sua tia foi uma das poucas que não podiam sofrer coerção, não com aqueles ossos presos aos quadris. Ainda ouço seus gritos nos meus sonhos.

O silêncio rugia na minha cabeça, me ensurdecendo e abafando o choramingar baixinho dos poucos bruxos que ele ainda não tinha abatido. Mais uma garganta, mais um corte.

— O que foi que você disse? — perguntei, o vazio no meu coração se espalhando mais ainda.

— Sua tia gritou quando cortei a garganta dela antes mesmo que ela pudesse pousar a mão em mim para me destruir — repetiu Gray. Ele observou a faca dilacerar outra garganta, permitindo que ela passasse bem mais devagar. Deixando o bruxo sentir cada milímetro do corte na pele antes que a morte enfim o levasse.

Eu o reconheci como um dos que tinham me atacado na outra noite, e o fato de que ele parecia receber uma atenção especial de Gray deveria ter me chocado.

— Por quê? Ela era uma bruxa Hecate. Por que você a mataria? — questionei, quase sem conseguir respirar. Nada daquilo fazia sentido. Nada daquilo se encaixava.

Gray cortou a garganta do último bruxo, me fazendo caminhar de volta ao espelho no meio da sala. Parou bem do lado dele, enquanto Juliet continuava a recolher os órgãos dos corpos espalhados no chão do tribunal em um círculo.

Ele me soltou, me deixando cair de joelhos encolhida, e ergui o olhar para encará-lo.

— Cada momento que Loralei passava com o coven era uma ameaça para a existência do irmão dela. Eu não podia arriscar que a Aliança soubesse da verdade por trás do nascimento dele. Não antes que ele conhecesse sua mãe e contribuísse para você nascer.

Ele estendeu a mão, me agarrando e me puxando para ficar de pé na frente dele.

— Tire o sangue deles — ordenou Gray, levantando apenas uma das mãos para indicar o local onde a Aliança estava suspensa. Eles não tinham emitido uma única palavra, observando com um silêncio pouco natural que me levou a acreditar que estavam incapacitados de falar.

— Eles não passam de um monte de ossos. Não tem como tirar o sangue deles — respondi, balançando a cabeça.

— Então, suponho que vai precisar dar alguma carne para eles antes — disse ele, tocando em um dedo mindinho na ponta de um dos ossos no meu pescoço. Aquela magia sombria se avivou, lançando-se para a frente em direção a Susannah como se fosse um chicote e envolvendo os seus ossos, arrastando-a para mais perto de nós enquanto Gray deslizava os dedos nos meus e os entrelaçava. — Pegue o que é seu, Bruxinha.

— Não — recusei, balançando a cabeça em protesto. — Não vou ser como você. Não vou ser como eles.

Gray enfiou uma mecha do meu cabelo atrás da minha orelha, se inclinando para sussurrar bem perto do meu rosto.

— Acho que vai acabar descobrindo que vai ser, sim, quer você queira ou não. Por favor, não me faça te obrigar. Nós dois sabemos que você vai me odiar se eu fizer isso, e não é o que nenhum de nós quer.

— E você lá sabe o que eu quero ou deixo de querer — disparei, me afastando do seu toque com um tranco.

Ele soltou um suspiro perto do meu pescoço.

— Que decepção, Willow. Lembre-se desse momento quando você não suportar olhar para mim de manhã. Eu não queria ter que fazer isso.

— Ele encostou a boca na minha têmpora em uma atitude que parecia próxima de piedade. — Traga ele — exigiu, se virando para um dos outros Hospedeiros.

Ele não tinha sido capaz de coagir Loralei por causa dos ossos. Do mesmo modo, ele também não poderia me coagir, imaginei.

— Trazer quem? — perguntei, dando uma olhada ao redor. Tentei pensar em quem ele poderia usar para me ferir, quem ele poderia pensar em usar para me forçar a me transformar em um monstro como ele.

Iban.

Encarei a porta que levava aos corredores, procurando qualquer sinal do bruxo que tinha se tornado para mim algo bem próximo de um amigo. Apesar de eu suspeitar que ele não concordava com o que imaginava estar acontecendo entre mim e Gray, ele não me julgou por isso.

Meu coração se afundou, caindo até meu estômago, quando duas figuras entraram na sala do tribunal. O rosto do meu pai estava contorcido de arrogância enquanto ele conduzia a pequena silhueta ao seu lado. Sua faca pairava logo na frente da garganta de Ash, o que fez meu corpo inteiro ficar estático.

— Não.

— Faça o que eu mandar, e prometo que não vai acontecer nada com o seu irmão — murmurou, deslizando o nariz pela minha bochecha.

Engoli em seco, a respiração me faltando no momento em que meu pai assumiu seu lugar na parte lateral do salão. Ash não tirava os olhos de mim, o pavor nos seus olhos castanhos endurecendo algo dentro de mim que eu jurei que sempre manteria suave.

Matando a brasa de vida dentro do meu corpo e a transformando em algo podre e decadente.

— Vou matar você por isso — grunhi para o meu pai, meu queixo tenso enquanto eu virava o pescoço.

— Não se preocupe, garotinha. Você não vai viver tempo suficiente para cumprir essa ameaça — disse ele, sua risada me dando calafrios.

A mão de Gray tocou no colar de ossos, levando minha atenção de volta para ele, a respiração irregular. Ele se inclinou, sorrindo e sussurrando algo no meu ouvido.

— Faça o que eu mandar, e deixo você matar e ressuscitar ele quantas vezes quiser para liberar essa raiva.

— E meu ódio por você? Posso matar você também? — questionei, estremecendo quando ele andou para trás de mim e envolveu seus braços na minha cintura mais uma vez.

Ele me segurou, a magia sombria que havia dentro dele atraindo a minha para a superfície. Ele cobriu minha mão com a dele, levantando a palma da minha mão na frente de Susannah. Os ossos dela tinham começado a se recuperar, voltando à sua forma original só o suficiente para eu conseguir discernir o pavor no seu rosto.

Os ossos de Susannah ficaram cobertos com uma carne crua e cheia de sangue à medida que a magia se lançava para a frente em tentáculos escuros. A magia a envolveu, e Gray suspendeu sua faca até a minha mão e fez um corte na pele. Meu sangue gotejou, os tentáculos escuros o engolindo enquanto cresciam.

Os globos oculares de Susannah se encheram de uma carne opaca, os músculos cobriram os ossos da sua perna. Gray levantou minha outra mão em direção a George, fazendo a mesma coisa, enquanto a vida novamente preenchia seus traços. Reverter a putrefação que reivindicava um corpo era um trabalho repulsivo; os corpos viravam uma confusão de sangue, coágulos e órgãos.

Quando parecia que Susannah finalmente seria preenchida com pele, Gray abaixou minhas mãos e interrompeu a magia. A carne recém-formada se derreteu dos seus corpos, caindo no chão em estado líquido. O sangue grosso e viscoso deslizou pelo chão, se amontoando em uma poça logo acima do espelho e completando os espaços no meio da pilha de órgãos.

George balançou a cabeça quando o último pedaço de sua carne desapareceu, fazendo com que ele voltasse a ser nada além de ossos. Eles cintilaram por apenas um instante quando ele se virou para ficar face a face com sua outra metade, um membro da Aliança se esticando para o outro.

As pontas dos dedos ossudos das duas figuras mal se roçaram — um toque mínimo —, e a Aliança explodiu em um amontoado de pó de ossos. Fitei horrorizada o espaço que eles ocupavam antes, só desviando minha atenção quando Gray se virou para que eu o encarasse.

Seus olhos se fixaram nos meus e ele pousou a mão em um dos meus ombros, me estabilizando em relação ao pânico que eu sentia. Não saber o que ele estava fazendo, o que viria a seguir, era quase demais para suportar. Ele pressionou a ponta da sua faca na minha barriga e empurrou para a frente devagar enquanto ele me mantinha imóvel.

Engoli em seco quando ele me cortou, deslizando a faca para dentro da minha pele.

— Me desculpe — sussurrou ele, encostando a testa na minha ao mesmo tempo em que empurrava a lâmina o máximo possível. Soltei um arquejo, arfando para respirar à medida que a queimadura ardente me consumia. — Vai acabar logo.

Sua traição machucou quase tanto quanto a faca. Parecia que tinha perfurado um buraco no meu coração que nunca iria sarar. Eu o encarei, as lágrimas descendo pelas minhas faces, gemendo de dor enquanto ele arrastava a lâmina para cima e aumentava a extensão do ferimento.

Eu não conseguia respirar.

— Gray — balbuciei, oscilando quando ele puxou a faca e a jogou para o lado.

— Eu não esperava me arrepender dessa parte — disse ele, enfiando os dedos no buraco que havia criado no meu estômago.

Fiz força contra o seu movimento, as lágrimas escorrendo, e Ash gritou do outro lado do salão. Gray manteve meu olhar no dele enquanto sua mão preenchia o vão que sua faca tinha produzido, agarrando alguma coisa e a puxando para fora devagar.

O tecido que saiu do meu abdômen estava manchado de sangue, enrolado em volta de algo curvo e estreito. Ele enfiou os dentes no pulso, pressionando as feridas na minha boca e me oferecendo o sangue de que eu precisava para me curar.

Curar a ferida que ele havia infligido.

Porque aquele maldito tinha me esfaqueado.

Lutei, me afastando enquanto minhas mãos cobriam minha barriga e eu tentava estancar o sangramento.

— O que é isso? — perguntei, horrorizada, olhando firme para o tecido coberto de runas. Os símbolos estavam pintados de preto, perfeitamente nítidos contra o vermelho vivo do meu sangue. Gray continuou a empurrar o punho contra a minha boca, me forçando a beber mais e esperando até meu estômago se curar antes de responder à pergunta.

Desenrolando o tecido, ele ergueu um único osso de costela e sorriu.

— Sangue e ossos — redarguiu, voltando-se para encarar a pilha de órgãos e sangue. Ele manteve a costela no alto, e, atrás dele, observei com pavor quando o sangue formou um vórtice. Ele girou em círculos, ficando cada vez mais alto, mas permanecendo nos limites do espelho. Gray me olhou mais uma vez, inclinando o braço para trás como se fosse jogar a costela.

— Não! — gritei, dando um único passo na sua direção justo no momento em que ele lançou a costela na tormenta.

O turbilhão absorveu o osso, uma centelha de luz roxa surgindo pelo espaço. O sangue verteu para o chão, evaporando e revelando a forma de uma mulher de pé na superfície do espelho. Ela usava um vestido de tecido escuro tão brilhante que parecia quase líquido.

O rosto da mulher estava voltado para o teto e seu queixo foi descendo devagar enquanto eu a observava em choque. Seu cabelo tinha o mesmo tom escuro com reflexos castanho-avermelhados.

Ela abriu os olhos devagar, uma faísca de um roxo pálido cintilando de cada um deles. Ela sorriu, a expressão suavizando as linhas severas do seu rosto.

— Olá, Willow.

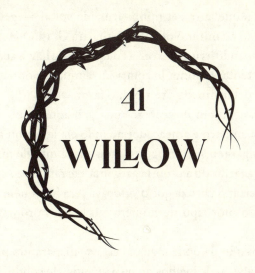

41
WILLOW

Fiquei boquiaberta ao encarar a mulher, enquanto os resquícios do sangue da Aliança pingavam da seda do seu vestido. Ela tocou no braço de Gray ao passar, apertando-o com uma familiaridade que fez meu corpo inteiro congelar por dentro. Ela não se prolongou ao passar por ele, seus passos lentos e firmes atravessando a distância entre nós até ela parar exatamente na minha frente.

A mulher levantou uma de suas mãos joviais e a colocou na minha bochecha, sorrindo.

— Não estou entendendo — murmurei, olhando para trás onde Gray observava com atenção nossa interação.

— Acho que está entendendo, sim — replicou a mulher, tirando a mão do meu rosto e passando o dedo sobre o colar de ossos e depois a baixando para pegar as minhas mãos.

Parei, olhando fixamente para aqueles olhos atemporais, que pareciam ver dentro de mim — que pareciam me entender de maneiras que ninguém conseguiu antes ou jamais conseguiria.

Eu não podia explicar a conexão, ou o modo como o peso daquele olhar provocou algo dentro de mim.

— Charlotte? — perguntei, meu olhar descendo até os seus dentes quando seu sorriso se alargou.

Ela confirmou, apertando minhas mãos enquanto eu a fitava perplexa. Eu não entendia o que significava ressuscitar Charlotte Hecate ou por que isso era importante, mas ela virou o rosto para o meu pai com uma expressão séria antes que eu pudesse fazer mais perguntas.

— Você jurou que ia trazer minha irmã de volta! — gritou ele, o rosto pálido e enfurecido ao mirar o olhar furioso para Gray. O Hospedeiro não se abalou e ficou limpando as unhas com a adaga que ele havia apanhado do chão por temer que eu tentasse atingi-lo com a extremidade pontiaguda.

Eu faria isso, determinada a retribuir o favor.

Charlotte avançou em direção ao meu pai, aquele seu modo de andar lento se tornando sinistro e ameaçador quando ela levantou apenas uma das mãos. Meu pai engasgou sem fôlego e soltou a faca que ele mantinha junto à garganta de Ash, agarrando a própria garganta e arranhando sua própria pele. Ele tentava se libertar da bruxa que o sufocava sem tocar nem um dedo nele.

— Somente o pior tipo de homem iria ferir a própria filha — acusou Charlotte.

Ash saiu correndo de onde meu pai estava, disparando para o centro do círculo do tribunal. Caí de joelhos no piso quando ele colidiu com o meu peito, me jogando para trás e me obrigando a me apoiar na ponta dos meus pés enquanto o envolvia nos meus braços.

— Low — disse ele, soluços altos destroçando seu corpinho.

— Shhh — sussurrei, forçando um sorriso falso. Mesmo sabendo que ele não podia me ver sorrindo, pois ele tinha se enterrado contra o meu peito com força. — Vai ficar tudo bem. Prometo que você vai ficar bem.

Eu o apertei com firmeza e observei Charlotte se aproximar do meu pai. Ela bateu o pé com força no chão da sala do tribunal, e as pedras e os ladrilhos se separaram embaixo dela. O poço que se abriu entre Charlotte e meu pai era pequeno e atravancado, e ela o circundou para agarrar meu pai pela parte posterior da camisa.

— Vamos ver se você gosta de viver na escuridão — rosnou ela e o jogou dentro do buraco.

Ele gritou quando ela balançou a mão sobre o poço, revolvendo a terra que caía de volta pela abertura para circundá-lo. A pedra e os ladrilhos se recompuseram em uma onda lenta, se espalhando por cima do buraco até não haver nenhum sinal do ocorrido.

Charlotte tinha enterrado meu pai no chão embaixo da escola, e, quando seu olhar se encontrou com o meu e ela ergueu o queixo, eu compreendi.

Ela sabia. Ela sabia o que eu tinha sofrido quando eu o decepcionava. Sabia da pequena alcova em forma de caixão que ele mantinha no canto do porão, onde a única saída era através de uma porta trancada aos meus pés.

Sabia o modo como a terra se infiltrava pelas frestas da madeira para tocar no meu rosto, sabia o modo como a escuridão tinha se instalado dentro da minha alma.

Engoli em seco, me levantando quando ela se aproximou. Ash estava agarrado nas minhas pernas, os braços as envolvendo bem apertados e se recusava a se afastar. Não falei uma palavra do que Charlotte sabia ao vê-la chegando perto, aquela compreensão formando um arco entre nós assim que ela pousou a mão delicada no topo da cabeça do meu irmão e se abaixou na frente dele.

— Juliet vai te levar de volta par o seu pai agora, Bichinho — indicou ela.

Sacudi a cabeça, segurando o ombro de Ash com mais força e pressionando-o junto de mim. O olhar de Charlotte era tanto solidário quanto triste quando ela ergueu o rosto para mim.

— Não me faça dizer adeus novamente — implorei.

— Esse adeus não é para sempre, é só por enquanto — disse ela, olhando para a Hospedeira atrás de mim. Juliet chegou perto e estendeu a mão para Ash, enquanto eu olhava para baixo e sacudia a cabeça novamente.

— Não consigo — murmurei.

Charlotte se levantou e se colocou diante de mim, pegando meu rosto entre as mãos e roçando seu polegar no meio das lágrimas que tinham rolado dos meus olhos.

— Você ainda não cumpriu o seu destino, minha querida. Até você fazer isso, aqui não é um lugar seguro para ele.

Fechei os olhos e inclinei minha cabeça para pressionar os lábios no topo da cabeça de Ash.

— Não, Low — ele pediu, suplicou, enquanto Juliet pegava sua mão e o puxava delicadamente para longe.

— Eu te amo — falei, minhas narinas se inflando à medida que eu tentava lutar contra os soluços presos na minha garganta. À medida que eu tentava controlar a interminável torrente de lágrimas que apareciam com as emoções esmagadoras. — Sempre vou te proteger, mesmo que eu seja a pessoa contra quem você precisa de proteção.

— Low! — ele gritou, se agarrando na minha mão ao mesmo tempo em que Juliet o puxava para os seus braços.

Ela foi delicada com ele e o abraçou como se ele fosse alguém tão precioso para ela quanto para mim. Trocamos um olhar, e ela demonstrou que compreendia, como se tivesse ouvido minhas palavras.

Se alguma coisa acontecesse com ele, eu iria destruir o Hospedeiro dela e aprisioná-la enquanto demônio em um círculo para brincar com ela durante semanas.

Os dedos de Ash se soltaram dos meus quando não segurei mais com tanta firmeza, e senti cada pedacinho da sua pele deslizar pela minha.

— Suponho que já desempenhei meu papel trazendo você para cá — exprimi, a melancolia da minha voz soando estranha até para mim. Não era natural eu me sentir tão oca, sentir o vazio que eu mantinha preso dentro de mim subindo e me engolindo por inteiro.

Mas para que serviu aquilo tudo?

Minha vida inteira tinha sido para encontrar os ossos, e eu não sabia nem o motivo.

— Eu não sou o seu destino — contrapôs ela, pegando minha mão entre as suas. Ela me levou de novo para o espelho no chão, e ficamos observando nossos reflexos. — Sou apenas um presente do seu marido para que você possa sobreviver ao que está por vir.

Com a mão livre, ela tocou no topo do meu ombro, me empurrando para eu me ajoelhar diante do espelho. Confusa, pisquei para o reflexo de Charlotte.

— E-eu não tenho marido — repliquei, tentando ignorar a maneira como o seu sorriso diante de minha fala eriçava todo o cabelo de minha nuca.

Ela passou os dedos por baixo da bainha do meu suéter, puxando o tecido para o lado de forma a deixar o olho do diabo visível. Ela pressionou com firmeza o dedo no centro da marca, se inclinando para a frente para me encarar no espelho.

— Essa marca atesta o contrário.

Engoli em seco, seguindo seu caminho enquanto ela dava a volta para o lado oposto do espelho e se ajoelhava para me encarar.

— Tenho tantas perguntas. Não estou entendendo nada disso. Aquele osso não é meu. Como ele...

— Eu o coloquei lá na noite em que você nasceu — respondeu Gray, vindo se postar ao meu lado. Ele tocou o olho do diabo com o dedo, fazendo emergir aquela ferroada aguda de dor. — Muito tempo atrás, Charlotte me pediu para garantir que ela estaria sempre com você.

— Eu... mas *por quê*? Nada disso faz sentido — argumentei, e, do outro lado do espelho, Charlotte pegou minhas mãos.

— Você era o preço do meu pacto, Willow — disse ela, acariciando o dorso das minhas mãos com os polegares.

— Os Hospedeiros é que eram o preço do seu pacto — rebati.

— Os Hospedeiros eram uma distração. Foi a maneira que encontrei para tentar limitar a capacidade dos demônios de machucarem as pessoas forçando-as a permanecerem dentro do coven. Eles nunca foram o preço que o diabo exigiu pela magia que me concedeu. O preço sempre foi você — explicou Charlotte, balançando a cabeça, sua expressão triste. — Só a filha de duas linhagens, de duas magias, é capaz de romper o lacre.

Baixei o olhar para o espelho, encarando o rosto da mulher esculpida na pedra que circundava o vidro.

— Por que seu rosto está no espelho? — perguntei, e minhas próprias palavras soaram incertas. Algo em mim começava a tentar ligar os pontos e encaixar as peças.

— Olhe de novo. Esse não é o meu rosto, meu amor — disse ela, confirmando minha crescente sensação de horror. Gray se aproximou para se colocar atrás de mim, uma presença sólida quando Charlotte guiou minhas mãos para colocá-las logo acima do espelho.

A mulher na pedra retribuía o meu olhar, as feições do seu rosto tão familiares como se eu as visse todos os dias. O vestido e a coroa que ela usava não eram nada que eu tivesse visto antes, e não fiz a conexão naquele contexto.

Mas era eu, esculpida na pedra — e só o diabo sabia quantos anos antes de eu nascer.

Charlotte pressionou minha mão no vidro, e fez o mesmo com a outra mão, enquanto eu tentava entender o que estava acontecendo. Senti uma explosão de dor irradiar pela ponta dos meus dedos, queimando como se eu tivesse enfiado minhas mãos nas chamas do próprio Inferno. Meu toque vacilante se ajeitou, o vidro me puxando pelo outro lado ao mesmo tempo em que Charlotte cobria minhas mãos com as dela.

— Aconteça o que acontecer, não solte antes de eu mandar — instruiu ela, o rosto retorcido pela mesma dor que me consumia. As chamas se espalharam pelos meus braços, sem deixar marcas na minha pele, mas a dor que crispava meu corpo não era diferente. — Você vai morrer, se soltar antes.

O espelho se despedaçou sob minhas mãos, o vidro caindo em um poço sem fundo abaixo de nós. Ele seguia para a eternidade, desaparecendo na escuridão conforme despencava. Uma única luz brilhava lá dentro, se espalhando através do buraco à medida que a magia se alastrava. Um conjunto de escadas em caracol apareceu aos poucos, degrau por degrau, descendo naquele poço cada vez maior. Apenas quando a luz tocou no fundo finalmente percebi o horror que eu estava encarando.

— Então, me deixe morrer — falei, puxando as mãos. Mesmo não existindo mais o espelho, ele não me soltou.

— Você tem que viver. Você tem que viver porque você é a única esperança de consertar o que eu fiz — explicou Charlotte, sua voz aterrorizada assim que a primeira das criaturas colocou o pé no primeiro degrau. — Me desculpe.

Vi que ele tinha uma forma parecida com a de um ser humano quando voltou seus olhos vermelhos e surpreendentes para mim, subindo as escadas devagar. Asas de morcego estavam curvadas em torno de seus ombros, dobradas e quase se arrastando no chão conforme ele subia. Eu não sabia por que ele simplesmente não voava, mas engoli em seco ao tentar mais uma vez soltar a magia que abria os fossos de Inferno até a terra.

A cabeça de Belzebu surgiu no topo da escada, e, dando um impulso com a mão no chão da sala do tribunal, ele emergiu girando o pescoço. A textura de couro de sua asa roçou na minha bochecha quando ele subiu, dando um passo à frente de modo que aquele que o seguia de perto tivesse espaço para avançar.

Satanus vinha atrás dele, o corpo maior do que o ser alado que o antecedeu. Seu tórax era mais largo do que o de dois homens juntos, seu corpo mais alto do que qualquer um que eu já tivesse visto. Ele se encolheu ligeiramente ao se impulsionar para fora do poço, mas os chifres na sua cabeça o distinguiam.

Leviatã foi o seguinte, carregando a ponta de algum tipo de catre atrás de si. Os dedos enroscados na trave que trazia eram longos e esguios com muita membrana entre eles. As garras eram monstruosas, como algo puxado das profundezas. Porém, foi a figura dormindo no catre que roubou o ar dos meus pulmões.

Em cima do catre, com o rosto virado para baixo, suas feridas purulentas e abertas nos locais onde suas asas deveriam estar, perfeitamente idênticas às do retrato na sala de Gray. Ele não se mexia, seu peito não subia nem descia, e Belfegor surgiu carregando a outra extremidade do catre. Eles manobraram para levar Lúcifer para cima e retirá-lo do poço. A forma masculina esparramada no catre diante de mim estava morta, inteiramente destituída de vida.

Mas o diabo não podia morrer.

— Por que ele está assim? Por que não está se mexendo? — perguntei a Charlotte, me recusando a olhar para o fosso e observar o que restava dos sete arquidemônios do Inferno passando pelo buraco entre os dois reinos.

O buraco que abri quando quebrei o lacre.

Ela sorriu de forma triste, retribuindo meu olhar horrorizado com uma expressão suave.

— Ah, minha querida, porque a alma Dele já está aqui.

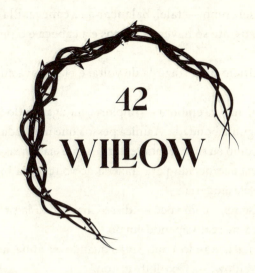

42
WILLOW

Mamon e Asmodeus surgiram do fosso enquanto eu fitava Charlotte, tentando entender suas palavras. Os lábios de Charlotte se apertaram formando uma linha fina ao mesmo tempo em que Gray pôs a mão no meu ombro, roçando na marca do olho do diabo em minha pele. Dei um sobressalto, me jogando para a frente para me afastar do toque, e virei o pescoço para encará-lo atrás de mim.

Aqueles olhos metálicos não estampavam nenhum pedido de desculpa enquanto me observavam, enquanto observavam que eu finalmente começava a compreender.

— Uma vez você me perguntou o meu nome verdadeiro — relembrou Gray, a crueldade nessas palavras afundando até as minhas entranhas. — Já está pronta para a resposta, esposa?

Virei-me para a frente, encarando Charlotte, o meu queixo retesado e os meus dentes totalmente cerrados.

Não.

Charlotte sorriu de novo, apertando seus dedos sobre as minhas mãos.

— Está na hora de soltar agora — orientou ela, encarando o poço. Demônios menores subiam as escadas, correndo para a superfície agora que os arquidemônios não estavam mais lá para lutar com eles. As almas dos amaldiçoados iriam se espalhar por toda a terra se eu não interrompesse a magia, mas eu não sabia como fazê-lo.

As pernas de Charlotte se evaporavam na névoa devagar, sendo sopradas ao longe mesmo que não houvesse vento dentro da sala do tribunal.

— Eu não sei como — falei, balançando a cabeça. Ela estava desaparecendo aos poucos, até só haver os braços e a cabeça e o pescoço flutuando no ar.

Tanto sacrifício para trazê-la de volta, e ela estava sumindo na magia do espelho.

— Por favor, não vá embora — implorei, me agarrando à única ali que me demonstrara alguma bondade. À única pessoa que me ajudaria.

Não sabia como eu tinha tanta certeza de que ela faria isso, tendo em vista tudo o que havia acontecido para trazê-la de volta, para início de conversa. Eu só sabia que ela ajudaria.

— Estarei sempre com você — disse Charlotte. Ela tirou a mão de cima da minha, sua carne se dissipando em pó.

— Não — falei, fitando a outra mão quando ela afinal a ergueu.

— Agora, Willow! — Charlotte gritou.

Fiz uma careta quando puxei as mãos com toda a minha força. O selo me mantinha presa. Meu grito ecoou junto com o dela no momento em que Gray envolveu seus braços ao redor da minha cintura. Ele me puxou para trás com firmeza, soltando minhas mãos do espelho, que se refez.

Charlotte desapareceu, seu sorriso tranquilo enquanto se tornava cinzas ao vento.

Com dificuldade, me desvencilhei do toque de Gray, encarando o vidro recomposto do espelho e vendo apenas o meu próprio reflexo. Os ossos ao redor do meu pescoço chacoalharam como se sentissem a partida de Charlotte, o que provocou um soluço estrangulado vindo de dentro de mim que eu não parecia capaz de conter.

Me encolhi de joelhos, me curvando sobre eles e os abraçando com força. Eu não me atrevia a olhar para atrás, olhar para os sete monstros que eu havia libertado no mundo.

O primeiro deles deu um passo e se colocou ao meu lado, estendendo uma mão que ignorei.

— Venha, Willow — instou Gray. O tom metálico de comando naquela voz fez minha fúria emergir, superando o meu horror.

— *Nunca* vou perdoar você por isso — sibilei, fervendo de raiva e ignorando a mão estendida.

— Você vai, sim — ele falou com delicadeza, deslizando as juntas dos dedos pela minha bochecha e atraindo a minha atenção. — Com o tempo, vai perceber como a vida humana é passageira. Como ela importa tão pouco. Quando todo mundo que você conhece morrer e apodrecer debaixo da terra, você e eu vamos permanecer. Você vai descobrir que tudo pode ser perdoado, com o tempo vai se esquecer.

— Eu sou humana. Vou morrer como os outros — rebati, me colocando de pé e ignorando a mão estendida.

— Você não vai ficar assim por muito tempo — disse ele, tomando a minha mão.

Eu não conseguia pensar na promessa dessas palavras, o que elas significavam para o meu futuro, enquanto ele me guiava para o catre onde Lúcifer dormia. Eles o tinham virado de costas, depois de o carregarem para fora do Inferno, deixando seu rosto visível ao nos aproximarmos.

Ele não usava nada além de uma calça preta, e meus olhos percorreram uma trilha pelos músculos brilhantes e cintilantes de suor do seu tórax, acabando por se fixarem em seu rosto com mais atenção. Seus ombros eram mais largos do que sua cintura fina.

Seu rosto era familiar, como se o Hospedeiro de Gray tivesse sido moldado à sua semelhança. Ele destruiu qualquer esperança que eu tivesse de fugir à verdade que me encarava.

Eu tinha transado com o próprio e maldito diabo.

Engoli em seco, cobrindo a boca com a mão e ignorando os outros seis arquidemônios que nos rodeavam.

O que o Hospedeiro não tinha conseguido fazer foi captar com precisão a beleza etérea do arquidemônio diante de mim. Ele não tinha sido capaz de expressar seu magnetismo, mesmo em um estado inconsciente.

Gray pegou a minha mão e a colocou no seu peito. Percebi que ele havia desabotoado a camisa, me fazendo tocar na sua pele nua.

— Me coloque de volta — falou ele, as palavras tanto uma ordem quanto um pedido enquanto ele fitava o corpo no catre.

Puxei minha mão.

— Enlouqueceu? Não — disparei, me retraindo quando ele apertou minha mão em seu peito e senti meus ossos comprimidos.

— Mais de uma dúzia de pessoas já morreram hoje — disse ele, fazendo um gesto com a mão para abarcar a sala do tribunal quase todo vazio. Os corpos dos bruxos ainda estavam alinhados no chão, mas não havia sinal do meu pai, da Aliança ou de Charlotte para assinalar as mortes que aconteceram. — Quantas mais você acha que eu vou acrescentar a essa conta a fim de obrigar você a fazer o que estou mandando?

— Por favor, Gray — murmurei, mesmo que o nome soasse errado. Como se eu estivesse mentindo para mim mesma.

Esse não era ó nome dele.

— Não posso te amar nesta forma — argumentou ele, sua voz se suavizando enquanto pegava minha outra mão e a pousava em cima do peito do seu outro corpo. Seu corpo verdadeiro. — Mas posso fazer isso com a minha própria forma. Me deixe te amar do jeito que você merece, Bruxinha.

Soltei o ar pela boca em escárnio, sem acreditar nem por um segundo que ele se importasse com isso. Seja lá o que for que ele esperava obter ao recuperar seu corpo não tinha nada a ver comigo.

Ainda assim, meus olhos fecharam devagar conforme a magia dos ossos chamava, formando um arco entre meus dedos e se espalhando através do meu corpo. Eu não aguentei testemunhar enquanto eles faziam o que tinham sido criados para fazer, eu apenas esperava salvar vidas dando a ele o que ele queria.

Ao meu lado, Gray se encolheu todo, seu Hospedeiro tombando no chão no momento em que meus olhos se abriram de repente. Virei-me para olhar o corpo no catre, aguardando o momento em que a vida retornaria.

Seu tórax se expandiu com a primeira respiração.

E Lúcifer, a estrela da manhã, abriu seus olhos dourados.

FIM... POR ENQUANTO

LEIA TAMBÉM

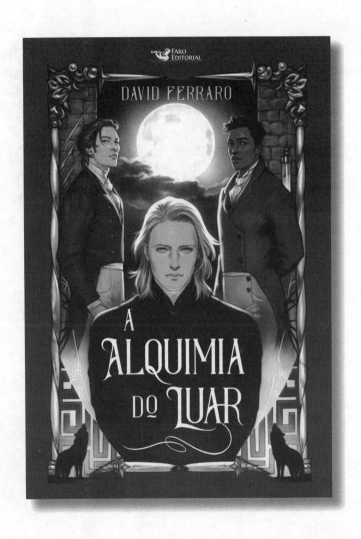

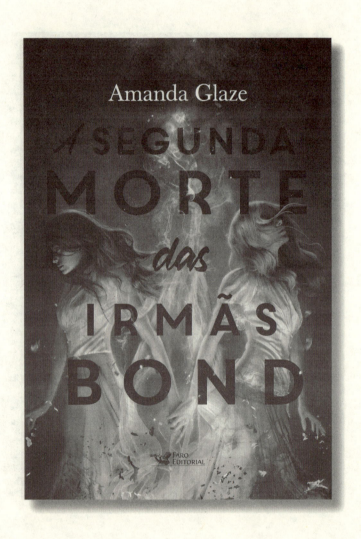

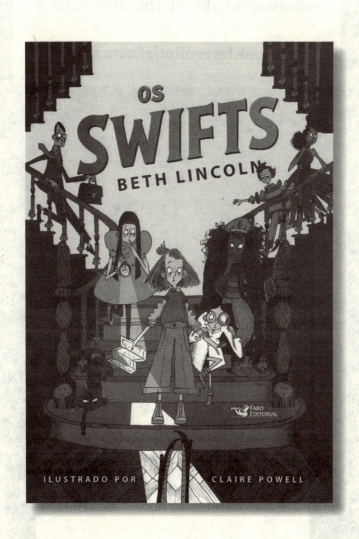

ASSINE NOSSA NEWSLETTER E RECEBA
INFORMAÇÕES DE TODOS OS LANÇAMENTOS

www.faroeditorial.com.br

CAMPANHA

Há um grande número de pessoas vivendo com HIV e hepatites virais que não se trata. Gratuito e sigiloso, fazer o teste de HIV e hepatite é mais rápido do que ler um livro.

FAÇA O TESTE. NÃO FIQUE NA DÚVIDA!

ESTA OBRA FOI IMPRESSA
EM FEVEREIRO DE 2024